食蜂操祈（しょくほう・みさき）
「ようは食べられれば何でも良いんだよ!!」
みさき☆

「気づいているか。
サンジェルマンは絶対に自然消滅などしない」
元グレムリンの「魔神」。
上条によって救われたものの、「魔神」としての能力を失った
オティヌス

創約 とある魔術の禁書目録《インデックス》 2

鎌池和馬

イラスト・はいむらきよたか

デザイン・渡邊宏一（2725 Inc.）

序　章　血の降誕祭、開宴　12/24_to_12/25.

クリスマスイヴの夜だった。

雪の降るホワイトクリスマス、無数の電飾で彩《いろど》られ明るい曲調の音楽が鳴り響く、誰もが笑い合って日頃の幸せに感謝する一日のはずだった。

そういう意味では、『彼女の行為』もまたここでは景色の中に埋もれてしまうのかもしれない。他はともかくとして、日本ではクリスマスなんて恋人達のイベントという色の方が強いからだ。

だけど。

その行為に何の衝撃もなかったかと言われれば、そうとも言い切れない。

少なくとも、だ。

インデックスは見た。

御坂美琴《みさかみこと》は見た。

わずか一五センチまで縮んだ神様のオティヌスは見た。

重ねられたのは唇と唇。

ツンツン頭の高校生・上条当麻《かみじょうとうま》の唇をそっと奪う妖艶《ようえん》な魔術師が全ての中心に立っていた。

アンナ＝シュプレンゲル。

ストロベリーブロンドの長い髪をいくつかの平べったいエビフライのようにして垂らす彼女は、背格好だけで言えばインデックスや美琴《みこと》よりも成熟している。グラマラスな肢体を包むのは赤いドレス……で良いのだろうか。まず赤系のレオタードがあり、そこから腰回りのロングスカートを足している、といった方が近いかもしれない。現代日本、東京。その最先端の学園都市には不釣り合いではあるが、では何時代の何地域ならしっくりくるかと言われると、おそらく誰にも答えられないだろう。どこにも迎合する事なく、それどころか自分を中心に世界を己の色に染め上げる。きっとＵＦＯに乗ってやってくる火星人だってもう少し地球の事情に合わせてコーディネートを調整するに決まっている。

ふわりと。

甘い甘い、薔薇《ばら》のような香りが身じろぎ一つで周囲に振り撒《ふま》かれる。

「んっ、ふ」

笑っているような、むずがっているような。

熱い吐息を相手の口腔《こうこう》へねじ込むほどに長い長い、奪い取るような口づけ。

やがて、アンナ＝シュプレンゲルは上条《かみじょう》の首っ玉に両腕を回したまま、そっと顔だけ離した。

大きな胸を押し潰すようにしなだれかかり、上目遣いに少年の目を見やる。

「どうだった？」

「あ、ああ、あ、あ、あ……」

上条当麻《かみじょうとうま》よりも先に、傍《はた》で見ていた──いいや、見ている事しかできなかった──御坂美琴《みさかみこと》の口がわなわなと動いていた。

半分痙攣《けいれん》したような喉で、それでも必死になって言葉を絞り出す。

「アンタ!!　いきなり出てきてっ、な、何を、何やってんのよ!?」

だっておかしいのだ。

脈絡なんてなかった。人混みの中から本当に一〇歳程度の少女がふらりと現れたと思ったら、いきなりカラダが大きくなって、そして上条当麻《かみじょうとうま》に抱き着いてキスをした。意味が分からない。頭なんて真っ白だ、ついていけない。点と点が線で結べないのなら、そこには何かしら見えていない『裏』があると考えるべきだ。タダより怖いものはない、を地で行っていると考えないとおかしい。

そうだ。

そのはずだ。

御坂美琴の頭の後ろがジリジリ焼けているのは新たな脅威が現れたからで、そこに彼女の個人的な感情なんて入り込む余地はなくて、哀しいとかイライラするとか理不尽だとか変な喪失感とか何とか、とにかくそんな容易く言語化のできない『何か』がお腹の底でぐるぐると渦巻きながら煮えている事など全部錯覚なのだ。

絶対に何かある。

これから良くない事が起きる。

身構えて、両足に力を込めて、ぎゅっと身を硬くしないと目尻から何かが出てきそうな自分を心の底に全部封印して、美琴《みこと》は改めて目の前の状況を見据える。

だから気づいた。

たらり、と。

ツンツン頭の馬鹿野郎がゆっくりと鼻血なんか垂らしてやがる事実に。

「…………………………………………………………………………………………」

……………………………ほおーう、そうかそうか。ついに受け入れたか棚ボタ状況を。ほほーうなるほどねえ」

割と絶対零度な感じになっちゃった美琴《みこと》の矛先が、謎のエビフライから見慣れたツンツン頭へと危うく移りかける。

しかし、だ。

御坂美琴《みさかみこと》はもう少しだけ状況を深く観察すべきだったかもしれない。

上条《かみじょう》は確かに鼻血を流している。だけど何故《なぜ》？　興奮したら鼻血が出るなんてコントに出てくるほどテンプレートな状況は、実際の生物学で考えてありえるか？　そして何故《なぜ》、先ほどから上条当麻《かみじょうとうま》は一言も発しない？　驚く、喜ぶ、嫌がる。何にしたって、あれだけの事を不意打ちで喰《く》らったらリアクションの一つくらいしてもおかしくないはずなのに。

そう。

逆に、それだけの余裕がなかったとしたら？

「ぶっ」

上条当麻《かみじょうとうま》の口から、何かが洩《も》れた。

アンナ＝シュプレンゲルがくすくすと笑って両腕を解いて、大きな胸が潰れるほどに抱き着いていた状態からそっと離れる。まるで、栓が外れたようだった。それを合図に少年は体をくの字に折り曲げる。

「ぶがはっ⁉　あぐあうえ‼　おぶぅあああああああああああああああああああ⁉」

汚らしい音があった。

辺りを歩いている恋人達は最初、遠巻きに小さく笑っていた。いくらイヴだからと言って高校生がハメを外して飲酒でもしたのか、そんな風に思っていたのだろう。しかし彼らの顔も怪訝《けげん》になる。びしゃびしゃと吐き出されるものの色彩は赤、その上スープやドリンクの色ではないらしいと気づいてからは半ばパニックが広場を埋めていく。

「とうまっ!!　大丈夫？　一体何されたの!?」

「何か……何か呑《の》ませたっていうの!?　今ので!!」

笑みのままなのは一人だけだった。

アンナ＝シュプレンゲル。

「あら。坊やにはちょっと刺激が強過ぎたかしら？」

グラマラスな美女のくせに、仕草だけは小さな子供のようだった。

んべっ、と悪戯《いたずら》でもするように舌を出す。

あらかじめ何かを乗せて転がしていた、悪意の舌を。

身長一五センチの神、オティヌスが舌打ちして呟《つぶや》く。

「サンジェルマンか」

「足掻《あが》いてみなさい、内なる苦痛と未知なる恐怖で自分がなくなってしまわないように」

その女は妖艶《ようえん》に笑ったまま、片手を軽く振った。

握られているのは、何の変哲もないスマートフォンだった。

「そして自分達の技術だけで足りないと思った場合は、いつでもご用命を。くすくす、『R&C

オカルティクス』は世の理不尽に対抗するための手段を提供するわ。誰にでも平等に、ね？」
「ッ!!　待ちなさい！　毒か細菌か知らないけど、持ち主だっていうなら解毒剤《げどくざい》やワクチンの一つくらい持ってんで
「やめろ!!」
「か、か、

叫びが時間を止めた。

震源はオティヌスだった。

ただし声を掛けた相手は、果たしてアンナだったのか、あるいは激怒した美琴《みこと》だったのか。

アンナ＝シュプレンゲルは興味がなさそうだった。

そのまま。

ちらほらと降り注ぐ雪が、不自然に彼女を避けていた。

「運が良かったわね」

チリッ、と。

見えないエネルギーが空間中に帯電するような緊張感が、遅れて皆に届く。

ゆっくりとしたその一言だけで、いい加減に察しなくてはならない。

常人に理解できるかどうかなど関係ない。『ここ』には『何か』が仕掛けられていて、御坂《みさか》

美琴《みこと》がついうっかりもう一歩だけ踏み込んでいれば、その時点で取り返しのつかないぐちゃぐちゃが雪の大地へばら撒《ま》かれたのだという単純な事実に。

オティヌス自身、はらわたなんぞとっくの昔に煮えているはずだ。

その上で、彼女は続けてこう言ったのだ。

少年を哀《かな》しませないために。

「……今はやめておけ。アレが見えていないのなら、貴様はまだ同じフィールドに立てていない。そんな状態では、そもそも戦いを挑んだところで自殺行為にしかならない」

「でもっ」

分かっている。

勝てない事くらい、ついていけない事くらい、美琴《みこと》だって分かっている。

舞殿星見《まいどのほしみ》、根丘則斗《ねおかのりと》。今日一日、一二月二四日だけ思い返してみても、ずっとそんな気持ちを抱えてきた。場を繋《つな》ぐくらいは貢献できたかもしれないけど、美琴《みこと》がいなかったらどこかで追跡の線が途切れていたかもしれなかったけど、それでも結局最後に決着をつけてきたのはいつでもあのツンツン頭の少年だった。

あと何回、この少年はみんなのために傷を負わなくてはならない？

たったの一回でも肩代わりしてあげる事はできないのか⁉

「だけど……ッ‼」

「反抗期ってカワイイわね」

その場から一歩も動かず、アンナ＝シュプレンゲルは自分の親指で胸の真ん中を指し示した。

「ご想像の通り、解決手段ならあるわ。わらわのここに。気になるのなら、手を伸ばしてみてはいかが？　たったそれだけで、彼は今すぐ助かるかもしれない」

「……ッッツ!!⁉⁇」

唇を噛《か》んで。

御坂美琴《みさかみこと》の右腕が不自然に蠕動《ぜんどう》して。

未知なる薬品を頭の中で想像するだけで何かの禁断症状のようにその指先が独立した生き物のように這《は》い回《まわ》って。

「あら」

拍子抜けのような声があった。

ぎゅっと、自分の体を縮めるようにして空いた手で利《き》き手《て》を摑《つか》んで押さえ込んだ美琴《みこと》を見て、シュプレンゲル嬢は本当に呆《あき》れ返《かえ》った顔になったのだ。

「つまらないわね、一〇〇点満点じゃない。この国にいくらでも転がっている一本道のＲＰＧみたいにつまらない話だわ。ボタン連打の会話劇って退屈しない？　作り手が用意したお涙頂戴の外に出てみたいと思った事はないの？」

それで『流れ』が決定づけられた。

とんっ、とん、という小さな軽い音が響く。まるで雪の舞う夜の中で踊る妖精のように、アンナはこちらを見据えたまま、一歩二歩と『死の壁』から後ろ向きに離れていく。誰の目にも見えるのに、誰の手にも届かない暗闇へと溶けようとしている。

歌声があった。

「『それ』は、幻想殺し《イマジンブレイカー》でも解決しない。代を重ねて侵食効能が弱まった天然のサンジェルマンではなく、このわらわが直接手を加えた劇症型だしね。もはや軍用型と呼んでも良いかもしれないくらい」

くすくすと、笑いながら。

優等生からたったの一歩もはみ出す事ができなかった美琴《みこと》を嘲るように。

「『それ』はこの街の科学技術を使っても治せない。『それ』は壁の外で渦巻く魔術を使っても癒やせない。好きなだけ足掻《あが》き、好きなだけその男を苦しめなさい。そして自分以外の誰かを闇雲に延命する事に絶望したなら、わらわを訪ねよ。『R&Cオカルティクス』の門を叩《たた》けば、この程度は一秒で解決できる」

消える。

今度の今度こそ、悠々と釣り糸を千切って海面へ逃げていく巨大魚のように、アンナ＝シュプレンゲルは暗黒のヴェールの奥へと引っ込もうとする。

そう。

つまらない一本道の、どうやったって勝てないと最初からパラメータを設定されている戦闘を敵側が適当なところで切り上げていくように。

「待って‼」

御坂美琴《みさかみこと》は思わず叫んでいた。

無駄と分かっていても。

そしてこれまでの剝《む》き出《だ》しの怒りとはニュアンスが変わっていた。美琴《みこと》の声色には明らかな後悔があった。もしも同じチャンスがもう一度やってくるなら、体が爆散してでも手を伸ばす。ゲームマスターの予測を全部ぶっ壊して進行不能にしてやる。そんな間違った勇気に後押しされていた。

一〇〇点満点の委員長は凡ミスで減点され、九九点になった。

それがわずかにアンナ＝シュプレンゲルの興味を惹《ひ》いたのか。待って、という一言に含まれるニュアンスを汲《く》み取《と》って、一度だけ踊るような足取りを止めた。ゲームのルールについて、不安を解消するつもりはあるらしい。

もしもギブアップするとして、その時はどうやってアンナを見つければ良い？　コンタクトの方法が分からなければ、諦めて屈服を決めたところでその意思を伝える事もできず、結局タイムアップになって大切な少年を死なせてしまうかもしれない。

そんな無意識の脅《おび》えに対し、存在そのものが伝説と化した魔術師は即答した。

己の唇に人差し指を当て、抱えた秘密をそっと打ち明けるように。

「今や世界中、どこからでも。スマホの使い方くらい分かるわよね？」

アンナ＝シュプレンゲルは消えた。

その実体を疑いたくなるほど無音で、街の雑踏へ溶けていくように。

行間　〇

『黄金』あるいは『夜明け』。

　これだけ有名な単語を目にしてもまだピンとこないようなら、そんな人物はモグリである。それはもう、生まれてこの方一度もサイフォンを見た事がない喫茶店の主人と同じくらいには。と、少なくともとある界隈《かいわい》では言われている。

　とはいえ初耳でも恥じる必要は特にない。

　そもそも魔術なんて技術体系を扱う社会自体、地球の総人口からすればニッチな小世界に過ぎないのだから。知らない方が大多数で、知らない方が当然なのだ。

　本題に入ろう。

　このフレーズは一九世紀末、イギリスの首都ロンドンに設立された魔術結社を指す。ウェストコット、メイザース、ミナ、ウェイト、そしてアレイスター＝クロウリー。『世界最大』の冠を戴《いただ》く通り、その結社は多数の傑物（同時にはた迷惑な変態もかなり含む）を輩出し、それまで玉石混交だった眉唾なオカルトを系統立てて整理し、誰でも新しい魔術を手軽に作れる箱庭のような簡易キットの創造にまで手を伸ばしていたらしい。極めて優れた技術を持つ『黄金』だが決して活動資金が潤沢でなかった事と、それ以上に個々人の天才性を考慮してもなお余りあるほどの社会性の欠如が災いし、向かうところ敵なしだったこの結社はわずか数年で内側から空中分解の憂《う》き目《め》に遭っている。この辺りに対する理解を深めるには、俗に言う『ブ、ラ、イ、ス、ロ、ードの戦い』なる世界最強の魔術闘争をあたるのが近道だ。

砕け散った『黄金』の欠片《かけら》、つまり少数の生き残りは各々《おのおの》が持ち出した霊装や魔道書を抱え込み、我こそは正統なる後継者であると主張してそれぞれ小粒な結社を旗揚げしている。その数、公式に確認されているだけで優に一〇〇を軽く超えるが、これについては逆に数が多過ぎて一つに再統合する機会を失っている、といった方が近い。今日では互いの足を引っ張り合うのに忙しい『黄金』系結社ではあるが、それでも最も系、統、立、て、て整理、さ、れ、た魔術、を組織的、に実践、す、る、集、団、という意味においてこれ以上のカテゴリは他に存在しないというのだから驚きだ。

欠片《かけら》、断章、塵屑《ちりくず》ですら、ここまでの影響力。

そもそもの『黄金』がどれほどの力を持っていたか、想像の助けくらいにはなるだろう。

ところで、だ。

(個々の人格や社交性はひとまず脇に置いて、あくまでも技術や文化面において)ここまで無条件に担《かつ》がれている『黄金』だが、彼らは自分達の力だけで魔術結社を設立した訳ではない、という事実はご存知だろうか。

始まりは『三人の創設者』の一角、ウェストコットだった。

彼はたまたま手に入れた暗号文書を難航しながらも解読し、断片的な走り書きだったそのヒントを基にメイザースと協力して新たな魔道書を記す。そしてその持ち主らしき住所に手紙を送って、ドイツで長き歴史を誇る『組織』と文通によって親交を深め、そのやり取りの中で新たな魔術結社の設立の許可をもらっている。


すなわち、『薔薇十字《ローゼンクロイツ》』に。


さて、黄金と薔薇《ばら》、世俗一般の知名度はどちらが高いだろうか。

ここで、単純な歴史の深さと関わった人や国家の数で言えば、薔薇十字《ばらじゅうじ》の方が圧倒的に多い、と明確に述べておく。近代魔術の原型を創ったとされる『黄金』だが、逆に言えば様々なトラブルで情報流出も多かった。『薔薇《ばら》』は一歩退いているのではなく、むしろ秘密主義を忠実に守っていると判断すべきだ。当然、オリジナルの命脈はネットワークやドローンが跳梁《ちょうりょう》跋扈《ばっこ》するこの現代まで保っている、と見て良いだろう。

では、薔薇十字《ばらじゅうじ》について少々深掘りしよう。

その名の通り、この結社は伝説的魔術師クリスチャン＝ローゼンクロイツが長い長い旅の中で手に入れた世界各地の叡智《えいち》を整頓し、凡人にも利用可能な形に置き換えてから再配布する格好で広まっていった。（世俗一般の生活を捨てる覚悟を決めて裏の世界に潜れば、『写本』という形で）比較的閲覧の機会に恵まれた主な魔道書は『薔薇十字団の名声《ファーマ・フラテルニタティス》』、『薔薇十字団の告白《コンフェッシオ・フラテルニタティス》』、『化学の結婚《ケミシュ・ホッホツァイト》』の三冊だが、これとは別にクリスチャン＝ローゼンクロイツ自身が賢者達から授けられたとされるMの書と呼ばれる高純度の『原典《オリジン》』についてもその存在が囁《ささや》かれている。結社の目的は人と世界の『病』を治す事で、そのために無償の奉仕を惜しまないとしている。

従って、彼らは伝統的に薬効の採取や合成に詳しい。

人の病はともかく世界の病とは何か。これについては戦争、汚染、枯渇《こかつ》などを引き起こす人間社会全体を正しい知識でもって導き、間違った常識を正す事で世界を蝕《むしば》む病巣《びょうそう》を取り除く……といった説が有力だ。つまり結社の魔術師本人が『劇薬』として作用する。

ローゼンクロイツ自身は一四世紀前後の人物であるが、薔薇十字《ばらじゅうじ》という集団については長い時間をかけて何回か爆発的な流行が起きるたびに、世俗一般まで浮上している。有名人にしても、この『流行』と紐《ひも》づけられて語られる事が多い。例えば、一六世紀に活躍した四つのイドラの提唱者フランシス＝ベーコン、一八世紀からたびたび社交界で目撃されているサンジェルマン、一九世紀に薔薇十字《ばらじゅうじ》の古書を掘り返したエリファス＝レヴィ、自分はそのレヴィの生まれ変わりだと吹聴した近代魔術師《アドバンスドウィザード》アレイスター＝クロウリー。……そしてそれ以上に謎が多く、生活感が薄く、存在そのものの捏造説《ねつぞうせつ》まで流布《るふ》されているアンナ＝シュプレンゲル。

彼女が、ウェストコットの文通相手だ。

つまり当時新参者だった『黄金』に結社設立の許可を与えた、師と弟の関係と言える。

前述の通り、アンナ＝シュプレンゲルは多くの謎に満ちている。

薔薇十字《ばらじゅうじ》ドイツ第一聖堂の主を名乗る古き魔術師。敬称をつける際はシュプレンゲル嬢となるのでおそらくは年若い女性とされるが実年齢は不明。自身は人間を超えたり辞めたりしている訳ではなく、あくまでも超常存在であるシークレットチーフと自由にコンタクトを取れる『巫女《みこ》』に近い立ち位置だと主張している。……どちらにせよ、その立場を独占できるのなら自分以外の人類全体に振るえる権限はほぼ同格であろうが。

アンナの存在が怪しまれているのは、公的な記録を調べる限り一度も人前に出た事はなく、ウェストコットの手紙の中にしか登場しないからだ。また、アンナからの返信は明らかに筆跡を加工したもので、ウェストコット自身の自作自演が強く疑われていた。当時、新興の『黄金』に歴史的な箔《はく》をつけるため、由緒正《ゆいしょただ》しい『薔薇《ばら》』のお墨付きが欲しかったという訳だ。

しかし手紙が捏造《ねつぞう》だったとして、アンナ＝シュプレンゲルそのものの存在まで完全否定されたとは限らない。ウェストコットは手本となる人物を基に手紙の捏造《ねつぞう》を行ったのかもしれないし、偽物《にせもの》の手紙を使った二重底で本物の手紙を隠して第三者から秘密を守った可能性もある。

シュプレンゲル嬢は鍵だ。

人類がその手と目を使って追いかけられる範囲では、まさしく最上位の魔術師。歴史上最大クラスの魔術結社である『黄金』と『薔薇《ばら》』、どちらにも深く関与する伝説そのもの。天秤《てんびん》で言うなら、両端の皿というより真ん中の支点に居座って全体の傾きを眺めているといった方が近いかもしれない。故に、この一点を掌握すればあらゆる数値が見える。もしも彼女の尻尾を摑《つか》む事ができたなら、その人物は上《うわ》っ面《つら》では科学万能と呼ばれて久しい世界の裏側で蠢《うごめ》いている闇の領域を、丸ごと釣り上げる事すら可能なはずだ。

その時世界はどうなるか。

軽々しく覗《のぞ》き込《こ》んでしまったモノに、すっかり痩せ細った人類の精神文化は耐えられるのか。

そこまでの保障はいたしかねるが。

ドイツで修道院長を務めたアンドレーエは自らの書籍の中で、薔薇十字《ばらじゆうじ》とは一七世紀初頭、自分が一九歳の時に『化学の結婚』を創作・流布《るふ》した捏造神話《ねつぞうしんわ》であり、イタズラの告白によって夢は終わったと語った。だが現実に薔薇十字《ばらじゆうじ》は今日まで命脈を保っている。現実の、『使える』術式を実践する謎多き魔術結社として。そうなると、ただこの一文だけを鵜呑《うの》みにして安心を得たがるのは、あまりに短慮であろう。それでは放射線は目に見えないから存在しないのだ、と主張するのと同レベルにまで危機管理意識が暴落してしまう。

「なるほど。接着剤を使って一度砕け散った彫刻を無理に繋《つな》ぎ合《あ》わせるとこうなるのね。……真実を知っているわらわからすれば、もはや呆《あき》れるくらいのモザイク状態だわ」

第一章　実はこちらが本番　Home_Ground_Hospital.

1

上条当麻《かみじょうとうま》はベッドに寝転がっていた。

すでに朝だった。

そしてやたらと消毒液の匂いが鼻につく。哀《かな》しい事に、この匂いに懐《なつ》かしさすら覚える自分がいた。もはや『慣れ』である。

病院。

それも、カエル顔の医者が勤める『例の病院』だ。

もう何度携帯電話の画面で確かめた事か。それでも時間は巻き戻らない。

つまりは、

「一二月、二五日。よりにもよってクリスマス当日に入院かようー……」

うだうだ言っても仕方がない。

夜は明けてしまったし、病院まで運ばれたという事は生き残ってしまったのだ。

ここにはそういう絶対安全の『鉄則』が敷かれている。

上条当麻《かみじょうとうま》はそいつを知っている。それも理屈ではなく、経験から。

……というか、思い返してみてもひどいイヴだった。布団《ふとん》の中に隠れている体が古代文明の土偶ロボットみたいにぎこちないのは全身包帯だらけだからだろう。全部で何ヶ所傷がついたのかはもう数えたくない、見たくもねえ。何しろ分かっているだけでもナイフで脇腹を刺され、全身に鉄片やガラス片を浴びて、次世代の魔術を何発か弾《はじ》き飛《と》ばし、元レスキューの金持ちイケメンマッチョの拳が完全に頬にめり込んだのだし。

そして仕上げに。

……。

ツンツン頭の高校生は無言で自分の唇に指をやった。感触は、まだ残留している。どうも、あれは貧血でふらふらな頭が見せた幻、という訳ではないらしい。未《いま》だにどう受け止めて良いのか判断に困るが。欧米は進んでいるのかしら、などという昭和の偏見一択で納得したらインデックスやオルソラ達からタコ殴りにされそうだが。

(サンジェルマン……)

ぼんやりと、門外漢の少年にもその名前には覚えがある。

今でこそ黒い丸薬の形に収まっているが、元は一人の魔術師だったはず。

（じゃあ初めてのキスは、サンジェルマンの味……？　ええっ、何それ全体的にどういう事なの。つまり大昔の脂ぎったおじさん味って事？　んなあっ、ぐもおーっ！　これどこの引き出しに入れるのが正解？　ハッピー、どんより？　どうすんの受け止め方が分かんねえよ‼）

問題、謎めいた絶世の美女が知らないおじさんの覆き潰した靴下を丸めて口いっぱいに頬張ってからもごもごキスをせがんできました。どうする？　ちなみにこれは初めてのチューです、誰が何と言おうが自分だけは一生忘れられないぞ☆

気がつけば、上条当麻《かみじょうとうま》は嫌な汗で全身びっちょりになっていた。

「ダメだ。拭いきれない、気がする……ッ‼　むおお強いんだよおじさんの靴下ぁ‼」

とにかく、だ。

左右の目尻から血の涙を流しそうになっている上条当麻《かみじょうとうま》、最後の方はもう記憶もあやふやだが、確か大量の血を吐いたはず。本当によく失血で死ななかったものだ、一体この体には何リットルの血が循環しているのだ。

まあ大丈夫だ。大丈夫なはず。上条当麻《かみじょうとうま》には揺るぎない意志があった。検査の結果はまだだけど、体のどこかが痛いとか動かないって訳ではないのだし。あれから血だって吐いていない。あの一回で終わりだよ、ほらぐいぐい腹筋したって何ともないし‼

ただし欠乏は、そうと自覚した瞬間から容赦なく襲ってくる。

まだベッドから身を起こしてもいないのに頭がくらりときた。

（あっ、ああー……。てっ、てつぶんがほしい、とにかくレバーとほうれん草が食べたい）

およそ食べ盛りの塊たる一〇代の少年がクリスマスに思い浮かべるリクエストではないが、それすら叶《かな》わぬ夢である公算が高い。何しろここは病院で、傷の度合いによっては料理を選ぶ権利なんぞ存在しないかもしれないのだ。今日は何曜日だ、あれがああって事は塩気ゼロの『電子レンジで温めた糊《のり》』みてえなお粥《かゆ》とプラスチックから加工したようなぺらっぺらの焼きジャケか。

「……ちえっ。どうせなら金曜日に入院したかったな、そしたらシーフードカレーだったのに」

上条当麻《かみじょうとうま》、大体ここの入院メニューのローテーションが全部分かっちゃう程度にはお世話になりっ放しなのがとにかく哀《かな》しい。

その時だった。

『ふっふっふ。おおよその独り言《モノローグ》をありがとうカミやん。おかげでキミの置かれた状況がよう分かったよ』

「っ？　そ、その声は……っ⁉」

カーテンの向こう側からだった。というか今回は一人で使える個室ではなく、何人かで空間を区切って使う大部屋らしい。

そして戸惑う上条《かみじょう》をよそに容赦なく向こうから仕切りのカーテンが開け放たれた。

「ぶわーっはっはあ!! これでキミも灰色の入院クリスマスやなあ、非モテ同志!!」

「まさかの入院友達!? おめー電子レンジで温めたおっ○いマウスパッド一つでどんだけ深手を負ってんだよ!?」


クラスメイトの青髪ピアスだった。

二四日に使用上の注意をガン無視しておっ○いマウスパッドを電子レンジにぶち込んだ結果、両手に火傷《やけど》を負ったという話は確かに聞いていたが、まさか包帯だかギプスだかでぎっちぎちに縛《いまし》めているとは。なんかもう、肘から先がロケットみたいに飛んでいきそうなくらいの重装備である。

ちなみに外はまだ雪が降っていた。

ホワイトクリスマスである。暖房の威力が弱くてそっちの窓辺は寒そう、くらいの感想しかない。

ロボット上条《かみじょう》がロケット青髪へ憐《あわれ》みの目を向け、

「しっかしお前、地味に辛《つら》そうだなそれ……。両手の指が使えないんじゃ何にもできないじゃん。メシとかどうしてんの?」

「心配すんな世の中には床オ○ってジャンルがあってやな、こう、うつ伏せに突っ伏して自分の体と床の間でアレを挟んで前後に……」

「うるせえよ説明とかどうでも良《い》いんだよ!!」

「このやり方に慣れてまうといざ本番で気持ち良くなれへんカラダに自己改造しちまうっちゅうウワサもあるけど迷信だよ大丈夫だよ」

「いつまで経《た》ってもエアーで実演をやめないお前の頭が大丈夫じゃないんだよイモムシ野郎!! 今これ朝の七時だぜ、しかもそっち窓際《まどぎわ》のベッドじゃねえか⁉ 外からの目線!!」

「馬鹿野郎ッ軽んじてんじゃねえカミやん!! オタクからお一人様の極めて高度な精神的活動を奪ったら後には一体何が残るってんだッッッ!!⁉⁇」

「漢《おとこ》らしく吼《ほ》えてんじゃねえよっ、オタクをやめろとは言わんからせめて誰も思いつかなかった新しいOSを作るオタクとかになってよお!!」

「チッ、アメリカ系の萌《も》えってイマイチ肌に合わねーんだよな。しょーじきアメコミヒーローの女体化ってどう思うカミやん？　本家がやってるんやで。受け止め方が分からんのやけど」

「俺はどんな形であれ新しい創作へ全力で挑む努力は笑わないオタクだ」

「奇麗ごとで格好つけやがって、ああん、ビビっとんのかワレ⁉　ボクぁ派手な見出しで人を集めたがるくせに半端《はんぱ》に日和《ひよ》った遠慮気味の毒舌で広告料だけ稼ぐ自称（笑）インフルエンサーがこの世の何よりも嫌いなんですけどおーっ⁉　バンバン垢バン!!」

「……お前、すでに隅っこにいる俺達日陰のオタクから一斉に後ろ指差されて格好悪いって言われるようになったら人生いよいよだぞ？」

「殺ッッッ!!」

「上等だ、世界から退場しろド変態!!」

あのオタクとこのオタクは分かり合えない。哀《かな》しき闘争の歴史は今日ここに繰り返され、そして世界で最も不毛な摑《つか》み合《あ》いが始まった。このダンゴムシどもは同じ石の裏で仲良く丸まっている事はできないのである。とはいえ片方は両手を封じられたロケット野郎、もう片方は全身包帯だらけの土偶ロボである。兎《と》にも角《かく》にも関節が曲がりゃしねえ。おかげで殺人予告込みのボカスカが昔懐《なつ》かしい特撮怪獣みたいになっていた。全体的に迫力が足りない。

その時だった。

大暴れな青髪ピアスの懐《ふところ》から何かがぽろりと落ちた。手帳サイズのタブレット端末だ。

「タイム、タイム!! 待ってカミやんボクの唯一の生命線たるネット端末があ!?」

「へいセリ!! 本体ストレージとクラウドに置いてある動画とブラウザの履歴とブックマークを全部ネットに垂れ流して!!」

「やめろお雑を極めた命令はッッッ!!!???」

幸か不幸か、ここ最近の音声入力はきちんとユーザーの声紋を認識するらしい。おかげで青髪ピアスは一命を取り留めたようだ。

床にへたり込んだ悪友は拾ってきた子犬をペット反対派の両親から守るように抱き抱えて全

力ガードしながら、

「せっかく苦労して取り寄せた純粋プリペイド式ですよ？　端末自体に個人情報が入ってないから自宅の無線ＬＡＮさえ回避すれば何を検索したって絶対に身バレしないんですよッ!!　分かるよね、カミやん？　さあキサマならここに一体何を打ち込む!!⁉??」

「多分それお前の心を映す鏡になってると思うぞ」

「女医さんでも、ナースさんでもない……。ハッ⁉　歯科衛生士のお姉さん、これや!!」

しゃあ!!　といきなりカーテンが強く引かれて遮られた。

置いていかれた上条《かみじょう》だったが、そこで気づく。青髪ピアスはベッドに寝転がって端末を操作している。そう、声でだ。

『へいセリ、ボクを自由な旅に連れて行って。はいはい同意同意!!　トップ画面にこれいる？』

「おい待て。ちょっと待ってよ!!　まさかこの環境でトライするつもりか？　そりゃカーテンは引いてるけど基本同じ空間なんだよ？　いやだよおーなんてクリスマスなんだよお⁉」

聞こえていない。

届いていない。ていうか多分あの野郎、無線のイヤホンか何かをつけてやがる。

その時だった。

廊下の方からカツコツという硬い音が聞こえてきた。ヒールっぽい靴音だ。夜が明けたとはいえまだ朝早いので、面会時間ではないと思う。となると検温や朝食のために各病室を回ってくれている看護師さんの可能性が極めて大だ。

つまりここにも来る。

靴音が聞こえているという事は、激突は近い。

「あおがっ、青髪!!」

『やー違いますな。今はそういう暗めの方向やなくて、泣き顔とかは良《い》いんですよ。こう、体を投げておけばみんなお姉さんが面倒見てくれるっていうかそれでいて自分が気持ち良くなる事しか考えてへん欲望丸出しとは違うあったかい感じがですね……』

「セリはそんな長々としたコマンドなんか受け付けねえよ!! あとお前セリに対しては敬語になるのね。とにかくヤバいって青髪ピアスっ!!」

もうダメだ。

この病室の前まで靴音はやってきた。音の軽さからして、多分女の人だと思う。

さようなら、友よ。せめて安らかに眠れ……ッ!! と上条当麻《かみじょうとうま》がぎゅっと目を瞑《つむ》って祈った時だった。

「はぁーい上条《かみじょう》さん。お体の方は問題力ありませんかあ? 朝食の時間ダゾ☆」

変だった。

格好自体は確かにこの病院のナース服ではあると思う。

が。

どれだけグラマラスって言ったって、流石《さすが》に中学生が着ていたら違和感の出る服だと思う。

しかも清潔が第一の医療現場において、蜂蜜色の長い金髪をまとめもしないでストレートのまま背中側に広げているのはまともではない。

そして直後に上条《かみじょう》は自分で自分にドン引きしていた。

何だ今の観察眼？

（……な、ナースのイロハが分かるほど入院慣れしているのか俺は。今まで意識してなかったのに、気がついたらとんでもない果てまで流れついてないか、これ……？）

で、この子は誰だろう？

口振りからして知り合いのような距離感だが、どうしても思い出せない。

ここまで目立つ容姿なら、どうやったって忘れるはずがないのに。

蜂蜜色の看護師さん（？）はくすりと笑って、

「分からなくても無理はないわよ。食蜂操祈《しょくほうみさき》。どうせ口で言ったってあなたは覚えていられないでしょうしねえ？」

「……しょくほう……？」

どんな字を書くのだ。

そんなに珍しい名字ならそれこそ一発で頭に刻みつけられると思うのだが。

これこれ、と金髪少女は大きく自己主張する胸の辺りを指差した。そこには板ガムより小さなネームプレートがクリップで留《と》めてあった。が、やはりこれも、目の前に文字が並んでいるのは分かるのに頭へ意味が入ってこない。まるで、満員のスタジアムの観客席をぼんやり眺めていると個々の顔の目鼻立ちを意識できなくなるように、だ。

「声でなくてもダメなのね」

蜂蜜色の少女はそっと息を吐いた。

期待はしていなかったが、それでも分かっていた結果を突き付けられるのは苦しい、といった顔で。

「ま、認識上の問題って話だから当然そうなんでしょうけどお。写真はダメだけど動画はアリとか、訳の分からない抜け穴があったら逆にこっちが混乱しちゃうわあ」

「はあ、なんていうかごめんなさい」

「謝られるのが一番傷つく」

小さな早口だった。

顔は笑顔のままだが、言わないと収まらなかったらしい。

実感のない上条《かみじょう》はキョトンとしたまま、

「で、そのナントカさんはこんなトコまで一体何を？」

「とりあえず包帯はもう外しちゃおっか。あなたも邪魔でしょお」

「えっ怖い！　明らかにパチモンナースなのに!!」

「何人か頭の中を覗《のぞ》いてみたけどお、わざとらしいくらい派手に包帯巻いてビビらせるのが狙いなんだって。じゃないとそこらじゅう走り回って、治りかけた傷が開いちゃうから。実際はそんなにひどくないみたいよお？」

……耳がかゆいのを我慢できずにいつまでも引っかき続ける犬や猫の首に巻くプラスチックのラッパみたいなアイテムなのか。唖然《あぜん》とする上条《かみじょう》に、蜂蜜色の少女は器用に指先を動かして巨大な繭のようになっている包帯を外していく。

封印から解き放たれた上条当麻《かみじょうとうま》は小刻みに震えていた。

「う、動く……。土偶ロボみたいだった俺の手足が、こんな滑らかに!!」

「いつ見ても、その頑丈さは人体の神秘そのものよねえ」

ぎしっ、と。

少女は側面からベッドの上に形の良《い》いお尻を乗せて、

「わざわざ精神系最強の『心理掌握《メンタルアウト》』まで使って病院に潜ってきたんだから、もうちょっとこのレアリティに感謝力を示してほしいわねえ。それからあれよ、私の目的はリベンジ」

「りべ、」

「絶句しなくて良いわよお。あなたに対してじゃないから」

そこまで言うと、蜂蜜少女のほっぺが内側から音もなく膨らんだ。外見だけ見たらグラマラスな女王様だが、根っこは意外と子供っぽい。

「(……てか人様を切り捨ててどんよりモノクロなクリスマスイヴを強制させておいて、一体御坂《みさか》さんったら何をぼんやりしていたのかしら。ああっもう‼　どこの馬の骨かも分からんナゾ女に横から唇かっさらわれるとか守備をちゃんとして守備力をっ、あなたが脇ガラガラなものだから雑なロングパスが目の前素通りじゃないのよお⁉)」

「あ、あのうー、リベンジって具体的に一体何をなさるおつもりなのでしょうか？　リベンジ発言直後に暗い顔で俯《うつむ》いてぶつぶつモードに入られると上条《かみじょう》さんは結構本気でおっかないのですが。はっ、派手好きな能力者さんのようですがまさか根丘《ねおか》の残党とかじゃないよねっ、ね⁉」

「うるさいわねえ‼　こうなったらキス以外全部奪ってやるんダゾ‼　あなたのはじめてを隅から隅まで徹底的にねえ……ッッッ‼‼‼」

「一体何のヤケクソ決意⁉　そしてどこまで拡散してんの例の話⁉」

「不本意ながら二四日は御坂《みさか》さんに譲ったんだから、二五日は私のターンって事よお‼」

その時であった。

くすぶっている人がカーテンの向こうで何か言っていた。

『くそうー全然出てきいひんな歯科衛生士のお姉さんモノ。今はズボンを下ろすべき時ではないと神が仰《おつしや》っておられる。やはりまだまだ全体ジャンルとしてはニッチやったか、こいつは畑が育つまで待たねばならん』

「？」

「やべっ何だか知らんがとにかく隠れろッ‼」

きゃっ、という小さな悲鳴があった。

一秒後に仕切りのカーテンが容赦なく全開で開かれた。

「あれえ？　看護師さんの声聞こえへんかったカミやん。朝メシまだーーー？？？」

「結局未遂で踏み止《ふとど》まったと信じているが、キサマが全身を隅々まで病院備え付けのエグい消毒スプレーできちんと洗浄するまで俺はゼッタイ接触しねえからな」

しれっと言ってる上条当麻《かみじようとうま》だが、友には内緒にしている事が一つあった。

バレたら困るパチモンナース、蜂蜜色の少女を丸ごとベッドに引っ張り込んで布団《ふとん》の中に隠している事を。

『(もがふがっ、あの、あのうこれ。これえ⁉)』

「(黙ってろ大問題になりたいのか⁉)」

『(いやえええと周りの目については「心理掌握《メンタルアウト》」があるから一切合財ノープロブレムなんだけど、ふわあっ‼　こっ、これが、あうあう、男の子の胸板⁉　はふう。……もう全部どうでもいいや、何も言わないでおこ……)』

聞き取りにくいが、何故《なぜ》だか途中から謎のナースさんはもごもご言って電池が切れてしまった。コタツの誘惑に負けた人みたいに大人しくなっている。

青髪ピアスは不思議そうな顔で首を傾《かし》げていた。

「カミやん何しとるん？　てか勝手に包帯外してええんか」

「いっ、育成ゲーム。ゲットしたのは良《い》いけど、ウチの子は暴れん坊で言う事聞かないからケアが大変で……」

「何やもー、しっかりガジェット持ち込んできとるんかい。せやけど別に消灯時間やないし布《ふ》団《とん》からゲーム機出しても構へんやろが」

『(暴れん坊で悪かったわね)』

「(いたいっ、どこつねってんだ⁉)」

『(ウチの子は言う事聞かないんでしょお？)』

結構布団《ふとん》の中で両手をごそごそしている上条《かみじょう》だったが、青髪ピアスは特に疑問を膨らませなかったようだ。

「そういや電話番号を登録する必要のない携帯ゲーム機はちょっと工夫するとプリペイドケータイと一緒で身バレ阻止に使えるって説があったたっけなあ。ナンG回線とかやなくて、無線LANオンリーのヤツ」

「それを俺に言ってどうする……？」

というか、そもそもその言い分はかなり怪しい気がする。

誰でも分かる抜け道なんかこっそり塞がれるに決まっている。ましてここは学園都市、得体の知れないテクノロジーはもちろん能力関係だってあるのだし。どんな手でも使う、は別に攻める側だけの専売特許ではないはずだ。無能力者《レベル0》が挑んで勝てる世界とも思えない。

気づいていない人ほど得意げに言う。

「くっくっく。後で方法は教える。オトナになれよカミやん、学生寮を離れたって事は規則に縛られる必要は何もなくなったって事なんやで？　ボク達は閉じ込められておるけど、でも世界は無限に広がっているんや‼」

『(？　何の話い？？？)』

「(知らなくて良いんだっ、あとナゾの金髪ギャルの中身が意外と純でわたくし上条当麻《かみじょうとうま》はホッとしております)」

『(……意外と？)』

「(いたぶばあっ⁉　今のなんだっ、未知の、ムネ、なん、噛《か》んだ⁉)」

『(ばーぶー☆)』

人がせっかく一生懸命匿《かくま》ってあげているというのに、なんかだんだん蜂蜜少女の態度がデカくなってきている。このまま放っておいたら加速度的に小さな暴君へ進化していきそうだ。進化前の方がカワイイ、とならない事を祈るしかなかった。

「どないしたんカミやん？　新しいヘキに目覚めたような顔して」

「何れもありまひぇん」

2

面会時間は午前一〇時から午後四時までになります。

希望者は用紙に必要事項を記入の上、一階、一般病棟窓口までご持参ください。

記入台備え付けのボールペンをスタンドに立てて、御坂美琴《みさかみこと》はそっと息を吐いた。怪我人《けがにん》の見舞いに来るのはこれが初めてではないが、何度やってもこの作業は慣れない。こう、個人情報の塊であるスマホをかざしてピッと自動改札みたいなゲートを潜るようにはできないのだろうか？

「ふうー……」

（……ダメか。それだと私みたいなのが素通りになるでしょうし）

今は何でも自動化・電子化が進んでいるが、そうした巨大な歯車の中にいくつか時代遅れのアナログ作業をわざと挟んでおく事で、全体のセキュリティ強度を底上げする。何しろ人の命を直接預かる職場なのだ、それくらい回りくどくてちょうど良《い》い。

それにしても、

「この、間柄っていうのが面倒臭いのよね……」

学園都市は人口の八割が学生の街だから、とにかく『友人』『先輩』『後輩』と学校での関係性を書き込む人が多いだろう。各々《おのおの》の横に『部活・教室・その他』という小項目がついているのがこの街っぽい。が、学校が違う場合は担当者から眉をひそめられるリスクもある。まして中学生と高校生だと。ただどれだけ怪しまれようが、それ以外に選びようがないのも事実なのだ。当然ながら御坂美琴《みさかみこと》はあのツンツン頭の兄妹《きょうだい》や親娘《おやこ》ではない。困る、めんど臭い。

ちなみに、だ。

学校や年齢が違っていても、この辺のややこしい話を一発でクリアできる項目が一個ある。

つまりは『恋人』。

美琴《みこと》の動きがぐっと止まる。あの瞬間を思い出す。唇と唇が接触した、忘れがたいあの一瞬を。

(……別に気にしてないし)

さて、口がへの字になっている事実まで気づいているのやら。

(それが全てって訳でもないし！　こっちも膝枕とかしているんですからね!!)

そこで美琴《みこと》はハッとした。

思考がちょっとおかしい。ブレーキだ、冷静になれ。

（いやいやいや……）

　真っ赤なサンタクロースっぽい事務員のお姉さんから微妙に怪訝《けげん》な視線を受けつつも、御坂《みさか》美琴《みこと》は負けなかった。

（いやいやいやいやいやいや!!　危ない、何を張り合おうとしてんのよ!?　こんなトコで終わりのない勝負なんか始めたら崖に向かって一直線のチキンレースにしかならない。そもそも何で私がそこまでムキにならなきゃならない訳!?　とにかくさっさと丸で囲んで用紙を出さないと……）

「ゆうじ……んっ!?」

　ちょいと力強く丸で囲んでしまおうとしたところでボールペンが滑った。がりりという音と共に、基本友人だけど恋人の項目にも掠《かす》めるくらいのでっかい楕円形《だえんけい》が出来上がる。

　クリスマスに何をやっている、と美琴《みこと》は途方に暮れた。

　友人以上恋人未満とでも言うつもりか。

　一方、一緒に連れてきた白い修道服のシスターは受付ロビーにあったでっかいクリスマスツリーの前でぴょんぴょん跳ねていた。

「短髪、とうまのお見舞いまだなの？　もう私はくたびれちゃったんだよ」

「……何でアンタはそんなそこまで病院慣れしている訳？　ってかその頭の上の三毛猫!!　病院に連れ込んで大丈夫なの!?」

「とうまお説教ってもう決めてるし。キスなんか許すから状況がややこしくなるんだよ、がるぐる……」

美琴《みこと》は総毛立って叫ぶが、通りかかった看護師さんはにこにこ笑って手を振りながら横を通り過ぎただけだった。あらあ、また来たの？　病院なんか勝手知ったる遊び場にしちゃだめよー。ほのぼの感がハンパなかった。というか口元のほくろが妖しい人妻系おっとりナースさんは小児科担当だったようで、飴玉《あめだま》とかもらっている。

繰り返す。

「……何でそんな慣れてんの……？？？」

「とうまがご飯を作ってくれなきゃ私は餓《う》えてしまうんだよ。そんなの哀《かな》し過《す》ぎる!!」

医師や看護師は既定の制服があるので季節に合わせたコスプレなんかはできないようだが、それ以外の受付嬢や事務員さんは真っ赤な衣装に着替えている。何となく、普段は見えない資格や免許が見え隠れするような話だ。小物についてもクリスマス色全開で、受付ロビーのクリスマスツリーはもちろん、壁には色紙を切り抜いて作ったサンタやトナカイが張り付けてあり、ドアには真ん丸のリース、カウンターの上には小さな雪だるまのぬいぐるみが置いてある。

ツリーは見上げるほどに高いが、全部子供向けのプラスチックのブロックだけで組み上げてあるのがこだわりらしい。

柔らかい音程のクリスマスソングも相まって、何だかクリスマスセールのデパートみたいに見えてくる。

もちろんこれらは入院患者向けのサービスだろう。特に子供にとっては、季節のイベントは逃しがたい『義務感』がある。最たる季節イベントである夏休みを思い浮かべれば分かりやすいが、『事情があるので今年は夏休みしません』と宣告されたらどう思うか。なので、こういう辺り病院側はかなり気を配るものらしい。

会計や処方箋の番号を知らせるのとは別に、大きな薄型モニタが置いてあった。そちらもやはり聖夜ムード一色だ。

『本物のオカルトを使って、今年こそサンタクロースを捕まえよう！　この番組はR&Cオカルティクスの提供でお届けします』

「……、」

欺瞞《ぎまん》に、笑いそうになる。

自分の視線を画面から引き剝がすのに美琴《みこと》はわずかに力を加える必要があった。

彼女達は広いロビーを横断してエレベーターホールに向かう。

口の中にいちごミルクの飴玉《あめだま》を放り込みながら、インデックスが歌うように言った。

「とうまの病室どちらかな？」

「九〇四号室。うええっ、ナースステーションとICU、どっちも最短距離じゃない。あいつ見た目ケロッとしてるから分かりにくいけど、何気に傷が酷《ひど》いのかしら……」

「なすすて？」

少しでも異変があれば最速で医者やナースさんが駆け込める位置取りである。これだけ聞くとVIP待遇のように聞こえなくもないが、こういう場所は瀕死《ひんし》の患者ばかりが自然と集まって手早くローテーションを変えていく『死の病室』となっている事も多い。

「非常口までやたらと遠いみたいだし、こりゃ確定かしら」

「？」

やってきたエレベーターに乗り込み、九階のボタンを押す。

ちなみにこの病院、科学の街らしく四とか九とかの迷信は気にせずバンバン使う方針らしい。

（……ただの迷信、ね）

「んうっ？　どうしたの短髪？？？」

いいえ、と美琴《みこと》は狭い箱の中で首を横に振った。

……予兆というか、答えは最初から目の前にあったのだ。彼女は魔術を見ている。それも、R&Cオカルティクスなんて得体の知れない巨大ITがのさばる前から。ただ御坂美琴《みさかみこと》の目には、眼前にある答えが映っていなかった。そこにあるのに素通りしてしまっていた。

エレベーターが目的階に辿《たど》り着《つ》き、扉が両側に開いていく。

ばさりという音にインデックスが小首を傾《かし》げていた。

「短髪、お花なんか持っていってどうするの？」

「お見舞いってこういうもんでしょ」

「お花じゃお腹《なか》はいっぱいにならないのになー。私はこれっ、りんごのケーキ!!」

「こいつ自分で食べたいだけだな」

半ば呆《あき》れたように美琴《みこと》は言いつつ廊下を歩く。場所は確かめているのでナースステーションで細かく尋ねる必要はなかった。

が、

『……、おいちょ、――――、やっぱ。……!!』

「?」

件《くだん》の病室に辿《たど》り着《つ》く前に、よそから聞き覚えのある声が聞こえてきた。怪訝《けげん》に思って美琴《みこと》が目をやると、アメニティールームとある。

快適な部屋。直訳すればそんな感じだが、字面《じづら》だけ目で追ってもいまいち何をやる部屋なのか見当がつかない。長い入院生活、ベッドに縛られっ放しだけだと心身共に参ってしまうので適度に体を動かすための部屋だろうか?

『おかしいってこんなの!! できます、一人でできるからーっ!!』

とにかくヤツはここにいるらしい。

何か見えない圧というか、正体不明の危険信号が美琴《みこと》の胸の真ん中をちくちく刺しているのだが、隣に立っているインデックスはお構いなしであった。ケーキの箱を手にしたまま、ノックもなしに金属製の引き戸をがらりと大きく開けてしまう。

「たのもうっ‼　とうまりんごのケーキ食べちゃって良い⁉」

直後であった。

御坂美琴《みさかみこと》の視界いっぱいに『それら』は飛び込んできた。

そう、複数形。

介護用のでっかいお風呂《ふろ》に沈められたツンツン頭の馬鹿野郎と、その周りに四方から迫りくる自分と全く同じ顔《クローン》した少女達が四人もいやがった。

真っ白、であった。

御坂美琴《みさかみこと》はその瞬間、時間と空間の概念を意識から放り出していた。

しかし思春期の女子中学生がいくら現実逃避をかましたところで目の前の現実は消えてなくなってはくれない。

丸くて大きなお風呂《ふろ》の床は丸い縁に沿って階段状になっており、バリアフリーなのかステンレスの手すりまでついていた。つまり何が言いたいか。このお湯、温泉みたいに白く濁っていたりもしない。底の底まですっけすけだ、救いがねえ‼

一糸纏《いっしまと》わぬであった。どこもかしこも眩《まばゆ》い肌ばっかりで、糸も布もないが白い泡だけが張り付いていた。防御力としては貝殻や絆創膏《ばんそうこう》よりも危うい。

御坂美琴《みさかみこと》は顔を真っ赤にして、

「あっあわ、泡が、このバカどもーっ!!」

「大丈夫、このようにあわビキニで完全にガードしております、とミサカ一〇〇三二号は両手を腰に当て胸を張って安心宣言を出します」

「お願いだからアワビだけはやめろ!!　言い回しがエグ過ぎるわ!!」

「？」

とにかく柔肌に泡だらけ。

服らしい服どころかバスタオルもねえナゾの四天王（全員同じ顔で雷属性）は無表情なまま、口々に告げる。

「どこかかゆい所はございませんか、とミサカ一〇〇三二号は胸元のハートネックレスをちらりと見せて思い出アピールしつつプロっぽい言い草で他からイニシアチブを奪います」

「いよいよロケーションは病院、ここはミサカ達の独壇場なのです、とミサカ一〇〇三九号はようやく回ってきた出番に鼻の頭へ白い泡をのっけてカワイイアピールをかましつつやる気を表明します」

「病院モノらしく実は要所に絆創膏《ばんそうこう》を貼りつけているのですが、そうとは分からない形にあわだらけにして差し上げます、とミサカ一三五七七号はイマジネーションの発露に余念があ

りません」

「もはやクリスマスと何の関係もなくなりつつありますが、とミサカ一九〇九〇号はぶっちゃけめんど臭いので実はこのミサカミサカした話し方をもうやめたいのですが」

あ、あばっ、あばはふあば、という変な声があった。

真ん中に君臨する愛と欲望の大魔王・上条当麻《かみじょうとうま》、少女達の柔肌なんぞ享受している心の余裕はないらしい。何しろ全身傷だらけの状態で風呂《ふろ》に沈められているのだ。世間知らずなクローンちゃん達はリストをカットしちゃう系の自殺の場合、傷口を広げるために水に浸《つ》け込《こ》むという方法が良く取られる事も知らないらしい。

というか、だ。

ビリビリしている暇があったらまずやらないといけない事がある。

（くっ）

バババッ!! と美琴《みこと》はとっさに隣のインデックスの両目を掌《てのひら》で覆った。妖しげな自撮り風の写真を撮りたい訳ではなく、

（クローン技術が全部バレてるッッッ!!!?? 号とか普通に言ってるし！　しかもまだしも苦しい言い訳ができる一人ずつじゃなくて割と問答無用なずらりと並んでの勢揃《せいぞろ》いで!!）

「わーっ!!　なしなし、これ全部ナシやめて見ないでここには何にもなかった!!　ねっ、ねっ!?」

「うわー、何も見えない」

「ほっ……」

「がるぐる!!　一体スポンジ係とボディソープ係と洗面器係とシャンプーハット係はどうしてしまったのか!?　というか四人も人手があってシャンプー係がいないとかありえないんだよ、髪がガビガビになっちゃう。あと一〇〇三二とかいう子がつけている銀は意外とすぐ錆《さ》びちゃうからお風呂《ふろ》では外さないとダメなんだよ！　霊装の管理方法にはこうあるもん、どうしても黒ずんできた時はレモンの搾り汁を使えば汚れを落とせるかも!!」

「やたらと詳細に覚えてやがるな……ッ!!　ほらほらグミあげるからこれで全部忘れてちょうだい、青梅シアン配糖体味!!」

「はぷっ、いただくものは全部いただくけど一度見たモノは忘れる事なんかできないんだよ。むぐむぐ」

　ちなみに毒物グミ、無果汁ジュースの技術を総動員して『あの有名な猛毒の味を完全再現したけど成分的には一〇〇％安全』として一部で瞬間的にヒットした品でもある。本当に青酸カリ、トリカブト、テトロドトキシンなんかの味がするのかどうかは（少なくとも、生きたままでは）誰にも証明しようがないというのに、だ。

　食べ物を与えて一時的に白い猛獣が沈静化したものの、まだ事態は終わっていない。

「てか私と同じ顔でそういう事されても困るし!!」

「むにむにですかすべすべですかぽよんぽよんですかどれが良《い》いんだこの野郎、とミサカ一〇〇三二号はここで一気に差を広げます。カラダと共に広げるのです」

「やあーめーろーっ!!」

そして広い部屋の隅に四天王とは異なる色彩を発見した。

蜂蜜色の長い髪とピンクのナース服。

「あらあらまあまあこんなにイタズラしちゃって、仕方のない子達ねぇ」

「アンタもいたのか食蜂《しょくほう》っ!! さっきから何ぼけっと突っ立ってんの、精神系最強の『心理掌握《メンタルアウト》』があればたかだか四人くらい余裕でブレーキ掛けられるで……ッ!!」

「もおー、わがまま放題だけど自分のやりたい事を見つけられたのなら私が止めるのも野暮よねえ。私だって甘えんぼしたいのに横からチャンスを奪っていくなんてひどいんダゾ☆」

「おい両目がハートマークのババア、何で激甘ダメ親モードになってんの???」

「誰がBBAよお母性本能ゼロの脳筋ゴリラ!!」

食蜂操祈《しょくほうみさき》がプラスチックの洗面器をぶん投げ、九〇度以上ズレた方向に飛んでいって上条《かみじょう》当麻《とうま》の頭にヒットした。何故《なぜ》か。この怪奇現象を御坂美琴《みさかみこと》は一言で評した。

「相変わらずの運動おんc……」

「そんな事はありませんーっ!! ぜっ全部計算通りだし!!」

そうなると食蜂操祈《しょくほうみさき》、深層も深層、無意識の底ではこのクソ馬鹿野郎をどつき回したかったらしい。気持ちは分からんでもないので御坂美琴《みさかみこと》も全身からバチバチしてみた。

「……あと一度に色んな事が起こり過ぎて有耶無耶《うやむや》にされつつあるだなんて甘い事は考えていないでしょうね大馬鹿野郎？　私はしっかりカウントしている……」

「待って不可抗力っ俺はこの無表情どもからわっしょいわっしょいされながらここに投げ込まれただけだって！　そもそもお風呂《ふろ》とカミナリは組み合わせちゃダメ!!　湯船にドライヤー投げ込むのとおんなじ香りが漂っているからあ!!」

ちょいちょい、と食蜂操祈《しょくほうみさき》が手招きすると、四人の少女達が計ったようなタイミングで介護用のお風呂《ふろ》から抜け出した。

やっぱり深層の部分に隠しきれない闇を抱えていたのか。蜂蜜色の少女もツンツン頭まで庇《かば》う気はないらしい。

「やっぱり暴力なら御坂《みさか》さん担当よねえ」

「待ってこの立ち位置は返上したいッッッ!!!!!!」

必要以上に力んじゃった瞬間、湯船がちょいとしたサスペンスドラマっぽくなった。

3

「で」

後頭部に噛《か》みついた白いシスター・インデックスを張り付けたまま、パジャマ姿の上条当《かみじょうとう》麻《ま》は低い声で質問を放っていた。

「全体的に何が起きているの？　世界のみんなが俺を殺しにきているの？？？」

場所はエントランスにある院内レストランだった。

さっきまでわらわらいたクローン少女達はやる事をやって満足したのか、一般患者の立ち入らない研究ブロックへ引っ込んでいる。いつまた現れるか予測ができないから要注意は要注意なのだが。

「とうま、これ持ってきた。りんごのケーキ食べよう！」

「金はどこから出てきたのかな⁉　さては上条《かみじょう》さんがいない隙にATMの使えない年末年始の生活費に手をつけやがったなインデックス、洗濯機の裏にガムテで貼っておいたあの封筒を‼出血多量とか感電とかだけじゃなくて、遠回りに経済的にも殺しにきてんのかよおーこの世界はあ⁉」

ちなみに上条当麻《かみじょうとうま》、入院しているからには入院食の出番となりそうなものだが、ここには抜け道があった。見舞客が持ってきてくれる品、または見舞客が話をするためにレストランへ連れていってくれる場合は医者や看護師の目から素通りされてしまう事もあるのだ。

もちろん後で検査をしたら一発でバレるのだが、上条《かみじょう》の場合は内臓疾患ではなく切り傷や打撲ばかりなので、実は食事制限はさほど気にする必要はない。こちとら食べ盛り高校生、今はとにかく肉と肉と炭水化物と肉と塩と脂と肉を欲《ほっ》していた。せっかくのクリスマスにでろんでろんのお粥《かゆ》とかはダメだ、これぱっかりは絶対に。

上条《かみじょう》は丸いテーブルにあったメニューを手に取って、

「び、病院なんだからお値段は良心的なはずだよな……」

「なに、お金に困ってんの？　非常時なんだし貸してあげても良いけど」

「チューガクセーに伝票持っていかれちゃうコーコーセーとか!!　ないわあーっ！　お金の代わりにプライドがズタボロになっちまうよ!?」

「『ムカつく一言だなこいつ』」

ダブルお嬢が右と左からツンツン頭のほっぺをつねった。

クリスマスだからご馳走《ちそう》モード!!　と気合を入れた上条当麻《かみじょうとうま》は自信満々にからあげ定食を頼んでいた。最初、繋《つな》がりが見えなくて目を白黒させていた美琴《みこと》と食蜂《しょくほう》だったが、やがて想像と想像が連結していく。何でもスマホで検索できちゃう世代の想像力ではどうしても回線速度が遅れてしまうのだ。

「ごちそうで、からあげ。ていしょくなの？？？」

ややあって、半分絶句しながら蜂蜜色の少女は尋ねる。

「あっ、あのうー……。つかぬ事をお尋ねするけど、それってえ、まさかクリスマスの定番力、一面に並べた料理の山の一角を占める堂々のアレを兼ねているだなんて馬鹿げた話はしn
「あれって別に七面鳥じゃなくても良いんだろ、コンビニなんかじゃ普通にフライドチキンとかもセールやってるし。ニワトリを揚げたら完成っていうならからあげ定食しかないじゃない！　コスパ的に!!」

「ああう、あうあうあう」

プロのお嬢様が両手をわたわた振ったまま思考停止に陥ってしまったようだ。今のは絶対に当たってほしくなかった嫌な予感だったらしい。予防線のつもりで地雷を踏んでる。

もうちょい庶民の味が分かるダブスタお嬢の美琴《みこと》は呆《あき》れたように、

「……せめてこう、骨つき系までは持っていけなかった訳？」

「何言ってんだ!!　骨があってもどうせ食べられないし!!　それで変な高級感とか出されて無駄にお値段を吊《つ》り上《あ》げられても困ります!!!!!!」

堂々の宣言に美琴《みこと》まで口をもにょもにょさせてしまった。

全力の高校生など中学生の手に余る。

ちなみに前述の通り、病院は季節のイベントに敏感だ。メニューを見れば季節限定のクリスマスっぽい料理もいくつか並んでいるのだが、最初から上条当麻《かみじょうとうま》の意識は素通りしているようだった。この生物、単品で一〇〇〇円以上する品は目に見えない仕様になっているらしい。

インデックスだけが元気いっぱいだった。

「ようは食べられれば何でも良《い》いんだよ‼　私は生きていきたい‼」

「その通りだ、教育が行き届いているなインデックス」

「という訳で私は豚の生姜焼《しょうがや》きとエビフライと粗挽きハンバーグが三方向からごっつんこした特盛ミックスグリルが食べたい‼」

「何で病院にこんなここまで体に悪そうなラインナップが並んでやがるんだ。てかおめーは勝手に生活費使っちゃったりんごのケーキを食べなさい。それだけ甘けりゃ雪山で迷子になっても生き残れんだろ……」

などと言い合いつつも互いの戦利品を紙の小皿で分け合っている上条《かみじょう》やインデックスを見て、二人のお嬢様はそっと息を吐いた。

目配せして、声には出さず唇の動きだけでコンタクトを取り合う。

「（……ひとまず、これと言って変な後遺症とかはなさそうね）」

「（明らかに『攻撃』は受けていると思ったんだけど。あの黒い丸薬、結局どんな意味力があったのかしらあ？）」

そう結論づけた時だった。

それはきた。

たらり、と。

上条当麻《かみじょうとうま》の鼻からねっとりした赤い血が垂れてきたのだ。

小さな三角であった。

学園都市でも七人しかいない超能力者《レベル5》の少女達が口を小さな三角にしていた。

地獄から這《は》い上《あ》がるような声があった。

「……おいからあげにマヨネーズつけて食べるハイカロリー派」

「ええっ、他に何かあんのかよ!?　オイよせよ抹茶塩とか、お前達はいっつもそうだ！　何でもかんでも指先で摘《つま》んだ高級なお塩をうっすらかけて食べるだけなのに大人の余裕でちょっと上からきやがって……ッ!!」

驚愕《きょうがく》する上条当麻《かみじょうとうま》だが本題から逸《そ》れてはならない。

「そっちは膨らませなくて良いんだわ私はレモン派。キサマ今何を思い出した？　キスか、イヴの夜にロマンチックにちゅーした例のアレか!?」

「てゆーかあんな大雑把な方法が許されるなら先に言ってほしいんですけどお!!　ぐぬぬぎごぎご……普通ああいう役回りってミステリアスでグラマラスな私の出番力のはずでしょお!?」

4

ぶすう、と食蜂操祈《しょくほうみさき》は唇を尖《とが》らせていた。

特定の病室や診察室などではなく、ごくごく普通の長い廊下だ。行き交う人々はナース服を着ている金髪少女を見ても違和感なくすれ違っていく。

食蜂《しょくほう》の方も、もはや発覚する可能性など頭に浮かべてすらいなかった。

頭にあるのはこれだけだ。

痛恨。どこから湧いて出てきたかも分からない女に横から聖夜の思い出をかっさらわれるとはまことに遺憾であったが、だからどうだというのだ。多少リードを奪われた程度で諦められるほど彼女は純粋ではない。

(……だったら自明の理じゃない、丸ごとごっそり奪い返してやるまで。ふっふっふ、コスについてはどうしよっかなー？)

「ふんふん、ふんふんふんふん」

そんな訳で少女は鼻歌を歌っていた。

立ち止まる。ここは廊下にあるちょっとした待合室だった。いくつかの自販機とソファがおざなりにまとめてあるだけの小さなスペースで、壁や仕切りなどは特にない。当然ながら、廊下を行き交う看護師さんや患者達からも普通に丸見えだ。隠す必要がなければ隠れるような構造にしない。当たり前と言えば当たり前である。

にも拘《かかわ》らず。

蜂蜜色の髪の少女は、白昼堂々いきなりナース服のボタンを外して前を開き、柔肌を大きくさらけ出した。ゆっさ、と何か揺れる。

周りの視線なんぞ気にしない。

というか誰一人食蜂操祈なんか見えていない。そういう風に操作しているんだから当然だ。

(更衣室って物理的な鍵がかかっているから入れない事も多いのよねえ。部署ごとに使える鍵は違うから、『当たり』を持ったナースさんを見つけるのも手順が面倒だし……)

「次は何にしようかしら、と。やあーっぱり、サンタさんは外せないかなあ」

「おい」

いきなり横から声がかかった。

食蜂操祈《しょくほうみさき》は服装によって見えない所の下着まで替える派だ。よって下着すらない素《す》っ裸《ぱだか》のまま新しいコスチュームを両手で摘《つま》み、ちょっと意外な顔で食蜂《しょくほう》が振り返ると、学園都市第三位のがさつ女がこっちを睨《にら》んでいた。

「……一体何やってんの露出好き？」

「おいろなおしー☆」

　そういえば第三位だけは『承認』がないと心理掌握《メンタルアウト》を弾《はじ》かれるのだったか。今さらながら常盤台《ときわだい》の女王はそんな風に思い出す。

「まあ、冬休みまで制服一択の御坂《みさか》さんには理解できない感覚かもしれないけどお？」

「そこじゃない。そんな格好に着替えて何をする気だって聞いてんの」

「せっかくのクリスマスなんだし、少なくとも御坂《みさか》さんが想像している以上の事は」

「言うと思った。一応あの馬鹿だって入院してんだから安静にさせときなさいよ‼　変にちょっかい出したら傷が開くかもしれないでしょ⁉」

「言うと思ったー☆　ちなみにお邪魔虫な御坂《みさか》さん対策についてはこんな感じよ？」

　きゃああっ‼　と。

　殺人事件にでも遭遇したような、甲高い悲鳴が美琴《みこと》の鼓膜を思い切り叩《たた》いた。

　今さらのように廊下にいた本物のナースさんが顔を真っ赤にして口元を掌《てのひら》で覆っている。限界まで両目を見開いてこっちを凝視して、何と言ったら良《い》いのか、それすら浮かばないほど頭がパニックになっているようだった。

　新人っぽい女性の看護師さんは野球ボールくらいのサイズの空気の塊を喉の奥まで突っ込まれたような顔で、

「な、ななな、な……」

「ほら食蜂《しょくほう》、アンタの変態ぶりがついにバレたんじゃn

「何を白昼堂々素《す》っ裸《ぱだか》になっているんですか、ショ、ー、ト、ヘ、ア、の、子⁉ どんな悩みを抱えているかは知りませんがほらこっち来てください、早く‼」

……はい？ と美琴《みこと》は両目が真ん丸になる。

しかし現実に、行き交うおかっぱのパジャマ女子や女医さん達が思わず足を止め、顔を真っ赤にしてチラチラ見ているのは、食、蜂、操、祈、で、は、な、く、御、坂、美、琴、の、方、だ。

全力で眩《まばゆ》い肌をさらしたまんま、にやにや笑う女王がテレビのリモコンをくるくる回していた。

「ま、まさかアンタ……」

「服を着ているのが私、服を脱いでいるのが御坂《みさか》さんダゾ☆」

そういう風に、瞳に映る像を変えた。

第五位なら朝飯前である。

「まあ、彼女達の視界には私の想像を当てはめているだけだから本物のハダカじゃないんダゾ。アイコラみたいなものだから気にする必要力はないんじゃない？」

「～～～ッッッ‼⁉⁇」

「サービスで胸はちょっと盛っておいてあげたわ、感謝なさーい」

「くそおーっ!!」

物理的にどうのこうのではない。乙女としての限界がやってきた。とにかくこれ以上彼女達の視界に入ったらおしまいだ。

いっそ窓を開け、窓枠に足を掛けながら、ユデダコみたいになった美琴《みこと》がヤケクソ気味に叫ぶ。

「勝ち誇ってんじゃないわよバーカ!!　人の頭を操作したって機械的な防犯カメラにはばっちり映ってんだからねそのハダカあ!!」

「やば。後で対策しなきゃ」

くるりとリモコンを回して、あんまり緊張感のない声で食蜂《しょくほう》は呟《つぶや》いた。

第五位なら朝飯前だ。

5

賑《にぎ》やかなのは良《い》い事だが、それにしてもハメを外したお見舞いであった。

「……というかナイフとフォークが振り上げられるとは思ってもいなかった……」

上条《かみじょう》は一人、濡《ぬ》れ髪《がみ》のまま廊下を歩きながら呟《つぶや》く。

まだまだ昼前だが、少年はいったん病室に戻っていく。少女達がついてこないのは、彼女達が外にいないと『病室の外に出るきっかけ』を失ってしまうからだ。忘れているかもしれないが今は入院中、医者の手であらかじめ決められたリハビリや運動の時間以外はできる限りベッドから動かない方が良《い》い。しかしとにかく退屈なのだっ、思春期で内側からパワーが溢《あふ》れ返《かえ》っている一〇代男子にとっては!!

でもって病室にはこんな用があった。

「くつ、靴、クツと……。スリッパ履きじゃ外に出られん」

入院あるあるだった。

もうベッドで眠り過ぎて全身の関節がみしみしいってる上条《かみじよう》としては、中庭に出たかった。今ならサッカーボール一個あれば一日中追い回していられそうだ。

そして病室に顔を覗《のぞ》かせると、なんか青髪ピアスがベッドからずり落ちていた。

「どうした青髪、前から変だったけど」

「うふふ、どっかに行っておったカミやんには分からへんと思うけど。さっきまで同じ病室でバカップルがイチャイチャ会話しておったんよ……。幸せ時空の障壁に押し潰されてボク死にそう」

食堂に出ておいて良かったと心底思った。

青髪ピアスは暗い顔で、

「大体唇と唇がついたから何がどうだと言うんや。寝起きでネバネバまみれの口ん中なんて見られたもんやないっちゅう基本的事実を知らへんのか流石《さすが》はバカップル、むしろキスなんてしない方が正義なんですう！　なあカミやん⁉」

「……、」

「おい、何やねんその不気味な沈黙……？　何故《なぜ》そんなにもボクをざわつかせる？？？」

だが上条当麻《かみじょうとうま》が黙ったのはイヴの夜にグラマラスな美人から唇を奪われた事を思い出したから、ではない。

はじめてのちゅーがサンジェルマン味だったという過酷な現実と戦っている訳でもない。

そっと。

ミニスカサンタの蜂蜜少女が上条当麻《かみじょうとうま》の胸板にすり寄っているからだ。

「(はあーい上条《かみじょう》さん。あんまり遅いから様子を見に来ちゃったんダゾ？)」

「ちょ、ええ、なあ⁉」

「(ま、ほんの一〇分前の話なんて覚えていないんでしょうけど。御坂《みさか》さんとかシスターさんとかあ、さっきはお邪魔虫がいっぱいいたからお見舞いなんかやり直しでえーす☆)」

あんまりすり寄ってくるものだから、当たっています。上条《かみじょう》の胸板に押し付けられた、全く質感の異なる少女の大きな胸が。何だ一体、上条《かみじょう》は呆然《ぼうぜん》とした。あのキスから、何かしら世界のタガでも外れたのか!?

いきなりの乱入に上条《かみじょう》が飛び上がっていたが、目の前にいる青髪ピアスは怪訝《けげん》そうな目を向けただけだった。

場違い極まりない年下(なのにムッチムチ)サンタさんではなく、上条《かみじょう》の方に。

「つか一人で何を騒いでおるん? ハッ!? ま、まさかエアー恋人とはカミやんもまた相当ディープな萌《も》えの世界を……?」

「いや違うよお前今ここに……っ!!」

言いかけて、上条《かみじょう》は黙った。

ここに極めてグラマラスな少女が一人いる事を改めて教えて、それで上条側《かみじょうがわ》に何のメリットがあるのだ?

蜂蜜少女はくすくすと笑って、

「(そうそう、都合の悪い話は伝える必要ないの。さあ上条《かみじょう》さあん、せっかくのクリスマスを退屈に過ごす事はないわ。今日は、今日こそは忘れられない一日にしましょうねえ?)」

「(お前、何か能力を……?)」

「(め・ん・た・る・あ・う・と、能力名なら覚えていられるかしらあ。ただ、あんまり慰めにはならないけれど)」

ちょっと寂しそうな声色が混ざる。

どうやら青髪ピアスには本当に見えていないようだ。物理的に光を曲げて透明になる、のなら上条《かみじょう》にも見えるはずはない。となると人の心に作用する何かをしているらしい。

というか、だ。

「(……何でそんな格好してるの???)」

「(クリスマスだから☆ ……しかし何で着替えたの、とはならない辺り、やっぱり視界から外れてしまえば忘れてしまうのねえ)」

「?」

「(これは『心理掌握《メンタルアウト》』とは関係ないんだけど……分からないわよねえ。良《い》いのよ。覚えていられるかどうかに関係なく、事実として楽しいクリスマスがなくなる訳じゃないからね? そんな訳でらぶらぶべたべたしまくりましょー☆)」

しまくられてしまうらしい。

血圧や心拍数をモニタリングされていなくて良かった。上条《かみじょう》は自分で分かる、これはもうナースステーションから大勢人が飛び込んでくるレベルに達している。何なのだ、この熟れ熟れむちむち中学生はッ!?

一方、青髪ピアスは自分に言い聞かせるように何かぶつぶつ言っていた。

「クリスマスなんて三六五日の一つです、何も特別な事なんかありません、赤い服の人に空港のレーダーをかい潜《くぐ》るようなステルス性能はありません!! ふっ、ふひひ、ミニスカサンタなんて幻想です‼　ボクは泣いてなんかいません‼」

「んー……？」

「あのなあカミやん、いつまで夢を見とるん？　いいかきちんと現実を学習しておけ、金髪で爆乳で実は年下なミニスカサンタなんてＵＭＡはこの世におらへんのやあ‼」

「……、」

そっと寄り添って少年の胸板に白手袋の人差し指を這《は》わせ、くすくすと妖しく笑っている少女の存在は青髪ピアスには分からないようだ。彼女はあんまり人には言えない場所からスマホよりも小さなラッピングされた箱を指で摘《つま》み出《だ》すと、

「(ほうら、楽しい一日にしましょうねえ？)」

「えっえっ？」

「(何度でも忘れられるって分かっていてもイラつくのは事実だしい、何か形に残しておきたいものねえ。そんな訳で、はいこれ)」

「……プレゼント？」

なんかちょっと温かかった。

サンタさんは、心の清らかな子の所にしかやってこないのかもしれない。

中身は何だろう、とその場でガサゴソラッピングの薄紙を剝がしてしまう上条当麻《かみじょうとうま》。部外者の青髪ピアスは手品でも見るような目を向けていた。手先が不器用だからか、ラッピングは

上条《かみじょう》の手の中であちこちビリビリ破けてしまっている。

さて。

小さな子供みたいになっている上条当麻《かみじょうとうま》を見る蜂蜜少女の瞳がひどく優しくなっている事に、この少年は気づけたか否《いな》か。

そして出てきたものを見て、上条《かみじょう》は不思議そうな顔になった。

「笛?」

「(ホイッスルなんダゾ?　まあ、ここにどんな意味が込められているかはもう覚えていないでしょうけどねえ)」

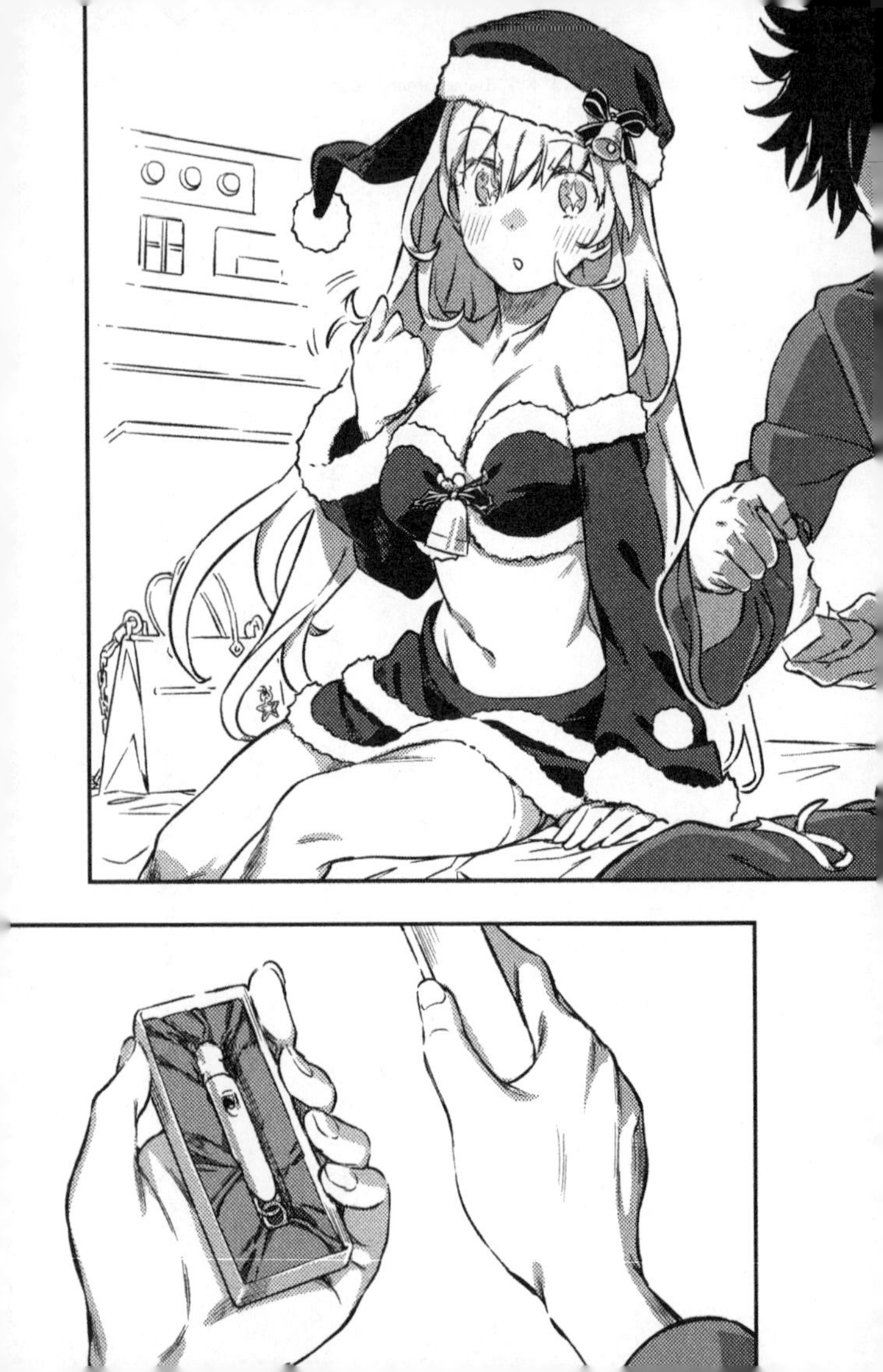

6

「……、」

白い修道服を着た銀髪の少女だった。ほんのり石鹸《せっけん》の香りがするのは、ついさっき立ち寄ったアメニティールームで修道服の裾がタイルに広がるお湯を少し吸い込んでしまったからかもしれない。

科学の街のどこにいても目立つかもしれない。最新テクノロジーの塊である病院ならなおさらだ。しかしそんなインデックスが用もないのに忍び込んでも、ここだけは誰もが見過ごしてしまうだろう。

礼拝堂である。

病院の地下、というロケーションも相まって、真冬の空気に身をさらすような清々《すがすが》しさがあった。しかしだからこそ、インデックスは己の雑念が浮き彫りにされていくのを感じる。

脳裏に浮かぶのは、イヴの夜だ。

目の前で起きた事。唇と唇の、接触。

完全記憶能力を持つ少女は、いっそ忘れてしまいたい記憶から逃れる事もできない。

本当は、唇くらい尖《とが》らせたかった。

（……気にしてないもん）

「おい」

胸の前で両手を組んで深く祈りを捧《ささ》げているインデックスに、横から無粋な声がかかった。

肩の上に乗っているのは、わずか一五センチの神・オティヌスだ。

十字教とは違う神話の存在だから居心地が悪い、という話ではなく、

「……勝手に入って良いのか。ここは末期患者向けの部屋だろう？」

学園都市は基本的に無神論の科学信仰が蔓延《はびこ》ったハイテクシティで、このステンドグラスだって裏からＬＥＤの光を当てているのだろうが、信仰の自由自体は保障している。最期《さいご》の時を宣告された患者が何にすがって安心を得たがるかは当人の選択次第だ。もっとも、学園都市の場合は本職の神父というより『そういう学問を学んだ教授』が相談役として顔を出してくるだろうが。

「そうだよ」

対して、インデックスはお祈りの姿勢を崩さなかった。

悪びれもせず、むしろ真摯《しんし》にこう受け答えたのだ。

「だから、とうまのために祈ってる」

「……、ふん」

オティヌスはそれ以上訂正を促さなかった。

あの少年が無理して笑っているのは分かっていた。心配性で、いらないお節介を焼いて、そのために傷だらけになって、誰よりも人の痛みに共感してどんな死地でも拳を握って迷わず飛び込むくせに、だ。

一方で、上条当麻《かみじょうとうま》は自分が他人から心配される事には全くと言って良いほど慣れていない。慣れていないから、狼狽《うろた》える。だから、こちらが心配して気遣うほどにあの少年には重荷となるのだ。それが『理解者』たるオティヌスはイライラして仕方がない。風邪を引いた時くらい周りに甘えるという思考も持てないのだ、あの大馬鹿者は。

銀髪少女の肩で尊大に細い脚を組み直して、それからインデックスの頭の上に乗った三毛猫の唸《うな》りにオティヌスはビビりつつ、こう尋ねた。

「気づいているか？」

「サンジェルマン。私の知っている通りなら、おそらく自然消滅はしないんだよ」

「おそらくじゃない」

オティヌスは腕を組んだまま、整った鼻から息を吐いた。

こと魔術の分野において、一〇万三〇〇〇一冊以上の魔道書を完全記憶した『図書館』たる少女が言葉を濁すとは片腹痛い。都合の悪い真実から目を背けては、状況の悪化を促すだけだというのに。

意味のない希望的観測は、ここで潰す。

自らの足で前へ進むため、敢《あ》えてオティヌスは冷酷に突きつけた。

もしも地獄に降りなければその魂を拾い上げる事ができないというのであれば、門を開けない道理はない。

「絶対に、だ」


御坂美琴《みさかみこと》、窓の外に逃げている場合ではなかった。

またなんかクローン少女達がこそこそしている。放っておいたらあの病室が襲撃されるに決まっていた。前兆を見つけてしまった以上、ぐいぐい押し返して研究区画に帰す他あるまい。

同じ顔をした少女はカンペキ無表情でこちらを見据えながら、

「せっかくのクリスマスだというのに、とミサカ一〇〇三二号はしょんぼりします」

「うっ……。い、いや騙《だま》されない！　違うでしょ、クリスマスとハダカとオフロは関係ないじゃん!!」

「しかしこちらの資料によりますと、クリスマスとはミニスカサンタや素《す》っ裸《ぱだか》にリボン巻き、生クリーム系洋風女体盛りなど、一年の中でも特に肌の露出が多い時期であると……」

「……一体、世界のどこから掘り返してきたのよそんな奇祭？　ほらほらネット情報なんか鵜《う》呑《の》みにしていないでクリスマスらしい事をなさい!!」
オーバーヒートしそうだ。
御坂美琴《みさかみこと》は同じ顔の少女達を押し返すと、息を吐いていた。
相変わらずあの少年の傍《そば》にいると無駄に振り回される。『こうあるべし』と自分で思ってい
る常盤台中学《ときわだいちゅうがく》のエースという像が端からボロボロと崩れていくようだった。それはこの上な
く苦手であり、しかし決して居心地が悪い訳ではない。
（……見た目の怪我《けが》以上に何かあるって感じじゃなかったな。ひょっとしたらアンナ＝シュプ
レンゲルとかいうヤツ、自信満々に仕掛けておいて不発に終わった？）
ありえない話ではない。
そもそも上条当麻《かみじょうとうま》の使っている能力は、能力開発の名門である常盤台中学《ときわだいちゅうがく》でトップクラス
の成績を誇る御坂美琴《みさかみこと》にも分析できていないのだから。
学園都市第三位の能力を無力化するほどの何か。
……あるいはそれ以上の秘密を持った、今まで少女が見聞きしてきたモノの中でも最大のブ
ラックボックス。
それは、分かりやすい最強である第一位以上の、という意味合いでもある。
そこまで強大な何かを体内に秘めているのであれば。
世界の裏だか奥だかに潜んでいるとかいうアンナ＝シュプレンゲルの予測や計画すら外れた

結果を生み出しても不思議ではない、と。

御坂美琴《みさかみこと》はそんな風に考えていた。

と。

ガラガラガラ!! という大きな音があった。

小さな車輪の回る音。複数の医者や看護師が急患の寝かされたストレッチャーを押して手術室に向かっているのだ。

「どいて!! どいてくださいっ!!」

「血圧低下。『書庫《バンク》』に照会してこの子の血液型とアレルギーの有無を検索しろ!! まずい、ショック症状が出る。ひとまず生理食塩水を静脈に流すぞ、これ以上の速度で血圧を下げるなっ!! 早くナニ型かだけでも調べてこい、早く!!」

突風のようであった。

事故か事件か。せっかくのクリスマスだというのに、やっぱりトラブルというのは年中無休で起こるものらしい。こんな雪の日に、イベント日と重なって交通量が多くてあちこち渋滞なんかもあるだろうに、救急車も大変だ。医者達の声を耳にする限り、かなり緊迫した状況のようだった。

(大変ね……)

美琴《みこと》はそんな風に心の中で呟《つぶや》いて、上条《かみじょう》の病室へ引き返す事にした。カッカしていた平和な頭も、今ので全部シリアスに戻ったらしい。

エレベーターに乗り、九階へ向かって、通路を歩く。

病室に向かう道すがらであった。

壁に寄りかかっている金髪少女を見かけた。またどこかで素《す》っ裸《ぱだか》になって着替えたのか、今は学校の制服だ。

そして違う、身を寄せているのは壁ではなくどこかの診察室のドアだ。

「食蜂《しょくほう》……？」

しっ、とこちらに気づいた金髪少女が自分の唇に人差し指を当てる。

プライバシーもへったくれもないのは流石《さすが》精神系最強といったところか。思わず『雷撃の槍《やり》』でぶっ飛ばしてやろうかと思ったが、胸ぐらを掴《つか》むために近づいたところで事情が変わった。

うっすらと開いたドアの奥に、ツンツン頭が見えたのだ。

彼はカエル顔の医者と向き合っている。

「検査の結果というのは大体分かっていると思うけどね？」

「はい」

心臓が跳ねる。

結局は大声を出して食蜂《しょくほう》を追い払えない辺り、自分も同じ穴のむじなかと美琴《みこと》は思う。

言われてみればあやふやだった検査の結果がここで聞ける。悪い事と分かっていても、どうしても気になる。

不安を払拭《ふっしょく》したくて深入りする。

この辺り、クローン少女達を巡って夜の街で暴れ回っていた頃と変わらない、と美琴《みこと》は奥歯を噛《か》む。

気づかずに、診察室での会話は続く。

「君が見たという丸薬だけどね？　あれがどんなものであれ、その右手の能力で打ち消すというのは難しいんじゃないかな」

「っ」

「正確には、消去自体はできているよ？　だけどそれを上回る勢いで体内において増殖が進んでいるため、回復が追い着かない、という状態が近い」

もしもこの場にインデックスがいたら、『魔女狩りの王《イノケンティウス》』という術式を思い浮かべたかもしれない。

しかし耳にしているのは食蜂操祈《しょくほうみさき》と、御坂美琴《みさかみこと》。

魔術というルールはまだ手元にない。

「出血があったという話は聞いたけど。鼻血だね？」

カエル顔の医者は確認を取るように囁《ささや》く。

深刻だった。少なくとも思春期男子が興奮して鼻から血を流した、という話ではないらしい。

「外傷はなくとも極度の精神集中によって毛細血管が破れるという話もなくはないけど、この場合はもう少し悲観的に見た方が良《い》いだろうね？　君の体は、リアルタイムで蝕《むしば》まれている。僕の手持ちじゃワクチンや解毒剤《げどくざい》に心当たりはないし、胃洗浄や全身透析といった力業で除去できるものでもないはずだよ？」

「……、」

「君の幻想殺《イマジンブレイカー》しは、科学だけでは説明のつかない病状の進行を遅らせる事には成功しているものの駆逐は追い着かない。この微生物はこうしている今も体内で少しずつ勢力を広げているから、放っておけば加速度的に全身の組織が破壊されていくだろう。リミットが何日あるかは不明。見た感じは殺人バクテリアに似ているけど、おそらく本質的には違うモノだろう」

「なら……」

蚊の鳴くような声だった。

少年の表情は、ここからでは見えない。だけどその声はまるで置いてきぼりにされた迷子のようだ。

「なら、俺はどうすれば？」

「これをやった元凶に話を聞くのが手っ取り早いだろう。全く未知の微生物ではあるけれど、『兵器』として使用している以上は自分自身が感染して命を落とすようでは話にならないからね？　張本人ならおそらく高確率で持っているよ、予防と対策のための手段を」

「具体的なリミットは？」

「長くて二日、今倒れてもおかしくないけど。子供を焚《た》きつけるようで最悪の気分だけどね？」

「俺は……このままだと、死ぬんですか？」

「未成年者への宣告はできない。先に書面でご両親の同意をもらわない限りはね」

単調な電子音が鳴り響いた。

カエル顔の医者が懐《ふところ》から取り出したのは時代遅れのＰＨＳだが、限られた職場では未《いま》だに現役で稼働《かどう》している通信インフラだった。例えば医療現場もその一つだ。

「まったく、今日は急患が多い」

「あの……」

「ああ、心配しなくて良いよ。こっちは上条君《かみじょうくん》とは症状が違うだろうね？　幸いにして、あの微生物は人から人への感染は確認されていないようだし。イースト菌や米麹《こめこうじ》のように、練り込んだ物質を直接経口摂取しない限り侵食は始まらないんだね？　……ただし、根っこにあるのは同じだろう」

カエル顔の医者は椅子から立ち上がったようだ。

急患それ自体も大きな問題だが、これ以上話せる助言もないと判断したのだろう。

「R&Cオカルティクス。うわごとのように呟《つぶや》いている子供達も多いって聞くね？　学園都市には似合わないおまじない感覚で一体何に手を出している事やら……」

いつもと違った。

椅子に腰掛ける少年の背中は小さかった。

俯《うつむ》いたまま、ツンツン頭の高校生はぽつりと呟《つぶや》いていた。

いいや、こっちが正しかったのだ。

得体のしれない丸薬を呑《の》まされて、血を吐いて倒れて、病院に運ばれて……。それで何でいつも通りなのだ？　そんなの絶対におかしい。笑っていられる状況じゃないのは、少年自身が誰よりも理解できていないとおかしいではないか。

「先生」

「何だい？」

聞くな、と美琴《みこと》は顔をしかめる。

これは絶対に聞いてはいけない。分かる。彼は、こんな自分を誰にも見せたくなかったから無理して笑っていたのだと。ここにいたらそれだけでそんな拙《つたな》い努力を無遠慮に踏みにじってしまう。

なのに少女はここから離れられない。

だから耳にした。

その落差。

今まで場違いなくらい明るかった少年が、皆に心配かけまいという努力のために今までどれだけ血を搾り出していたのかを思い知らされた。

『あの』上条当麻《かみじょうとうま》が背中を丸め、蚊の鳴くような声で素直な本音をこぼしたのだ。

たったの一言だった。

世界が壊れた。


「……怖いよ」

「分かってる、誰だってそうさ」


出入口は一ヶ所しかない。

しかしカエル顔の医者が急患を診るためにドアを開けた時には、すでに誰もいなかった。

すぐ近く。

廊下の角まで身を隠した二人の少女は、互いの顔を見合わせていた。

空気は完全に焼けていた。

「……聞こえていたわよねえ、御坂《みさか》さん？」

思わず小さく舌打ちするところだった。

そんなくだらない確認より、まずは自分で自分の顔を殴りつけたい。

歯を食いしばる美琴《みこと》に、食蜂《しょくほう》はさらに続ける。

「どうせ異変に気づけば御坂《みさか》さんも御坂《みさか》さんで勝手に動き出すでしょう。あの、アンナ＝シュプレンゲルとかいうのを捜すために。手間を省きましょう。私とあなたが手を組めば人間と機械、両方の側面から一気に調べ物を進められる。ヤツがこの街のどこに潜んでいようが必ず見つけられる。そうでしょう？」

「……、」

アンナ＝シュプレンゲルはギブアップの条件を事前に伝えてきている。どうしても限界がきたら、R&Cオカルティクスに連絡を入れろと。

しかし、だからどうなる？

これだけの事をしたアンナに対してこちら側からギブアップを伝えても、交渉材料がない。無策でギブアップをしたところで、アンナは間違いなくこちらを舐《な》めてかかる。今のままだと美琴達《みことたち》はただブラフを摑《つか》まされ、馬鹿を見るのはあの少年だ。

だからアンナ本人をぶっ飛ばす。特効薬なりワクチンなりを直接強奪する。

それが一番だ。

美琴《みこと》は意図して、一度だけ深呼吸した。

それから尋ねる。

「どこからやる？」

「あなたが今頭に思い浮かべた事を全部。私もそうするわあ」

少女達は切り裂くような寒さに支配された外の世界へと足を向ける。

あの少年は、学園都市の『暗部』をぶっ潰すためにもうボロボロになっている。

今度は少女達の番。

二四日はもう終わった。二五日はあの少年が救われる番だ。

行間 一

Ｒ＆Ｃオカルティクスはいつの間にかネット上に出現した巨大ＩＴだ。

世界中から人を集めるモンスターサイトでありながら、そこには本来隠されるべき魔術の秘《ひ》奥《おう》が片っ端から網羅されている。

「近代西洋魔術の暴露作戦。イスラエル＝リガルディの再来でも気取っているのか……ふざけやがって」

日本との時差はざっと九時間。

こちらはやっとカウントダウンの余韻も抜けて、馬鹿騒ぎのパーティが正常レベルのお祭りまで沈静化した辺りだった。

そんな深夜の闇が、オレンジ色に焼けていた。

テムズ川から流れる水気を含んだ風が吹き散らされ、ジリジリと熱せられた陶芸窯の中のように乾き切った空気が肌を炙《あぶ》っていく。

二メートルもの長身に赤く染めた長髪、目の下にはバーコードのタトゥー、口には咥《くわ》え煙草《タバコ》。

およそ聖職者とは思えない出で立《いた》ちではあるが、ステイル＝マグヌスはれっきとしたイギリス清教《せいきょう》の神父だ。ただし、人には言えない部署の人間でもあるが。

第零聖堂区『必要悪の教会《ネセサリウス》』。

その職務は、魔術師との戦闘そのものである。

事件現場はロンドン、シティ区。よりにもよって、である。一秒間に万でも億でも高速取引を担《にな》うとされる、そんなハイテクを極めたロンドン市場のまさに中心地において、毒々しい魔術の花が咲き乱れる。

具体的には。

ボンッ!!　という炎が酸素を吸い込む音が磨き上げられた金融街に響き渡った。星明かりはおろか、金融街のきらびやかな電飾や打ち上げ花火すら景色から遠のいていく。

ステイルが何かをした……のでは、ない。

それ以前の問題だった。深夜にこそこそと検索を繰り返して術式というものを知った素人《しろうと》が、何かをやらかそうとしてひとりでに火だるまとなった。助からない、と一目で分かる火勢だ。

長身の神父は顔をしかめる。

綿密な計画があれば出鼻を挫《くじ》く事でドミノ倒しを遮断するように、密《ひそ》かに食い止めるチャンスもありそうなものだ。しかし、一人で試して一人で失敗する、では阻止のしようもない。

方々で悲鳴や怒号が鳴り響き、ガム一つない歩道に小洒落《こじゃれ》たバーがテイクアウトの窓口から売《う》り捌《さば》いている小瓶のビールがばら撒《ま》かれていった。

日付も変わった深夜の金融街にしては人の数が多い。クリスマスの夜というのがやはりまずかった。川沿いから打ち上げられた色とりどりの花火を眺めようとする恋人達が溢《あふ》れていたからだ。

よって、誰も彼もが目の当《ま》《あ》たりにしてしまっている。

神秘、超常。その恐怖を。

(これでは始末が追い着かないぞ……。それとも小粒な事件を全世界で同時に起こして、僕達『必要悪の教会《ネセサリウス》』の処理能力をパンクさせるのが目的なのか⁉)

何しろ容疑者は七〇億人。

大の中から小の危険人物を見つけ出して始末する従来のやり方だと、こういった事態には対応できない。少数精鋭の特殊部隊では国全体を揺るがす民衆の暴動は抑え込めないのと一緒だ。

『おいっ!!』

ひとまずラミネート加工されたカードをばら撒《ま》き、『人払い』の術式を構築してこれ以上の混乱が広がらないように対症療法を進めるステイルに、よそから声がかかった。

声は幼い。

せいぜい一二歳くらいの少女のものだ。

　しかし神父は油断しなかった。そもそも音源らしき方向に目をやっても誰もいない。狙撃手と同じく、相手は一方的にこちらを観察できる位置を把握している。自分から音を出しても致命的にならない、というふざけたレベルで。

『警官気取りのイギリス清教はどう始末をつける気だ？　あの火だるまはジョージ＝クローズ。我々「明け色の陽射《ひざ》し」の見立てが正しければ札束に目が眩《くら》み、書類を書き換えてこのシティ区でR＆Cオカルティクスをこっそり上場させた今世紀最高のクソ野郎だぞ。そうでもなければ本拠地の場所すら分からんガチ真っ黒のサイバーカルトが牛耳る嘘《うそ》まみれの幽霊会社なんぞしれっとロンドン市場に顔を出しているはずないだろうが！』

　的確に情報封鎖を施しながらも、ステイルは盛大に舌打ちしていた。

　敵の敵は味方、なんて甘い事を言っていられる相手ではない。

　最大級の警戒が必要な場面であった。

（となるとこいつ、レイヴィニア＝バードウェイ……『黄金』系最大手の魔術結社を束ねるボスか。まさか僕達が標的リストのてっぺんから情報をもらう日が来るとはね）

『ちえーっ、割に合いませんよこんなの！　クリスマス割高設定だし危険手当だしで「明け色の陽射《ひざ》し」には後で追加報酬をたんまり請求しますからね‼』

『報酬について語る前にとっとと手を動かせ下請け。しくじったら後金は出さない契約だったよな？』

『「新たなる光」のレッサーですぅ！　初対面じゃありませんよね⁉』

『この私に名前を覚えてもらいたければ、手っ取り早く成果を持ってこい』

他にも色々いるようだ。

見た目は証券ビルで働くインテリな職員だが、ジョージ＝クローズが借金まみれだったのはステイル達も摑《つか》んでいた。今そこで火だるまになったのも、自分が働く証券取引所に火を放って汚職のデータを闇に葬《ほうむ》ろうとでもしたのだろう。

当然ながら、

「……協力者の自滅も織り込み済みか、アンナ＝シュプレンゲル」

『この分だと、ニューヨークやフランクフルトの（自称）協力者（笑）も破裂している頃合いだろうな。これで、誰でもアクセスできるモンスターサイトがどこのサーバーに収めてあるかも安易に追跡できなくなった。覚悟はしておけ、根っこの元栓から遮断ができなければいくらでも「次」が湧いて出るぞ』

天高くから何かが垂直に落ちてきた。

ステイルの足元で跳ねたのは金色の輝きだ。どうせ頭上を見上げたって夜空しかない。どこから落ちてきたのかは相変わらず不明であった。信心深い者が見れば聖ニコラウスの奇跡の再来とでも考えたかもしれない。

『お前達が無能なのはご存知の通りだが、ここで行き詰まってもらっても困るからな。餞別《せんべつ》をくれてやる。そいつはアンナが実体のない会社を構築するためにばら撒《ま》いていたと思《おぼ》しきカネだ。ヤツは古いルビーと純金細工を使って取引していたらしい』

「……魔術結社『薔薇十字《ローゼンクロイツ》』の遺産？」

『世紀をまたいだ埋蔵金さ、これでも可愛《かわい》い方だろ。フラスコだのビーカーだので無尽蔵に金塊なんか合成されてみろ、年を越す前に金相場が破綻して世界経済が崩壊してるぞ』

おどけたような調子で少女の声は告げる。

おそらく顔も見えない本人はぴくりとも笑っていないだろうが。

(骨董品《こっとうひん》……。銀行預金や電子送金を活用せずに巨額を動かしているのだとすれば、科学サイドの方でもカネの流れを追い切れるとは限らないぞ。くそっ、そもそも学園都市側はどうやってあの巨大ＩＴの本拠地を特定して叩《たた》くつもりなんだ!?　本当に正しく脅威を認識しているんだろうな!!)

そしてこうしている間にも、一般人は魔術に触れている。

パソコンから、スマホから、タブレットから、携帯ゲーム機からカーナビからモバイルウォッチからネットＴＶインターフォンホームシアター人型案内ロボット歩数計防犯ブザー旅客機や新幹線の座席モニタ携帯通訳装置オーブン冷蔵庫炊飯器電磁コンロ洗濯機ジューサー乾燥機とにかくＩｏＴと名のつく家電全部。

つまり、世界のどこからでも。

しかしいきなり魔術だけポンと渡したところで、万人が自分の望みを叶《かな》えて幸せになれるとは限らない。銃は絶大な破壊力を持つし、それが一丁あれば大抵の無理難題はゴリ押しできるかもしれない。だがその危険性や扱い方を正しく理解できなければ自分の頭を撃ち抜きかねないのだ。例えば薬室に弾が残った状態で安全装置も掛けずにホルスターへ拳銃を突っ込んでその辺を歩き回る、不発の際に迂闊《うかつ》にも銃口を覗《のぞ》き込《こ》むなどして。

まして『目に見えない力』を取り扱う魔術は、恐怖を見据えて覚悟を決める、という当たり前の初期作業がとても難しい技術体系でもある。本職の魔術師はこのために魔法名を決め、参入の儀を行い、死後に行われる裁きを疑似体験してまで自我を固めていくのだ。

それができないまま。

ただ便利そうだからというだけで魔術に手を伸ばせばどうなるか。メリットだけを話して老後の蓄えをハイリスクな投資に誘う、意地汚いセールスマンの手口を連想させる。

(外の世界でもこれだけの混乱が続いているんだ……)

『敵』が見ている。

ステイルは顔には出さないよう留意しながら、

(……学園都市の方は今頃どうなっている？　向こうには『能力者は魔術を使えない。無理を通せば全身の血管や神経が破裂する』なんていう絶対のルールが横たわっているはずなんだぞ)

言うまでもなく、魔術は危険なものだ。

しかし同時に、世界に見放された誰もがそれでも成功を求めて手を伸ばすべき最後の切り札のはずだ。それがどれだけ無謀な状況で、叶《かな》わぬ望みであったとしても。

最初から誰かを陥《おとしい》れるために流布《るふ》するのは、何かが違う。

第二章　黒の丸薬、白の雪　and_RED_Rose.

1

一〇歳くらいの少女であった。

二五日、商店街のアーケードの屋根に守られているから分かりにくいが表は雪だって降っている。真冬の屋外だというのに、その小さな口で二段重ねのアイスクリームと格闘していた。

「あぐあぐ」

「……何故《なぜ》拾っちまう、こんなモノを」

不良少年・浜面《はまづら》仕上《しあげ》は自らの所業に遠い目をしていた。まさかの全裸幼女、防御は薄っぺらな胸の前にかき寄せた赤い布くらい。どう考えたってトラブルの源である。

学園都市の中でも小学校が集まった、第一三学区での話だった。中でも東端に位置する昔ながらの（？）商店街だ。多くの子供達が集まる一方、多くの子供達にとっては通学路とは関係ないはずの場所でもある。ついた通称は買い食い通り。今が冬休みでなければ正義感に溢《あふ》れた体育の先生達が見回りを欠かせない商店街でもあった。

(なんか事件って感じでもなさそうだし……。素《す》っ裸《ぱだか》に薄布一枚の女の子がしれっと街を歩いているとか、逆に治安の良さが裏目に出てんのか……)

こういうファッションが流行《はや》っている、とは流石《さすが》に考えたくもない。少なくとも、先進各国の軍事レーダーをかい潜《くぐ》って大空を舞うソリの秘密に迫ろうとケーキ屋さんの前にたむろしているミニスカサンタ達に突撃インタビューをぶつけて困らせている地元のガキどもにそんな様子はなさそうなのだが。

浜面《はまづら》は天を仰ぎ、アーケードの屋根に遮られた低空を、カニの脚に似た爪で箱をがっちり摑《つか》んだカトンボみたいな食品宅配ドローンが横切っていくのを――――やっぱり中身はケーキか七面鳥だろうか？　――――目にしながら、

「後でフレメアにでも聞いてみるか。つか、あいつもあいつで何してんだろ、遅いな」

雨の日に子猫を拾ってしまう不良はちびっこにも知り合いがいるのだ。というか浜面《はまづら》が場違いな第一三学区にいる事自体、ラベルにノンアルだって書いてあるのにパーティアイテムの定番、瓶に入った金色のしゅわしゅわ（ノンアルビールより高級な方）はお売りできませんと言われてふくれっ面《つら》になっている小学生・フレメア＝セイヴェルンに届け物をするためだった。早く用を済ませて解放されたい。クリスマスムードとかどうでも良《い》いので寒くてコタツで動けない無防備な恋人に様々な角度から襲いかかりたいのだ。こう、スタンダードに背後から覆い

被さるもよし、こたつの反対側から頭を突っ込んで潜水艦モードで忍び寄るもよしで!!

ちなみに浜面《はまづら》の隣ではもっと呆《あき》れた顔をした白系ニットワンピの少女がため息をついていた。浜面《はまづら》は女の子の顔色を見ただけで本音を探れるほどクレバーではないが、どうも流行《はや》りもののドーナツの激甘ぶり（小学生の多い第一三学区に合わせたフルカスタム）を持て余しているようだ。

絹旗最愛《きぬはたさいあい》。

学園都市の暗闇については、見た目がいかつい少年以上にどっぷり浸《つ》かった大能力者《レベル4》だ。

浜面《はまづら》は丈の短いニットワンピの裾から飛び出した危うい生脚を見ながら、

「……やっぱ流行《はや》ってんのかな？　素《す》っ裸《ぱだか》健康法《けんこうほう》」

「どこ見て超妄想垂れ流してんですかド変態金取るぞ。そもそも一二月の寒空で紐《ひも》を外して日光浴だなんて馬鹿げたこの怪奇現象が何なのかを探る前に、これが場にどう影響を及ぼすかを超考えましょう、浜面《はまづら》。口では気にしない気にしないと言いながら、あの無表情ジャージ娘はすっげえー嫉妬すると思いますけど浜面《はまづら》の見解は？」

「わおー」

「言葉が出ないならそれでよし、超正しい判断力です。二五日は恋人達のイベント日なので、痴話ゲンカは好きなだけやってもらって構いませんが私達を巻き込まないでくださいね。能力レベルの大小とかじゃなくて、もっと根本的に、滝壺《たきつぼ》さんは怒るとどう動くか予測がつきませんので」

　しれっと言っている絹旗《きぬはた》は、しかし実際には油断なく街中のウィンドウやステンレスの柱に目をやっていた。自分の髪や衣服が気になるのではない。首や目線を振らずに後方などの死角をそれとなく潰す、プロのお作法であった。

　警戒なんていくら重ねておいても損はしない。

　何しろ、『暗部』全体に激震が走っているらしいので。

（……さあて、年末の大掃除なんてほんとに成功するのやら。不正規の利益があればそこに『闇』が生まれる。人は何にでも値札をつけるというか、ドタバタ劇の中で超匿《かくま》ってくれる隠れ家や逃走資金なんかを巡ってだって負のサイクルは回りそうですけど。裕福な勝ち組が拡声器片手に正義をがなり立てたって、生活のための闇市がなくなる訳じゃあないんですよ？）

「あむ」

　幼女は幼女で、普通のものとはまた違う、チョコチップクッキー状のコーンを摑《つか》む親指の方に垂れてきたミルクを小さな舌で舐《な》め取《と》っていた。ＡＲ街歩きゲームは今まさにクリスマスイベントの真っ最中なのか。得体の知れない儀式みたいに何もない場所へスマホ片手に群がっている子供達（一部大人気ない大学生も含む）に合流する気はないようで、ただただ感情のない瞳を向けている。

　少し離れた場所から彼女はこう言った。

「良《い》い街ね、やっぱり。餓《う》えに脅《おび》える事もなく、寒さに震える事なく、聖なる夜をただ美しい情景として享受するだけの余裕がある。生存環境が蔓延《はびこ》っている。聖ニコラウスの話は餓えを、マッチ売りの少女の話は寒さを示すなどと説明するまでもなく、本来冬の街とは死体よりも禍々《まがまが》しい、辛《つら》く厳しい冷気が屋内外を問わず石でできた景色の隅々まで這《は》い寄《よ》っていく恐怖の象徴だったのに」

「はあ」

これくらいの歳《とし》の子が語りたがるのは良くある事だった。ここ最近、本当はシビアだった童話集とか、人様の夢をぶっ壊して小金を稼ぐ類の専門書でも目を通したのだろうか？

こちらの微妙な視線など気に留《と》めず、幼女は言い放つ。

「だから申し訳ないわ。ここはもうすぐ、本来あった死の季節へ逆戻りする。ひどい一日の終わりにせめて明日に期待して震えながら眠りに就いても、そもそも次の朝を迎えられるかも分からなかった時代と同じように、当たり前に人が死ぬ。まあ人間なんてそっちの方が自然なのかもしれないけど、あなた達に罪はないものね？」

「……？」

何か、違和感があった。

小さな手でスマホをいじくる幼女の口から、何かがこぼれている。

「……ふん、ふん、ふふん。よしよし、書類を書き換えてペーパー会社を素通りさせた連中は概《おおむ》ね各地でくたばったようね」

　奇麗な花かと思って香りを楽しむために顔を近づけたら、得体の知れないカマキリだったのを知ったような。

　幼女の瞳から感情を読めなくなる。

　その奥に何かどろりとしたものがわだかまっている。

　そして三日月のように笑みを引き裂きながら、画面から顔を上げた幼女はこう言った。

「滝壺理后はお元気？」

「ち、ちょっと待て。お前何言って……」

「ごめんなさいね、これは純粋にわらわの手違いだわ。まあマダム＝ホロスなんて詐欺師の名前を持ち出して弁解しようにもあなた達には理解はできないだろうし、客観的に証明できない以上はあなた達の怒りや憎しみを受け止めてあげるのもこちらの責務だと思っているけれど」

　浜面仕《はまづらし》上《あげ》の脳裏で、言葉が弾《はじ》けた。

　そう。彼は名前『しか』知らなかった。

　自分の恋人を甘言で誘い出し、その肉体を支配して、使い捨ての道具にしようとした誰か。

　忌々《いまいま》しいほどの仇敵《きゅうてき》の情報が、あまりにも不足していたのだ。

「……ンナ……」

　そしてどこにでもいる不良少年は、己の敵を見出《みいだ》す。

魔術世界の奥の奥。あるいは『魔神』以上に隠匿されていた正体不明の何かを。

まさか、

「アンナ＝シュプレンゲル!!!?!?」

幼女の形を取った異形は、すでに浜面《はまづら》など見てもいなかった。

片手に薄布、もう片方にアイスクリーム。

両手が塞がった状態のまま、大きく振り返ってあらぬ方向へ視線を投げる。

告げる。

「それと重ねてごめんなさい。遊ぶなら、今日は向こうの方が優先だわ」


ゴンギン!! という重たい金属音があった。

近く、白い雪の積もるアーケードの屋根に降り立ったのは、二人の少女。

名門常盤台中学《めいもんときわだいちゅうがく》が誇るエースと女王の降臨であった。

2

容赦ナシ、であった。

御坂美琴《みさかみこと》の背後には黒い金属で作った悪魔の翼のようなものが広げられている。二基のロケットエンジンをベースとして、ガトリング砲、チェーンソー、滑腔砲《かっこうほう》、溶断ブレード、多連装ミサイル、大型ドリル、プラズマ砲、兎《と》にも角《かく》にも重武装の群れである。

A.A.A.。

アンチアートアタッチメント、と呼ばれる第三位の増幅外装。本来の用途については取り扱っている彼女自身も把握しきれていないほどのブラックボックス。

しかしそれだけでは説明できない。

特殊装備を纏《まと》えば大空すら自在に飛べる美琴《みこと》と違って、第五位の食蜂操祈《しょくほうみさき》は本来そういったフィジカルな動きは全くできないはずだ。にも拘《かかわ》らず、実際にはフル装備の美琴《みこと》の動作について回り、ビルの屋根から古い（ように見せるため、軍艦模型などで使うプロ仕様の汚れ塗装を徹底した）商店街のアーケードの屋根へ高速で飛び移っている。

何故《なぜ》か？

具体的な答えはこうだ。

「……一応最新装備とは思うけど、今が年末って分かっててやってんのよね？」

「ああがくがくがくそういうのは私の代理を務めた蜜蟻愛愉に言ってもらえるう!?」

食蜂操祈《しょくほうみさき》と同系統、精神系の能力を扱う『もう一人の少女』がいた。彼女は自分の足りない能力を補って第五位の超能力者《レベル5》に打ち克《か》つため、ありとあらゆる機械的なサポートを受けていたのだが、その中にこんなものがあったはずだ。

ファイブオーバーO《アウトサイダー》S。またはファイブオーバーそのもの。

いずれも銘はモデルケース・メンタルアウト。

学園都市第五位の能力を純粋に機械的に再現しようと試みた異形の装備を扱うため、管理者たる蜜蟻愛愉《みつありあゆ》自身も特殊繊維のスーツで全身を覆っていたはずだ。

ただし、

「がくがくがく」

「水着（笑）、ハイレグｗｗｗ、一二月（草）」

「ああっもう‼　何でこんな季節と場所を選びまくる面倒臭いデザインにしたのよお、蜜蟻《みつあり》さあん！」

「ぎっちぎち。ぷっくく、お股の辺り盛り上がっているわよ」

「ません‼　あいつあの野郎あまりに孤独が増長して露出にでも目覚めたっていうのお⁉」

自分の体を抱き、白い息を吐いて、しかし誰よりも体温は上昇させたまま食蜂《しょくほう》がヤケクソ気味に叫ぶ。毛皮のコートでも毛糸のマフラーでもなく、人間にとって一番の防寒具は羞恥心らしい。

装備品のデザイン性だけならビキニアーマーとどっこいどっこいのイカれぶりだが、防具としての性能自体は間違いなく本物だ。

そして一刻も早く打倒しなければならない相手は目と鼻の先にいる。

(見たところ、ガラス容器や錠剤なんかを隠し持っている感じはしないか)

何しろ裸の体を薄布で雑に覆っているくらいだ。懐《ふところ》に何かを隠せるとも思えない。しかし学園都市であれだけ特殊な微生物を使っておいて、アンナ自身は防護手段を手元に置いていないとでも言うのか。

あるいはアンナの肉体自体が抗体を持っているのかもしれない。

ボディチェックにしても精密検査にしても、ぶっ飛ばして身柄を確保するのが一番だ。

「さあて」

裸の体を雑に隠した幼女だった。

アンナ＝シュプレンゲル。

「十分過ぎるほど時間は与えた事だし、そろそろカラダの隅々まで増殖した頃かしら。この期に及んでまだわらわを待たせるというのなら、こちらから促進させた方が良いかもね」

御坂《みさか》美琴《みこと》は昨日、一昨日の夜もアンナを見ていた。その時は気づけなかったが、実際にスマホ片手にサンタ衣装の期間限定アンドロイド大魔王（異世界を三つくらいぶっ壊してから地球へやってきたはいぱーうるとらみらくるヒロイン。実はさびしがり屋）を追い求める小学生と見比べてみれば違いがはっきりと浮き彫りになる。纏《まと》う空気、瞳の奥に宿る闇、口元の笑み。これはそういう形をした別の何かだ、美琴《みこと》や食蜂《しょくほう》よりもはるかに老練な。まるで安っぽい心霊写真のような合成感を拭い切れない。

二段重ねのアイスクリームをマイクのように摑《つか》んでいた彼女は、小さな口に収まりきらなかった残りを持ち手のコーンごと後ろに向けて気軽に放り投げた。幼女の頭上へ上がり、背中側へ流れようとしたところで、甘ったるい唇がこう紡《つむ》いだのだ。


「抱卵」


爆音、というより衝撃波が一面に炸裂《さくれつ》した。

表に並べられたテーブルや椅子を吹き飛ばし、クリスマスツリーや雪だるまの飾りを薙《な》ぎ倒《たお》し、行き交う人々を容赦なく転倒させる。商店街のウィンドウはもちろん、頭上を覆う透明なアーケードの屋根すら粉々に砕いていく。

「みさかっ、さあん!!」

「分かってる!!」

とっさに美琴《みこと》が磁力を使って金属製品を振り回し、食蜂《しょくほう》が気絶した子供達やバイトのお姉さんを気絶したまま操らなければ、積もった雪と一緒に落ちた一面のガラスの雨が無防備な通行人をまとめて血染めにしていたはずだ。

御坂美琴《みさかみこと》はその場で滞空し、食蜂操祈《しょくほうみさき》は足場が崩れたタイミングで地上へ向かう。

商店街は透明な守りを失い、じかに風雪にさらされる。

気絶して体温管理のできない人間にとってはこれだけで凍死に至る十分な凶器だ。

「とにかく場所を変えないと!!」

「向こうがそれを待ってると思う？　私が『心理掌握《メンタルアウト》』で倒れた一般人をどけるから、あなたはきちんと時間を稼ぎなさあい!!」

（それにしても、何が……？）

美琴《みこと》は目を白黒させる。

炸裂《さくれつ》の原因。

それは突如として幼女の背後に現れた巨大な球体だった。

アンナ自身よりも大きい。直径二メートル以上の金属の球。それは鈍い銀色の輝きを放ち、何もない虚空《こくう》にただ漠然と浮かんでいた。

あれが空気でも割った……のか？

白井黒子《しらいくろこ》の『空間移動《テレポート》』とは仕組みが全く違うようだ。彼女の移動にはそんな暴力的な副次的効果は発生しない。

現れただけであぁだ。

何をどう使うのか分からないが、絶対ろくな事にはならない。

（一体どういう収納？　ワクチンなり特効薬なり、アンナだけが持っている防護手段もあぁいう風に隠しているとしたら、ヤツ以外には取り出す事すらできないじゃない!?)

唇を噛《か》み、美琴《みこと》はゲームセンターのコインを取り出す。

空中で姿勢を保ったままコインを親指に乗せたところで、びくりとその動きが止まった。

幼い少女は、その親指で自分の胸の真ん中を指し示していたのだ。

「やってみろよ」

「……、」

「今や世界中誰でも閲覧できる、R&Cオカルティクスに置いてある切れ端如《ごと》きに弾《はじ》かれた『力』でしょう。今さら、わらわに傷の一つをつけられるとでも思って?」

「っ、ええい!!」

美琴《みこと》が動いた。

爆音が大気を震わせ、閃光《せんこう》が空気を焼く。直線的な破壊の正体は、しかし金属を音速の三倍で飛ばす超電磁砲《レールガン》ではなかった。

『雷撃の槍《やり》』。

何かを否定されるのが怖かった。それでもAAAで底上げされた強化版だ。鉄塔作業用のゴムのスーツくらいなら簡単に貫通するし、並の人間なら一発で心臓を止めてしまっても何ら不思議ではない。

しかし、

「意気地なし」

嘲るような、哀れむような、そんな言葉を確かに聞いた。

一歩。

その場からアンナ＝シュプレンゲルは一歩も動かず、ただ紫電混じりの粉塵《ふんじん》だけが吹き散らされた。先ほどの金属の球体もそのままだ。

（な、にが……？）

壊れたアーケードの屋根から地べたへふらふらと下降する。無様極まりない姿だが、むしろアンナはそちらを評価した。

「あら、踏まなかったわね？」

「……、」

「前と同じで、見えていなかったらここでおしまいだったのに。地磁気かしら、あるいは知覚不能なほど微弱なプレートの震動？　ちょっと面白いわね、科学サイドにも地脈の乱れを利用した『地雷』の発見方法があるだなんて」

くすくすと笑い、アンナは自分の肩越しに親指で背後を指した。

金属でできた球体を誇示しながら、だ。

「プネウマなき外殻。哲学者の卵、透明なる棺《ひつぎ》、絵画や音楽の中にも潜みし人に寄り添う術式よ。我は赤き石など求めず、歪《ゆが》みし結果をここに出せ。ガラクタはガラクタなりに、わらわにすら先の見えぬ予想外を楽しませよ」

真ん中にあるのは巨大なハンドルか？

幼女はその小さな手で摑《つか》み、何の気なしに回す。複数の重たい歯車が嚙《か》み合《あ》うような、ガリゴリゴリという鈍い音がいくつも連続していく。複数の亀裂が入り、銀行の大金庫よりも複雑に開いていく。

（くそっ、やっとの本番か……ッ!?）

とんでもないものを保管している。

封が開こうとしている。

待つ必要なんかない。あれが顔を覗《のぞ》かせるより前に、一刻も早く決着をつけるべきだ。最新装備で全身を固めた御坂《みさか》美琴《みこと》は即座にそう考えた。

なのに、一瞬だけ足りない。

まるで最初からここを基準に、全ての時間が逆算されていたかのように。

ガコンッ!!　という一際《ひときわ》大きな音があった。

そして『それ』が顔を出した。

それは、何の変哲もない木の枝だった。

空白があった。

今度こそ、意味が分からなかった。

いくつか途中で分かれて、全体で大きな掌《てのひら》のように広がった枝。その太さは小指ほどしかない。まばらに硬くて緑色の葉がついているが、何の木かまではパッと見ても判別できない。

逆に息を詰まらせる美琴《みこと》に、何故《なぜ》かアンナ＝シュプレンゲル当人が内側からほっぺたを膨らませていた。溜《た》め込《こ》んだ息をゆるゆると吐き出し、ため息の形を作って、そしてこう言った。

「なぁんだ、ハズレか」

「こいつ……ッッッ!!!!!!」

これ以上は待てなかった。

この程度で。

アタリかハズレかであっけなく勝負を投げられる程度の考えで、あの馬鹿にあんな真似《まね》をしでかしたのか。

よりにもよって、イヴの夜に。

ガコガコガコン!!　と悪魔の翼のような武装を全てアンナ＝シュプレンゲルに差し向ける。

その一つ一つで艦船を撃沈しかねないほどの大火力だが、相手の耐久力など気にするだけの心の余裕すらなかった。

しかし、だ。

直後にアンナ＝シュプレンゲルはつまらなそうにこう言ったのだ。

「これではシンプルに勝つだけじゃない、退屈の極みだわ」


ゴッッッ!!!!!! と。

風が横顔を嬲《なぶ》ったのだと、御坂美琴《みさかみこと》はそう認識していた。

実際には、だ。

悪魔の翼のように広がっていたA.A.A.、その右半分が濡《ぬ》れた薄紙のようにごっそりと抉《えぐ》り取《と》られていたのだ。

真横に吹雪《ふぶ》く白いカーテンが、遅れて薙《な》ぎ払《はら》われる。

まだ距離はある。

自分の肌を薄布で雑に覆った幼女は腕の振りだけで気軽に木の枝を振るっただけなのに。

「なあっ⁉」

驚くのが遅すぎた。

左右一つずつあるロケットエンジンが破断し、中から漏出した特殊燃料が着火したのだ。太陽のような閃光《せんこう》に、学園都市第三位のシルエットが呑《の》み込《こ》まれていく。

「み、」

普通のガソリンではありえない、大爆発が起きた。

「さか、さぁん⁉」

食蜂《しょくほう》の絶叫さえも爆音にかき消される。

聞く者がいるかどうかも分からないのに、アンナは歌うように囁《ささや》いた。

あるいは最初から、『敵』など見据えてもいなかったのかもしれない。

「……世界最古の鞭《むち》とは、細い木の枝であったとされているわ。革や縄ではなかったのね」

くるんと木の枝を回し、剝《む》き出《だ》しの肩に乗せてアンナは嘯《うそぶ》く。

御坂美琴《みさかみこと》がゲームセンターのコインを音速の三倍で弾《はじ》くのと同じ。

モノの見方が違う真なる超人が手に取れば、木の枝一本ですらこれほどの甚大《じんだい》な結果を導き出す。

「初の飛び道具は石、初の煙幕は枯草、初の生物兵器は死体、初の刃物は石と骨のどちらかしらね。歴史や伝統なんていうのは、世界中どこにでもある。エッセンスは、万物から自在に抽出できる。わざわざ、」

「ちょっと待ちなさ、エッセンス？　あなた何言って

「だから今説明してんだｒｏｇｄがっ！　ｑｈｕｖｎｄおおッアアｈ:ｉｅｎｇｋ⁉」

豹変《ひょうへん》。

ぎくりと固まったまま動けない食蜂《しょくほう》の前で、アンナが動く。

安っぽい。

だがあのぺらっぺらの何かが、確かに第三位を生死不明の大爆発で退場させたのだ。針が振り切れれば、理由もなく殺される。尊厳も何もなく。人の精神についてとことんまで極めた食蜂操祈《しょくほうみさき》は、顔をしかめる自分を鏡なんぞ見なくてもようく分かった。ハズレを引いた、明確にそんな表情が浮かんでいる。

一方。

アンナの側の動きは単純明快だった。それは、殺意を持った攻撃ではない。近くにあったケーキ屋のマスコットを蹴飛ばし、木の枝を振り下ろす。首がもげてもお構いなしに。

ただの兵器や軍隊を見るのとは違った怖さがあった。

たとえるなら、普段は真面目で優しい優等生が陰惨な家庭内暴力に明け暮れているのを見てしまったような。

「こいつらはいつもそうだ！　いつも、いつも、いつも、いつも‼　わらわが正し:ｉ事を一から教えているのに、面倒臭がって！　勝手にショートカットしてっ、道を究めた気分だけをインスタントに味わおうとする!!　そのくせ失敗したらわらわの説明不足？　理解もできｔｒｕｃないくせに糾弾だけはいっぱし？　……ふざけんな、ちくしょう根本的にふざｋｆｕじゃないわよ。う！　た！　が！　う！　なッッッ!!　～～ｔｎｊｓｗｈｇｌｆ～～っ、ああっもう、全部意味があるんだから順番通りに学べよ!!　その頭で考えんなっ、自分で答えを出せるだｎｔｄ思わなくて良い!!　わらわの言う通りにしてりゃ疑問は全部消化できてきちんと習得できるｎだっつの、このッｂｖｄｈｋｔｕｈ!!!!!!」

もう、バラバラだった。

かつて胴体だった何かは、いくつかの樹脂のブロックでしかなくなっている。

そこで。

怪物は、唖然《あぜん》とする蜂蜜色の少女の視線に気づいたのか。

「ふうっ」

ころころと転がるマスコットの生首から顔を上げた幼女は、得体の知れない枝を持ったまま両手を合わせてにぱっと笑った。

幼女には不釣り合いな、年上の余裕みたいなものを見せて彼女は言う。

「ごめんなさいね、でも今はわらわが説明してる」

「……、」

呑《の》まれる。

悪い兆候だ、と分かっていても。

実際、第五位の少女はほとんど無敵だ。

精神系では最強。未開のジャングルや一面の砂漠に放り出されるならともかく、人の溢《あふ》れた大都会では向かうところ敵なし。だがそれでも絶対に相手にしたくない人間というのが何人かいた。

例えば何を言っても暴力性にしか結びつかない第一位。個という概念を失ってバラバラに分化した結果、枝分かれした一人一人と交渉して確約を得たところで『垣根帝督《かきねていとく》』という全体の意志が約束を守ってくれるかどうか見えない第二位など。個の暴走でもって群を食い破れる怪物達。

これは、その同類だ。

こいつは精神を操るくらいでは安心を得られない。

「ええとどこまで話したかしら。……聞いていたなら分かるだろ?」

「は、はくがどうのこうの……」

「そうそう!『神の子』の血痕だの古びた羊皮紙の束だのを追い求めるのは、自らの行いに箔《はく》が欲しいだけの小物のやる事だわ。ちゃんと聞いていてくれたのね、えらいえらい☆」

くすりと笑って。

見た目だけなら小さな幼女は、目の前の全てを否定する。

そう。ちゃんと話を聞いて、ルールに従って、機嫌を取ったところで命の保証なんか一個もない。

そもそも今、殺し合いをしているのだから。

「学園都市で七人しかいない超能力者《レベル5》なんて特権もまたしかり、よ」

3

食蜂操祈《しょくほうみさき》は身震いする。

それから得体の知れない呪縛を破るようにして、物陰に飛び込んだ。もちろん通路とカフェスペースを遮る、腰くらいまでの高さのコンクリートでできた段差程度でアンナの攻撃を防げるとは思えないが、棒立ちで真正面に立つのだけは絶対に避けたい。

何しろ、だ。

学園都市第三位、まさかの初手から戦線離脱。

アンナに何かされたというより、自前の装備の大爆発に巻き込まれて光の中へと消えていった美琴《みこと》の行方をいちいち追いかけている余裕すらない。戦力外ならそれまで。どっちみち、精神系能力の食蜂《しょくほう》は逆立ちしたって燃え盛るロケット燃料の中に手を突っ込んで人を引きずり出すなんて荒業はできない。

　ここからでも、全身へ薄く針を刺すような痛みをじりじりと感じる。

が、暖を取るという感覚はなかった。どこまでも寒空で、体に当たる雪の粒は痛く、そして無理矢理な熱は明らかに蜂蜜色の少女の肌を苛《さいな》む。

　何にしても、古びた（ように見せかけている）商店街の店舗に飛び火しなかったのは救いか。

（……なぁーんか裏切られた気分になっている自分に驚きだわあ。あれだけ犬猿であっても、何だかんだで御坂《みさか》さんの実力に背中を預けていた部分があったなんてね）

　それでも逃げる事はできない。

　ここでアンナを倒さないとあの少年が保《も》たない。お互いに獲物を見失って街中で迷走した場合、実は困るのは食蜂達《しょくほうたち》の方なのだ。

　両膝を折ってしゃがんだ状態から無理にでも手を伸ばし、リモコンをたくさん詰めたバッグのチェーンに指を掛ける。何とかしてこちら側に引っ張り込む。

　ぎちっ、と分厚いゴムや革が軋《きし》むような音があった。一体どんな負荷がかかったのか。右足と左足の間、付け根の部分からだ。

　食蜂《しょくほう》は思わず動きを止める。なんか根元が自己主張をしている。さっきまで意識もしていなかったのに、いったん気になり出すと何故《なぜ》か止まらない。この状況でも？　いや、あるいは思考が立ち向かう事を避けたがっているのか。

悪夢のような美琴《みこと》の言葉が脳裏に浮かぶ。

（……盛り上がってなんか、ないわよねえ？）

しゃがんだまま視線を下に振っても答えなんか出ない。こんな事をしている場合ではない。分かる。だが一人の乙女としてどうしても確認しておきたい事がある。下唇を噛《か》み、そして少女は禁断のアイテムに触れてしまう。手鏡。

（んー……？）

あんまり人には言えない辺りに小さな鏡をあてがい、物陰でごそごそしようとした女王様だったが、

「ねえ」

「はひっっっ!!!?⁇」

「？」

コンクリートの段差の向こうから気軽に声を掛けられ、第五位の女王はその場でちょっと飛び上がった。

珍しく、全てお見通しといった面構《つらがま》えのアンナ＝シュプレンゲルの方が表に立ったまま首を傾《かし》げているようだった。

重要なのは手鏡ではなく、バッグの中にある別のアイテムだ。

大小様々なリモコン。

敵の攻撃どころか、味方の爆発に巻き込まれないようにするだけでもう命懸けだ。それでも彼女は肩から下げたバッグからテレビのリモコンを取り出す。学園都市第五位、『心理掌握《メンタルアウト》』の全ての起点となるアイテムだ。

あまりにも広範に及ぶ彼女の能力は、自分でジャンルを切り分けて整頓しなければ満足に扱う事すら難しい。

ぐんっ！　と。

リモコンを向けて親指でボタンを押すと同時、横から見えないバットで殴られたようにアンナ＝シュプレンゲルの頭が不自然にブレる。

しかし、

「わらわには、効かない」

「いっ⁉」

(回復っ、いえ頭にツメを引っ掛け損ねた‼)

これだと第一位、第二位のような『操っても警戒を解けない』どころではない。

そもそも操れないだなんて予想外だ。それも第三位の御坂美琴《みさかみこと》のように分厚い防御で無理矢理弾《はじ》いているという話でもなく、

「人を操る程度の異能でわらわの精神構造を掌握して支配できると考えるのが、そもそもの間違いなのよ。アンナ＝シュプレンゲルの自我を摑《つか》みたければ、最低でも天使を丸ごと奪う程度

には己を鍛え上げてから挑むべきだったわね」

『心理掌握《メンタルアウト》』が効かない。

食蜂《しょくほう》の能力は絶大だが、犬や猫には全く通じないのだ。

そして当人に精神系能力が通じなければ、後は周りに働きかけて手駒を増やすくらいしかやる事がない。だがそれも、何も知らない一般人をけしかけたってアンナは瞬殺するだけだ。流石《さすが》に後味が悪すぎる。

いいや、誰であってもダメだ。

あの人ですら、口づけの一撃でやられたと聞く。

食蜂《しょくほう》は常盤台中学最大派閥《ときわだいちゅうがくさいだいはばつ》の女王だが、実戦で使える有用な能力を持った派閥の生徒達を連れてこなかったのもこのためだ。これぱっかりは、もう理屈ではない。神話が崩れているのだ。根本的に、対アンナ戦ではさしもの食蜂操祈《しょくほうみさき》とて他人の命を預かるほどの余裕を作れそうにない。

そういう意味では。

気兼ねなく使い捨てられるのは、例のあいつしかいなかったのに。

(それにしても何やっているのよあの脳筋力。フィジカル馬鹿の御坂《みさか》さんがいきなりダウンしたらっ、ここから普通の人達を逃がす事すら難しくなるじゃなあい!?)

実質的に『心理掌握《メンタルアウト》』抜き。ただ蜂蜜色の少女はファイブオーバーに関連する特殊装備を纏《まと》っているものの、総合的な運動性能は装備込みでも美琴《みこと》に勝てない。

(そもそも前の時は蜜蟻《みつあり》さんが最後までリミッターを切らなかった、っていうのも怪しいのよねえ。『暗部』のオモチャに安全基準なんかないんだしい、まさかどっかに不具合でもあるんじゃあ……)

第三位が一発でやられたのなら、食蜂《しょくほう》が飛んだり跳ねたりしたところで敗北から逃れられるとは思えない。

そういう方法では、ダメだ。

では一体、他に何が残っている⁉

「さあ、どうする?」

ごりりという重たい金属の噛《か》み合《あ》う音がした。

壊れたアーケードの屋根から容赦なく降り注ぐ雪に身をさらしながら、だ。何の変哲もない木の枝を放り投げたアンナ=シュプレンゲルが、再び二メートル大の球体についたハンドルを小さな手で摑《つか》んで回したのだ。

理詰めを極めて勝つだけでは感情の波なんか動かない。

だから自らの手で敢《あ》えて実戦にランダム性を持ち込んだ怪物が、ここで嗤《わら》う。

ツキに見放されるから楽しい。そこまで極めた超人が。

「諦めなければいつかは勝てるかもしれないわよ? あなたが何かするというよりは、わらわの運が尽きるかどうかの話になるんだけれど。挑戦を続けなければ宝くじは当たらない訳だしねえ」

「……ツッツ!!⁉⁇」

がこんっ、という鈍い音が炸裂《さくれつ》する。

複雑に亀裂が入って球体が開く。その先に待っていたのは、

「縄」

これが学園都市最高峰の戦力とかち合う装備か。

何の変哲もない、すっかりくたびれていつ途中から千切れるかも分からないガラクタだ。小さな子供がその辺で拾ってきた戦利品を仲間達の秘密基地に持ち寄ってくるような笑顔で、鼻歌すら交えながらシュプレンゲル嬢は告げた。

伝説なんか何もない。

こいつだって正真正銘、単なるハズレだ。

なのにブレない。彼我の差は圧倒的だった。アンナ自身が退屈で死にそうだと感じるほどに。

「さて問題、世界最古の何だと思う？」

4

アンナ＝シュプレンゲルはくすくすと笑っていた。

正解を当てたら加減してやろうとも思ったが、相手にその気はないようだ。蜂蜜色の長い髪を大きく広げるように一八〇度転進すると、そのまま最大加速で速やかな逃走に移る。

（ま、半端《はんぱ》に手を緩めた方が即死できなくて苦しむ羽目になりそうだけど）

本気の撤退ではなさそうだ。

姿を隠してから再度奇襲を仕掛けるための一時撤退か。

（健気《けなげ》ね。……あるかどうかも分からない特効薬のために自分の命まで張るなんて）

「あら、裏方に慣れている動き方ね。本来は人に指示出しして安全地帯からチクチク刺していくやり口なのかしら。それともまさか子供達の犠牲でも恐れている？　ふふ、学校社会だものね。どっちも子供のくせに、先輩って大変だわ」

見た目だけなら一〇歳くらいの幼女は、その場から一歩も動かなかった。口元には笑みを絶やさず、しかし顔全体では退屈さを隠しもせずに、ただ横に小さな手を振るう。

クイズの答えはこうだった。

「正解は古代エジプト発祥、世界最古の緊縛よ」

ビィウン‼　と空気を引き裂く音がいくつも重なった。

彼我の距離などどうでも良《い》い。

見た目はくたびれ、体重を掛けようものならどこからでも千切れてしまいそうなボロボロの縄。しかし『薔薇《ばら》』の重鎮にかかればエッセンスなど無尽蔵に吸い上げられる。今の彼女なら天から降り注ぐ小惑星すら縛り上げ、空中の一点で縫い止めてしまうだろう。

（逃げても地脈を歪《ゆが》めた『地雷』を踏んで天まで吹っ飛んでいくだけだけど）

が、

「はぶしっっっ‼⁉⁇」

変な声が聞こえたと思ったら、いきなり食蜂操祈《しょくほうみさき》が前のめりに転んでしまった。


アンナ＝シュプレンゲルが何かをした訳ではない。

確かに屋根が砕けた事でこちらにも雪は積もり始めていた。

商店街の地面は濡《ぬ》れて滑るかもしれないが、だ。

現実に彼女が投げ放った縄は獲物を捕らえ損ね、常盤台中学《ときわだいちゅうがく》の女王の頭のすぐ上を突っ切って、アーケードの屋根を支えていた柱を雁字搦《がんじがら》めに拘束した。幼い手で軽く引いただけで、莫大《ばくだい》な圧力がめきめきと柱をへし折り砕いていく。

世界最古の鞭《むち》と地脈を使った地雷の二段構え、まさかの同時回避。しかも学園都市製の能力もテクノロジーもない、ただの運動音痴で。

ぽかんとしていた。

『あの』シュプレンゲル嬢が。

そう、食蜂操祈《しょくほうみさき》は運動機能を補助するスーツは確かに着ている。

戦闘特化の駆動鎧《パワードスーツ》ではないとはいえ、学園都市の技術の粋を集めた『暗部』で拾ったゲテモノだ。今の食蜂《しょくほう》であれば、胴体に拳銃弾くらいは浴びてもびくともしないだろうし、両手の力だけで並の乗用車を地面から浮かばせる事だって可能だろう。

ただし。

それで生来の運動音痴の部分まで克服される訳ではない。

なまじ、これが教科書通りの型にはまった動きだったらアンナは瞬殺していただろう。退屈そうな顔も崩さずに。あるいはスーツ側に達人の戦闘データを組み込み動きを最適化していたら、それこそアンナは鼻で笑っていただろう。散々ハイテクを駆使しておいて、結局先人の箔《はく》が欲しいだけかと。

だがそうなっていない。

食蜂操祈《しょくほうみさき》は自分のセンスで生き残っている。

予測が合わない。結果が伴わない。ここには何か世界の抜け穴とか脆弱性《ぜいじゃくせい》みたいなものがあって、アンナ＝シュプレンゲルの正確な予測がたったの一手で覆《くつがえ》された。

それは。

それはとても些細《ささい》な事ではあるけれど、どうしようもなく、途方もなく甘美で……、

「あは☆」


頭が、甘く焼けた。

悪い癖だと分かっていた。自覚していて、アンナは流れに乗った。

たとえるなら退屈なレベル上げの最中に、誰も見た事のない強敵が現れたような。

具体的には『必勝』できるはずの縄を自ら手放し、ここにきて、さらにもう一度巨大な球体『プネウマなき外殻』のハンドルを回した。ガリリという音と共に複雑な亀裂が大きく開き、アンナ＝シュプレンゲルは中から出てきた得物を小さな手で乱暴に掴《つか》む。

生き恥で顔を真っ赤にした獲物は、起き上がって逃げる。長い金髪を左右に揺らし、今アーケードを抜けたようだった。

「うふはッ、あはははははは!!　ツイてる、あなたすっごく持ってるわ!!　それはそうよね、遺伝的稀少性《ジーンレアリティ》なんて乱暴極まりないふるい分けに勝ってここに立っている訳だから、その時点で運の良さについては折り紙つきって話なのかしら！　それにしても、ふひっ、まさかこのわ

らわを笑わせてくれるだなんて、ははははアハハあはあははははははははははははハヒあははははあははあははははははははははははははははははははははははははははははは!!」

がりがりごりごり!!　と。

金属の球体がさらに軋《きし》む。開く。出し惜しみがなくなる。

「ぷっ。あっはは!　久しぶりに激レアが出てきたわねこれは!?　いきなり二〇世紀のアイテムが出てきたじゃない!!」

「っ」

木の枝やくたびれた縄の一本であれだけの破壊力だったのだ。思わずギョッとした食蜂《しょくほう》だったが、出てきたものを見て呆気《あっけ》に取《と》られた。

銀色の塊だった。たった五八センチの球体は、しかし、ごとんとボウリング球よりはるかに重厚な落下音を立てる。アスファルトは割れていた。公式資料によれば本体の重さは八四キロもあるのだから当然か。流星の尾のように、四つの金属棒が伸びていた。

つまり。

その正体は、

「スプートニク☆　人工衛星くらい科学サイドにどっぷりのあなたにも分かるわよね?」

「ちょっと、待って……」

「ここから取り出せるエッセンスは、世界最古の大気圏離脱よ。まあ寂しがりのライカを乗せたのは二号なんだけど。さあ、超絶レアな死因をたっぷりと楽しみなさい!!」

離れた場所から掌《てのひら》をかざされた途端だった。

ぶわりと食蜂《しょくほう》の長い髪が重力に逆らって浮かび上がる。商店街の外、頭上のアーケードの屋根はもうない。白い雪がはらはらと舞う、無慈悲な大空が待つだけだ。

「ま、ず。冗談でしょ。まさか本気力で吹っ飛ばされる⁉」

顔を真っ青にし、真面目に逃げようとしたところで、

「いっ⁉」

右の足首が変な方向に曲がった。よろめいて横に転がった食蜂《しょくほう》を、予測と計算で追う事はできなかったのか。近くにあったバス停の標識が雪の舞う白い寒空をぶち抜いて飛んでいく。

そこだけ青空が広がっていく。

「うふふ、やっぱりあなた面白い」

「痛《い》ったあ……」

「もっと、もっと、もっと、もっと!!」

己の運の悪さが喜びに拍車をかける。

次を取り出す。何の変哲もない握り拳大の石だった。いいや、幼女はその小さなくぼみに指を入れる。人差し指ですくったのは、絵の具ではない。どろりとした赤黒いものの正体は、

「ははあはは。世界最古の筆記用具は木炭だった。パピルスや羊皮紙以前に、人はまず血や脂

を混ぜた木炭を洞窟の壁に塗りつけて己の記録を保存したのよ」

小さな舌で己の唇を舐《な》めてまで、アンナは囁《ささや》く。

汚れにまみれた自らの指先を弄《もてあそ》び、そして世界全体へ刻み付けるように手を動かす。

「つまりあらゆる魔道書は、全てここから出発する」

描く。

あるいは近くで転がっていた丸いテーブルに。

描く。

あるいは折れずに残っていたステンレスの柱に。

描く。

あるいはアイスクリームショップの前に陣取っていた雪だるまのオブジェに。

その全てが。

地脈から力を得て自律防衛行動を取る、魔道書の『原典《オリジン》』へと変貌する。

ギッ、という軋《きし》んだ音が響いた途端、全てが動いた。テーブルが四本の脚を獣のように動かし、ステンレスの柱は折れて倒れるとミミズや尺取虫のようにのた打ち回り、雪だるまのオブジェの笑顔に明確な意思が滲《にじ》んだ。それら器物の集合体は一斉に逃げて転んだ食蜂操祈《しょくほうみさき》を

『睨《にら》む』と、

「行きなさい、ごーあへっど☆」

アンナの投げやりな号令と共に、各々《おのおの》の方法で我先にと殺到していく。

ゴッ‼　と空気が震えた。

積もり始めた雪を蹴散らし、各々《おのおの》が駆ける。

アーケードの外まで逃げた門外漢の女子中学生がとっさに後ろを振り返らなかったのはやはり『持っている』と、アンナは率直に評した。即席とはいえ生粋の魔道書だ、もしも適当に刻まれた文字の群れを視界に入れていたら、それだけで並の人間なら脳を冒され穴という穴から出血していたはずなのに。

「わっ‼」

この切迫した命の危機に、だ。

風力発電プロペラの支柱に正面からぶつかるとは思わなかった。

おかげで獲物を追い抜いてからUターンし、猟犬のように退路を遮断しようとしたテーブルが狙いを誤ってコンクリートの壁に激突する。

「ぷ⁉」

ぺたぺたと手をついて起き上がった食蜂操祈《しょくほうみさき》は明らかにステンレス製の尺取虫を視界に入れているはずなのだが、鼻の痛みで両目がぐるぐる回って極度の緊張状態にあるためか、頭に文字が入っていないらしい。真正面からスルーして生き延びる。

アンナ＝シュプレンゲル、もはや両手でお腹《なか》を抱えて笑うしかなかった。

「あッははは!!!!!! 良《い》いわ、あなたすごく良《い》い。上条当麻《かみじょうとうま》も素材としては面白いけど、『不幸』に慣れてそこで自己を確立しているから振れ幅が弱いのよね。その点、あなたは良《い》いわ。きちんと完璧を目指して結果はこれ、だけどそのぽんこつ具合が逆にあなた自身を助けている。ああ、ああ、ああ。確かに今この瞬間は、予想外と言える事態だわ……ッ!!!?!??」

一方、だ。

追われる常盤台《ときわだい》のクイーンの方はと言えば、

「そういう女王様モードはっ、私一人で十分よお!!」

（これだっ……。前の時に蜜蟻《みつあり》さんがどれだけ追い詰められてもスーツのリミッターを切らなかったのってえ、運動が苦手なまんまうっかり加速して、倍速で派手に転んだり壁にぶつかったりして自滅するのを避けたかったたって訳え!?）

真っ赤になった鼻の頭を片手で押さえ、半分涙目で食蜂操祈《しょくほうみさき》は叫んでいた。

ヤツは上条当麻《かみじょうとうま》を素材と呼んだ。

それを後悔させる。どこにワクチンや特効薬を隠し持っていようが、必ず吐かせる。えげつない、い、い、女王らしく、どんな手を使ってでも、だ。

ひたひたと商店街を歩き、アーケードの外へ顔を出したアンナ＝シュプレンゲルは視線をわずかによそへ振った。

直後にそれは起きた。

ゴッッッ!!!!!! と。

実に音速の三倍もの速度で、ゲームセンターのコインが建物の上から撃ち下ろされたのだ。

5

もう一〇歳がどうのこうのと言っていられる場合ではなかった。

「ひっ」

突然の爆発に、食蜂《しょくほう》の喉が震える。

アンナ=シュプレンゲルを中心に激しい爆発と衝撃波が巻き起こり、プラスチックやコンクリートが砕けて細かい粉塵《ふんじん》を舞い上げた。見えない、それでいて分厚い壁が全方位へ殺到し、蜂蜜色の少女へ飛びかかろうとしていた尺取虫や雪だるまを地面から強制的に毟《むし》り取《と》る。これは船の帆や台風の日の傘と一緒だ。身を伏せていた食蜂《しょくほう》と、巨体を揺すっていた化け物達では受ける衝撃が違ったらしい。

「あら」

赤の薄布を胸元に抱き寄せながら、少し離れた場所でアンナはくすくすと笑っていた。

「ようやく勇気を出したわね、えらいえらい。ギャンギャン言い争っているみたいだけれど、実は意外と大切にしている人だった？」

が、こっちはそれどころではない。

ガタガタ震えながら、食蜂《しょくほう》は視線を上に上げた。

背の低い雑居ビルの屋根、一段高くなったその縁へ器用に足を乗せていたのは、学園都市第三位。しかしA.A.A.はもうない。半端《はんぱ》に抉《えぐ》られたガラクタにこだわり続けるより、さっさと切り離してロケット燃料の爆発から逃れる方を優先したのだろう。

シャーベット状の雪の上で尻餅をついて、自分の体温でじんわり不快に溶けていく液状の感触に目一杯顔をしかめながら、とっさに食蜂操祈《しょくほうみさき》は叫んでいた。

「何なのよおあのギットギトの粉塵力《ふんじんりょく》は⁉　まいくろぷらすちっく、こんくりーと粉塵《ふんじん》っ。ぞぞぞわぞわあなた私をカラダの中からじんわり殺すつもりぃ⁉」

「うるせー牛糞《ぎゅうふん》とイモムシとミミズまみれの有機野菜バカ‼　この私が助けてやったんだからおでこを地面に擦りつけて感謝しろ！　それから早く上に上がりなさい、アンタがそこにいると超電磁砲《レールガン》で狙いにくいのよ。そこの無人機‼」

「っ」

反射で振り返るより先に、食蜂《しょくほう》は一息で垂直に跳んでいた。高さはざっと七メートル、当然ながら途中に足場なし。……なのだが、着地まで考えている余裕がなかった。むしろあっさりビルの屋上を飛び越した挙げ句、空中でバランスを失ってくるりと縦に回ってしまう。

「わっわっ、あわあッ!?」

「(……ここでこいつが飛び出たテレビのアンテナとかクリスマスツリーのてっぺんとかにお尻から突き刺さるのを見送った方が世の中のためになるかしら)」

「冷静な計算力はいいからとっとと助けなさいよ人道的にぃ!!」

美琴《みこと》は追加で超電磁砲《レールガン》を何発か撃ち下ろした。

今度はアンナ＝シュプレンゲル本人ではなく、先ほどまで食蜂《しょくほう》を襲撃していたテーブル、ステンレス柱、雪だるまの三体だ。

爆音と衝撃波が炸裂《さくれつ》し、空中で煽《あお》りを受けた蜂蜜少女の体がさらに不自然な軌道を描いて二回転した。そして何故《なぜ》か美琴《みこと》の両腕の中にすっぽりと収まる。

世にも珍妙なお姫様抱っこの完成に、

「きゅんっ☆」

「口で言うな嘘《うそ》つき女王!!」

「ま、お姫様抱っこはこれが初めてじゃないので私は別に構わないんだけどぉ?」

不穏な香りがしたので両手の力を抜いてそのまま垂直に落とした。具体的には御坂美琴《みさかみこと》が膝を片方立て、食蜂操祈《しょくほうみさき》の無防備な背骨をヤな方向に曲げちゃうくらいに。

「あがぎゃんっ⁉」

「……もう甘い事は考えないから心の安定のために確定をちょうだい。おそらく初めてってあの馬鹿よね？　どうせそうに決まっているわよね？？？」

「ご、ご想像にお任せしまふ」

どんより真っ黒な瞳になりつつある美琴《みこと》だが、同時に彼女は現実を見据えていた。こんな所で冬でもハイレグ水着のむちむち露出さん（雪の中で尻餅をついたせいで体の一部がちょっと濡《ぬ》れてる）とはしゃいでいる場合ではない。

まだ死なない。

テーブル、ステンレス柱、雪だるま……だけではない。

そもそも根本的に、最初に仕留めたはずのアンナ＝シュプレンゲルが粉塵《ふんじん》を引き裂いてくすくすと笑っていた。足元のアスファルト自体はべこべこなのだから、衝撃は通っているはずなのに。

（化け物め……ッ‼）

奥歯を噛《か》みながらも、しかしどこか予感みたいなものはあった。たかだか不意打ち一発如《ごと》きでケリがつくはずないと。

だから安心して撃ったのだ。うっかり殺してしまい、あの少年を救う手立てまで永遠に失われないかなど考える必要もなく。

二四日からこっち、切り札の超電磁砲《レールガン》が敵の防御に負けるドアノッカー状態が続いているのに、そういった結果に慣れ始めている自分の心が一番屈辱的だ。……もちろんこれは、馬鹿の一つ覚えではなく不利な情報を速やかに受け入れて次の手を打とうとする御坂《みさか》美琴《こと》の基本スペックの高さに起因する心の動きではあるのだが。

「どうすんのっ⁉　私の『心理掌握《メンタルアウト》』も効いている気配がしないんだけどお‼」

「身も心も人間辞めてんのかあいつは……。とにかくいったん距離を取る！　大きく仕掛けるにしても、サッカーグラウンドとか自然公園とか人のいない開けた場所まで誘導しないと周りに被害を広げてしまうわ。それだけは避けないと‼」

上条当麻《かみじょうとうま》を助けるために無尽蔵に周りを巻き込んでしまった、ではきっとあの少年は哀《かな》しむ。

そういう風に人柄が分かるから助けてあげたいのだ、何としても。

強化スーツを着ているのに平気な顔して（常時の数倍の勢いで）派手に転ぶ食蜂操祈《しょくほうみさき》は戦闘挙動で屋根から屋根を移動させるには心許《こころもと》ない。助走中に雪のせいで足を滑らせた、なんて事態になったらナマモノ落下物の一丁上がりだ。結果として美琴《みこと》はお姫様抱っこを解除せず、そのまんま表面が凍り始めたビルからビルへ跳ぶ羽目になった。

常盤台《ときわだい》のクイーンは肩にかかった金髪を片手で払いながら、

「これが正しい配役よねえ。超絶天才美少女の私がクールな頭脳担当でぇ、筋肉馬鹿の御坂《みさか》さんが物理とアシと私の面倒を見る担当☆」

「一二階建てから地上に叩《たた》き落《お》とすぞブタまんじゅう」

「ああンッ!?　この光り輝くパーフェクトボディを誇る私のどこをどう見たらコンビニレジ横を支配する添加物だらけの見るもおぞましい豚とおまんじゅうの組み合わせが出てくるのよお!?」

なんかゆっささゆっさ揺らしながら（イロイロ詰まった）バカの女王様が吼《ほ》えていたが、美琴《みこと》は気にしなかった。あと今度から何かと便利なアシとして使わせてもらっている白井黒子《しらいくろこ》にもう少しだけ優しくしようと決める。頼むのと頼まれるのは全く違う。

そして気づいた。

こんな思考の脇道に逸《そ》れるだけの余裕ができている。

もちろんアンナ＝シュプレンゲルから追撃がこないならそれに越した事はない。しかし同時に、向こうがわざわざ切り上げなくてはならないネガティブな理由も特になかったはずだ。『あの』アンナが、たかだか屋根伝いに逃げた相手を見失うというのも考えにくい。言ってみれば、好転は好転だが明らかに敵の手でポンと渡されている。素直に受け取って良いか、どうしても警戒してしまう。

「……、」

ビルの屋上で（あつあつ肉汁ブタまんじゅうをお姫様抱っこしたまま）立ち止まった美琴《みこと》は、

後ろを振り返った。視線を遠くに投げる。

何もなかった。

音も聞こえなかった。

しばらく待って、やがて御坂美琴《みさかみこと》は気づく。

「追って……きてない？」

何故《なぜ》？

降りしきる雪の中で考えて、何も答えが出てこなくて、そして彼女の意識が沸騰した。

アンナ＝シュプレンゲルが見ていた案内板を思い出す。

直進・第一五学区。

つまりは、

「興味がないのか、あいつ!!」

6

「カミやんさあ、ボクは気づいたんよ」

「何が？」

どこかぼんやりしながら上条当麻《かみじょうとうま》が聞き返す。

隣のベッドの上で暇を持て余してあぐらをかいていた青髪ピアスはこう言った。

「女医さんやナースさんじゃねえ。今一番はパジャマ姿の病弱少女だと。いやあー、さっきすれ違《ち》ごうた眼帯おかっぱちゃんは素晴らしかったあー」

「どうした青髪ピアス。お見舞いにやってきた吹寄《ふきよせ》に秘密のタブレットを膝で二つに叩《たた》き割《わ》られて心が異世界にでも旅立ったのか？」

「ていうかギプス少女も眼帯少女もここなら本場のがおるやん!!　注意ですよ、見過ごしていましたよ、この極めし者たるボクともあろう御方がっ!!」

だから一体どうしたのだ。

聞くんじゃなかったの一択に後悔する上条《かみじょう》は、これだけ言った。

「……それを俺に言ってどうするんだ」

「女の子の部屋へ遊びに行こう？」

「聞くんじゃなかった!!　それ絶対ダメだよ、修学旅行でハメ外してクラス中から嫌われるヤツじゃん!?　わざわざ男子と女子で病室を分けている理由について考えろって!!」

「うるせえ!!　せっかくのクリスマスに男同士で向かい合ってトランプとか意味分かんねえよ!!　ボクだって一つくらい甘酸《あまず》っぱい感じのが欲しいんだよお!!」

ちなみに両手をやられた青髪ピアスは足の指でトランプをめくる術を確保している。必要さえ感じれば人は成長するのだ。無駄な方向でも。

クリスマスなんて何でもありませんと頑《かたく》なに言っていた頃に比べれば会話が通じるようになったのかもしれない。だが方法が最悪であった。こっちを巻き込まないでほしい。

「カミやんが被弾すればボクは安全に逃げられると思うの」

「お前もうほんとにあちこちの骨を折って入院期間延ばすぞ……？　逃げなきゃならない事態を想定している時点でもう夢は叶《かな》わないよ!!　ほんとは認めてるでしょう青髪、現実を認めろ！　ドアを開けて、うっかり着替えを目撃しちゃった。そこまでならあるかもしれない。だけどそこから始まる恋なんかねえよ!!」

「いいや!!　ボク達には吊《つ》り橋《ばし》効果《こうか》とストックホルム症候群がある!!」

「それどっちも恐怖心から始まる誤認じゃねえか……ッ!?」

催眠術やら心理学やらで自由自在に狙った相手の恋心を摑《つか》もうとするマニュアル本がニッチな市場にしつこくしがみついているのは上条《かみじょう》も知っているが、冷静に考えて虚《むな》しくならないのだろうか？　どこまでいっても一方的で、相手はこっちの素顔すら見えていない状態なのに。

対するクソ野郎はシャキッとした顔で断言した。

「もうまともな恋愛なんて期待してません」

「……、」

「ヤル事できたらボクはどんな方法だって構わへん。成人年齢は引き下げられたんですよ、つまり全ての男の子にはそれまでに絶対捨てなくてはならん呪いがあるのだから……ッ!!」

「だから女の子と手も繋《つな》げなくなるくらいこじらせているんだと思うよお前」

「さっきから……ボク達にとっては地獄のクリスマスだというのに、何か余裕を感じる……？　この壁は何や。お兄さんに言うてみい⁉︎」

そして上条当麻《かみじょうとうま》は遠い目になった。

彼は現状を憂えていた。

少年は何かを思い出し、丸めたティッシュを鼻に詰めながらこう言った。

「キスなんて大した事ないよ」

青髪ピアスの呼吸が止まった。

「な、に……。その鼻血にはどういう意味が……？」

「ていうか実際には口の中なんか雑菌まみれだよ。世の中全部微生物でいっぱいなんだよ」

「こやつッッ‼︎⁉︎⁇」

7

ふう、とアンナ＝シュプレンゲルは小さく息を吐いた。

二人が消えていった白い寒空を見上げ、それからすいっと視線を外す。車の窓から大空を飛ぶ飛行機を眺めていたが、車の方がトンネルに入ってしまった。そんな子供のような仕草で。

興味のある方へ足を向ける。

青い案内板を見て歩を進めるアンナは、退屈そうな顔でこう考える。

（……食蜂操祈《しょくほうみさき》。あっちは真面目な顔してやる事なす事イレギュラーだらけなのが面白いんだけど、主導権が御坂美琴《みさかみこと》の方に移ってしまうとね。ちゃんと戦って真面目に負けるじゃや退屈だわ、得られるものが何もない。ちえっ、これ以上は楽しめそうにないか）

雪の降り注ぐ切り裂くような寒空の下、プリンよりも柔らかそうな小さな指先についた赤黒い塗料を振り払うと同時、現場に展開されていた器物達がまとめてがくんとその場で崩れ落ちた。テーブル、ステンレス柱、雪だるまの表面に刻んであった力ある文字列がぐずぐずになり、それが無機物全体に波及していく。やはり即席、土地から吸い上げる地脈の力を循環できずに内側から破裂したようだ。言ってみれば自分の血流で自分を殺す、脳梗塞《のうこうそく》や動脈瘤《どうみゃくりゅう》なんかと同じだ。

残されたものに振り返るだけの興味を持てない。

歩きながらアンナはぱちんと指を鳴らし、背後に控えていた二メートル以上の金属でできた球体を圧縮する。それは瞬《またた》く間《ま》に目薬ほどの小瓶になった。薄い鉛の金属箔で内張りした極小の丸いフラスコだ。普通の学校にあるものと違い、バグパイプのように複数の口がついているのが特徴か。

切り札はこれ一つではない。

というより、本来の卵から意図して歪《ゆが》めた卑金属の蒸留器『プネウマなき外殻』は、アンナ=シュプレンゲル自身のリズムを崩してステータスを下げるための霊装だ。

死をなくすと死の恐怖を忘れ、己の死に気づかないまま他人の手で死を決定づけられる。つまり凡ミスのもとだ。不死の存在で固定されたギリシャ神話の神々が己を律する事もできずに、内面から湧き出る驕《おご》りや嫉妬に振り回されてやたらと人間臭い失敗を繰り返してきたように。

人の心は、不足を感じなければ我慢や節約もままならない。

蛇口から出てくる清潔な水を毛嫌いしてわざわざペットボトルのミネラルウォーターを購入するこの国の人間が、一滴の水そのものの稀少性《レアリティ》を正しく見出《みいだ》せないのと同じく。

「となると観光《いい》はここまで。この街も見どころがなくなってきたし、そろそろ本命の方を見てみようかしら、と。これ以上は退屈だわ。……まだサンジェルマンがあの男を壊していないというのなら、外からわらわが促進してアゲル」

(まあ、劇症型サンジェルマンも彼の体内を回っている頃だろうけど。けどやっぱり頭に血が上った方が、回りも早くなるでしょうしね)

「……何が見えるかしら？」

くすくすと。

あくまでも、くすくすと、だ。

「激痛と不安と恐怖と諦念に魂をすり潰された果て、最後の最後の一欠片《ひとかけら》。そこに何が残るのかしらね、上条当麻《かみじょうとうま》。あなたの本質を見るのが楽しみよ」

呟《つぶや》いて、アンナは霊装の代わりに何の変哲もないスマートフォンを取り出した。そこに表示されているのも、世界全体でごく一般に普及されている地図アプリだ。

案内板を信じる限り、ここは第一三学区と第一五学区の境目らしい。

目的地はさらに東だ。

『外』のナビゲーションサービスの場合本来なら合成処理で潰されているはずの学園都市の敷《し》地内《ちない》を、その路地裏の一本一本までR&Cオカルティクス傘下《さんか》の人工衛星で補った完全版。これなら学園都市の中も網羅できる。

「ふん、ふん、ふふんっ☆」

目的地を設定すると、いくつかの道順が自動的に算出された。

中から最短ルートをタップしてナビを開始する。

第七学区にある、とある病院だった。

スマートフォンの合成音声が、女性らしく整えた声でこう告げた。

『目的地まで、一時間です』

8

条件ががらりと変わった。

来た道を恐る恐る引き返し、そこから青い案内板に従って東へ進む。当然ながら不意に鉢合わせしないよう、地上の道ではなく白い雪の積もったビルの屋上から屋上へ跳ぶ格好になるが。

実際、アンナを見失って困るのは美琴達《みことたち》なのだ。

ワクチンや特効薬を持っているのはヤツだけ。病院に向かうのも止めなくてはならない。

アンナは必ず病院にやってくるのだから、下手に追い回さず待ち伏せすれば良いではないか。

そんな意見は通らない。

これまで超能力者《レベル5》二人掛かりで襲いかかっても進軍の速度が全く変わらないところからも分かる通り、アンナ＝シュプレンゲルが病院まで辿《たど》り着《つ》いたら全てをメチャクチャにされる。不調気味で口から血まで吐いているあの少年が最終的に勝てるか否《いな》かはここでは関係ない。その過程で、風景の全部が必ず破壊される。人も物も、そこにある全てを。

それだけで、あの少年は折れてしまうかもしれない。

背負わなくても良いものを自分から背負って。

「わっ、と」

跳ぶ時にも要注意だ。屋上の縁から塊のまま雪を落とせば気取られるリスクが増す。

美琴達《みことたち》は第一五学区までやってきていた。

先程までとは風景ががらりと変わる。学園都市最大の繁華街、どこもかしこもサンタやトナカイなど仮装した若者で溢《あふ》れ返《かえ》っていた。中には四角い箱や七面鳥に短い手足をつけただけの変わり種もいるようだが。どうやら世界一巨大なケーキを作って記録認定を受けるイベントらしい。切り分けられたケーキを手にしてスマホで写真を撮るまでこのバカ騒ぎは終わるまい。

傘らしい傘はない。

ここでは人の健康よりもスマホのレンズが優先で、画角を遮るデカい耐水布を広げるのはギルティらしい。

なので分かった。

「いたっ、あそこだ！」

でっかいスクランブル交差点の、さらに上に架かる歩道橋型のペデストリアンデッキという複雑な立地だった。柔肌を赤い薄布で雑に覆う、見た目は一〇歳くらいの幼女が群衆に紛れて上の通路を歩いている。時折、こんな時間から酒瓶を手にした若者達から（あれは高校生とかじゃなくてちゃんとした大人だろうな？）ビールやスパークリングワインを浴びせられてくすくすと笑っている。あの格好で周りから受け入れられている辺り、やっぱりハッピーで陽気な第一五学区のクリスマスは不思議の塊だ。今日なら裸でもエプロンでも幼な妻でも、とりあえずみんな仮装という事で許されるらしい。

同じセレブ時空でももう少し高級感を求めているらしい食蜂《しょくほう》はうんざりしながら、

「聞きしに勝る、だわあ……」

「おかげであっちもこっちも目がチカチカして見失いやすい。アンタもダブルチェックを手伝いなさいよ」

人混みを逆にチャンスと捉えているのか、ただでさえ制御不能の大騒ぎに無許可の路上ライブなども交ざってきた。スポーツジムの宣伝動画でも撮っているのか一〇人くらいのボディビルダー達がお神輿《みこし》みたいにドイツ製の高級車（おそらく自前）を持ち上げ、スマホのレンズにニカァ！　と笑顔を向けている。そろそろ景観よりも寒くて死ぬ方向で気にしておきたいこのホワイトクリスマスに、拡声器片手のへそ出し少女に油でテカテカになった海パン軍団。やっぱり第一五学区はおかしい、話題が欲しくてやってきた地上波テレビのカメラマンが過激すぎるコスチュームや迷惑行為を見て思わずレンズを掌《てのひら》で覆うくらいには。道理でアンナの格好程度ではいちいち誰も違和感を覚えない訳だ。

アンナ＝シュプレンゲルがわざわざ一段高い所に上っている理由としては、そうしないと満員電車みたいな人混みの中を進めないからか。ただ他にも狙いがありそうだ。

「……やっぱりあいつ、東の方向をじっと見てる！」

叫びながら、美琴《みこと》は人間ではなく別のものを視界の端で捉えていた。

歩道橋部分、道路をまたぐように設置された青い案内板だ。シャーベット状の雪で表面が半分凍った案内にはこうある。

直進・第七学区。

(西から東に動いてる？　第一五学区の先は第七学区があるっ)

犬猿の仲だが、同じ事を考えたのだろう。食蜂《しょくほう》の形の良《い》い眉が片方歪《ゆが》む。

「ランドマークなんて色々あるんでしょうけど、やっぱりこれが一番怖いわよねえ。第七学区、あの人が運ばれた病院」

その無防備な立ち振る舞いは、来るなら来いと嘲笑《あざわら》っているようだった。

面白いものを見せてくれるなら、その間は立ち止まって出し物を見物してやる。だけど興味を失ったらその分だけ本来の歩を進める。病院へ。到達と共に、死に瀕《ひん》した少年ごと外から建物全体をぶっ壊すと言わんばかり。まるで時限爆弾や巡航ミサイルのような、正確無比という恐怖を存分に振《ふ》り撒《ま》いている。

食蜂《しょくほう》はお姫様抱っこされたまま小さな子供みたいに両足をぱたぱた振って、

「どうするのお？」

「今さら媚《こ》びるなブタまん」

「……次、添加物だらけの豚とおまんじゅうを組み合わせたら強引に『心理掌握《メンタルアウト》』でアタマの障壁ぶち抜くわよお？」

「あらそう、あんまんや肉まんは流石《さすが》にちょっとナマナマしい響き過ぎると思って避けてきたんだけど、そっちの方がお好みなら。それから見たところ、あいつの方向感覚ってナビ頼みよね？　だったらとりあえず接近して、肉弾戦を仕掛ける」

「馬鹿なんじゃないのかしらあ!?　正面力からじゃ勝てないっての!!」

学園都市の超能力者《レベル5》が二人も揃《そろ》って話すような『前提』ではなかった。

だが劣勢を受け入れなければ現実の速度についていけない。時代に取り残されるだけだ。

美琴《みこと》はそっと白い息を吐いて、

「だからそっちは囮《おとり》。本命としてはスマホを乗っ取った上で、ナビを狂わせて延々同じ所をぐるぐる回してやるのが狙いよ。アンナ＝シュプレンゲル？　正直言ってあいつ自身がどれだけの化け物かは底が知れないけど、手で持っているのは普通の電化製品だもん。人のいない、襲いやすい場所へルートを逸《そ》らしてから防護手段を奪いましょう。ホワイトアウトへご招待。二三〇万人が暮らすハイテク都市で雪山遭難の怖さを思い知るが良《い》い!!」

なるほどと食蜂操祈《しょくほうみさき》は納得した。

肉弾戦をするというからには頭の中までキンニクな御坂美琴《みさかみこと》が肉弾戦をするのだろう。食《しょく》蜂操祈《ほうみさき》の『心理掌握《メンタルアウト》』はアンナに効かないという事実は知れ渡っているのだし、正直に言って女王にはやる事がない。やるならとっととやって、ツンツン頭の寿命を延ばすために尊い犠牲となっていただきたい。どこか他人事《ひとごと》のように常盤台《ときわだい》の女王は考えていた。

ところで彼女は一つ失念していた。

犬猿の仲というのは片方が片方を一方的に嫌う関係ではない。こっちが嫌いというなら同じように向こうも嫌いなのだという事を。

「そんな訳でほら、使い捨ての撒《ま》き餌《え》も頑張って。大変エロスな白桃練乳クリームまんじゅうがちゃんとガブリと噛《か》みつかれて一瞬でも隙を作ってくれたらアンタの事は忘れないわ」

「どぶちょば⁉　こっ、八階建てよここお‼　ナニ人のカラダを気軽に放り出しているのよ御《み》坂《さか》ッさぁあああああ――――――ん‼‼‼」

お姫様抱っこのまんま、せーのっ、で美琴《みこと》は両手で抱えていた荷物を空中に放り出してしまった。ふわりという奇妙な浮遊感。しかし実際には高速落下しながら食蜂《しょくほう》は叫ぶしかない。そしてここまでド派手な騒ぎになると、誰も彼もが音源の頭上へ視線を投げていた。その中には群衆に紛れるアンナ＝シュプレンゲルの姿もあった。

三日月が裂けるように、であった。

小さな子供が捕まえた虫を摘《つま》んでどうするか思案するような、残酷な笑顔で彼女が洩《も》らす。

「あは☆」

「もおやだ常識力の足りない変態達のオモチャにされるのはあッ‼」

両手両足をジタバタさせた時、たまたま何かしら力の伝導がかっちりハマった。ぐるんと空中で一回転した食蜂操祈《しょくほうみさき》が歩道橋の欄干にがつんと両足を押し付けて奇麗に着地する。

（さっ、最後まで御坂《みさか》さんからは何のケアもないし……ッ!?　あの筋肉馬鹿、本気力で私を殺す気だったたって訳え!?）

「してるに決まってるでしょ、無線でフォローくらい」

その声が、すでにアンナと同じ歩道橋から響いていた。

間合いは一〇メートル以下。腰を落とし、獣のような目線の高さを保ったまま御坂美琴《みさかみこと》が幼女のへその辺りを容赦なく狙う。そのまま突っ込む。体当たり一発で、だるま落としみたいに背骨を外すくらいの勢いで。

同時、ギュイ!?　という異音が食蜂《しょくほう》の全身から炸裂《さくれつ》した。いいや、蜂蜜少女の全身にぴったりと張り付いた強化スーツが外から電気的に操られているのだ。

一段高い欄干から跳んだ食蜂《しょくほう》がバレエやフィギュアスケートのように奇麗に回り、そして遠心力を利用した回し蹴りでカカトを横に薙《な》ぐ。狙いはアンナ＝シュプレンゲルの顔面、より正確には二つの眼球だ。

クリーンヒットなど望まない。

目潰し、またはそれを回避するためにアンナ側が無駄なアクションを一つでも挟んでくれれば立派な隙となる。

勝手に捨て駒にされた食蜂操祈《しょくほうみさき》がいよいよ総毛立って叫ぶと同時、見た目一〇歳の幼女が迫りくるカカトに小さな掌《てのひら》を差し向け、無造作に女王の足首を摑《つか》んだ。片手一本で振り回し、そのまま美琴《みこと》を迎撃するための飛び道具にする。

「ちょ⁉ みさ、バ‼」

美琴《みこと》は特に気にしなかった。磁力の制御に集中する。

出来損ないのブーメランみたいに回転しながら真《ま》っ直《す》ぐ飛んできた食蜂《しょくほう》を受け止める事もなく、空中で(憎たらしい二つのブタまんじゅうを)踏んづけてさらに大きく前へ跳ぶ。

ちなみにぽよんという音はしなかったし、ジャンプ力も特に変わらなかった。

(ぶちっ)

いい加減頭にきた蜂蜜色の少女が(完全な素人《しろうと》故に、受け身という考えもなかったのか)空中でバッグからテレビのリモコンを取り出した。問答無用で矛先を美琴《みこと》に向ける。

現役でSNSの女王なんだけど根っこは意外とテレビ派な人は叫んだ。

「地上派のクルーも来ている繁華街で社会的にさようならここで全部脱いで裸踊りしろ御坂《みさか》さぁん‼」

「邪魔すんなッ空気読め‼」

ばちんっ、という鈍い音と共に空中で美琴《みこと》の頭が不自然に揺れた。美琴側《みことがわ》が拒絶する限り、第五位の『心理掌握《メンタルアウト》』は第三位には通用しない。せいぜいちょっとした頭痛を与える程度だ。

それがなければ美琴《みこと》はそのままの勢いでアンナ＝シュプレンゲルに激突し、歩道橋の地面に叩《たた》きつけて馬乗りになれただろう。花も恥じらう一〇代女子として体重差で勝っている事を得意げに語るのは癪《しやく》だが、幼女相手に体格面で負ける道理はない。

が。

ゴッッッ!!!!!!　と、何かが虚空《こくう》を焼いた。

直前で美琴《みこと》の軌道がほんのわずかにブレていなければ、激突前に美琴《みこと》の上半身は消し炭となっていたはずだ。

アンナ＝シュプレンゲルの手に特殊兵器が握られている様子はない。

彼女はただ、その背格好には不釣り合いな爛《ただ》れた投げキッスを一回しただけだ。

(なにっ？　さっきまでのガラクタとは違う!?)

ざりざりと靴底で歩道橋の地面を擦る。着地点はわずかに横にズレ、マウントを取るのに失敗した。

もちろん狙ってこの結果が出てきた訳がない。おそらくやった食蜂《しよくほう》自身《じ　しん》が一番呆気《あつけ》に取《と》られている。

無手のまま、アンナは笑っていた。

その五指が、ただ握って開くにしては奇妙な並びで交差する。

「面白いわ。やっぱり主導権って音痴が握るべきよね？」

「運動音痴じゃあーりーまーせーんーっっっ!!!!!!」

絶対に譲れない一線なのか、(リベンジに夢中で受け身を取らなかったため) ごろごろ転がって悶絶《もんぜつ》していたはずの食蜂操祈《しょくほうみさき》が涙目でガバッと身を起こした。

ひらひらと小さな手を振って、アンナはすいっと一歩後ろへ下がった。

ぽかんとしたまま巻き込まれたのは、同じペデストリアンデッキにいた赤毛にニット帽の女子高生だった。

「まずいっ人質にされる!!」

「ねえ」

しかし予想外がやってきた。

アンナは一般人に刃物を突き付けるでもなく、そっと寄り添ってただこう囁《ささや》いたのだ。

スマホで馬鹿騒ぎを撮影して少しでもSNSの閲覧数を増やそうとしながら、実はこんな日でも仮装をするほどの勇気を出せなかった少女の耳元で。

「たかが中学生に命の心配をされるだなんて、高校生のあなたとしては恥ずかしくて死にたい気持ちなんじゃない?」

「なっ」

「この雪の中を傘も差さずに歩いてきたくせに、一体いつまで撮影係でいる気なの? レンズのピントを取られて寂しくはない? 自分のスマホくらい自分が画面の中心にいても良いのにね。あなたは持っているんでしょう、新しい力を。魔術を正しく使う事ができれば、科学が作ったまやかしの序列なんか一発で打ち崩せるわよ。こんな日くらいハメを外して、あなたが世界で一番目立ったって良いんじゃない？」

呼吸が詰まる少女に、シュプレンゲル嬢は言葉を囁《ささや》いた。

それは遅効性の甘い毒だ。

「はあ。ダメかしら、やっぱり」

トドメの一言であった。

「……せっかくのクリスマスまで一人ぼっちでくすぶって、宝の持ち腐れで終わるのね。いるんだわ、力を持っていても未来を変えられないどうしようもない日陰の人って」

誘いの言葉にどれほどの妖しい力が備わっていたのか。

いきなりニット帽の少女がこちらに掌《てのひら》をかざしてきた。

「前脚と後ろ脚を持つ獣の力は五指の一つより出力される。心臓の中心より中指の先まで伸びるラインを想起せよ、これすなわち火のエッセンスの爆轟《ばくごう》なり!!」

ボジュア!!!!!!　と。

激しい閃光《せんこう》と共に、何かが焼けるというより金属が溶けるような異音が炸裂《さくれつ》した。

その認識は正しい。何しろ歩道橋がどろりと溶けて切り離されているのだから。

「な、にが……ッ!?」

「あはは」

変な声があった。

こちらの足運び次第ではニット帽の女子高生は殺人犯になっていたかもしれない。なのにその顔に浮かんでいるのは喜びだった。まるで小学校で、初めて自分の能力がどんなものか手応えを感じたような声だ。

彼女は美琴達《みことたち》に掌《てのひら》をかざしたまま、

「できた、できた‼　私にもできた‼　あの有名人が、第三位が息を呑《の》んで後ろに下がってる。ねえ撮ってる？　自撮りなんかじゃ全然足りないッ、ガンガン拡散してよ！　私の力は偽物《にせもの》なんかじゃなかったんだあ‼」

その異常さに美琴《みこと》が気圧《けお》されている間に、くすくすという笑い声が遠ざかる。アンナ＝シュプレンゲルは人々の間をすり抜けながら、目星をつけた男女に二、三ほど何かを小さく囁《ささや》いていく。あるいは恨み言、あるいは儲《もう》け話《ばなし》、あるいは劣等感、あるいは一体感。人によってバラバラで、でも一番心に刺さる世迷言《よまいごと》を。

それだけで。

タガが外れたように。

一体どこに隠し持っていたのか、クリスマスを楽しんでいたはずの中高生が懐《ふところ》やリュックの中から何かを引っこ抜いた。それは樹脂でできた杖《つえ》だったり、金属を削り出したメダルだったり、自動プリントの名刺製造機で刷り出したカード群だったりした。

彼らは口々に何かを叫んだが、もはや声としては認識されなかった。

スタジアムの歓声のような、デッキ全体を震わせる大音声《だいおんじょう》と共に閃光《せんこう》、爆音、氷の槍《やり》や人の形をした影まで、ありとあらゆる『異物』が美琴《みこと》一人を狙って鉄砲水のように襲いかかってくる。

直感的にまずいと思った。

あれは、これまでの能力開発とは何かが違うと。

とっさに磁力を使って真上に飛んでやり過ごそうとしたところで、右足に抵抗があった。

二つのおまんじゅうを自分から押し潰すようにして、なんかしがみついている。

置いていかれそうになった子はガチの涙目だった。

「おのれっ、下働きの暴力メイド‼　いい加減に、一万年に一人の美しき女王サマのお世話をしなさいよねえ御坂《みさか》ッさあん‼」

「だぶあっ⁉」

バランスを崩し、二人して欄干から真下に落ちた。

しかしそれで正解だったかもしれない。いくつかの閃光《せんこう》は天空を焼いていた。認めるのは極めて癪《しゃく》だが、『想定通り』に逃げていたら高射砲のような弾幕でズタボロにされていた可能性もある。

地上に落下するのではなく、磁力を使って歩道橋の真裏に張り付きながら美琴《みこと》は疑問を放つ。予想外の動きをする事で、デッキの上と下、意外と双方の視線を振り切れる。

「どう思う、今の⁉」

「フツーの能力開発とは違うわよねえ。だったら超能力者《レベル5》二人がこんな昆虫みたいな格好でこそこそする必要力はない訳だしい？」

「そうじゃなくて、それもそうだけど、そもそもある日突然『特別な力』なんてポンと渡された程度ですぐさま人殺しになんか使うと思う？　正直に言って、アンナの言葉はさほど魅力的でもない。つーか裸に薄布一枚の幼女なんて不審人物のお誘いとか誰がどう見ても大警戒でしょ。あれならその辺のキャッチセールスの方がまだしも身だしなみに気をつけて、計算された口説き文句を使うはずよ！　なのに何で⁉」

だから美琴《みこと》は犬猿の仲であっても尋ねたのだ。

精神系最強の超能力者《レベル5》へ。今のに何かしら『介入』のサインがなかったか、と。

「やってるのはただのトークよねえ」

そしてクイーンは一言でばっさり切った。

ただし、

「あらかじめターゲットの個人情報を摑《つか》んでいれば話は別だわあ。より正確には、劣等感、トラウマ、カタルシス対象となる心的緊張、そういった内面力の問題を片っ端から調べ上げる事ができればね」

「そんな事……」

言いかけて、美琴《みこと》は何かに気づいた。

R&Cオカルティクス。

突如現れた新型巨大ITは、確か全世界規模で占いの依頼も担当していたか。依頼者当人や気になる相手（あるいはプラトニックな片思いの他に、苦手な上司や憎い復讐相手《ふくしゅうあいて》もありか？）の氏名、性別、年齢、生年月日、血液型、その他重要な個人情報をそれとなく聞き出す格好で。そもそも何を占ってほしいのかという依頼自体が、悩みや迷いの宝庫である。そこには自分の頭に浮かぶどういう可能性を拒絶し、他人の口からどういう言葉を言ってほしいのかという心の傷が如実《にょじつ》に刻まれている。

根本的に個人情報を『ドルに代わる新たな財産』とまで断言しておきながら無断搾取《むだんさくしゅ》に余念がない巨大ITなら、ユーザーの行動履歴を分析して最も効果的な広告を表示するくらいは朝飯前のはずだ。その技術をちょっとだけ深く掘り下げれば、心理分析、人間性の採点、サイバーカルト化など『非物理的な、精神世界への干渉』程度は意のままである。

つまり。

他の七〇億人には右から左へ流してしまう言葉の羅列であっても、だ。その人物にとってはピンポイントで心をざわつかせ、背中を押す、自由自在のマスターキーは普通に作れる。もっとも、実現のためには意味不明なくらい莫大《ばくだい》な先行投資をする必要があるが。

実際にそれをやった規格外の馬鹿がいる。

だって手を伸ばせばできるから、という理由で賢人の警鐘を全部無視した馬鹿者が。

「ちなみに」

どこかからアンナ＝シュプレンゲルの残酷な笑い声があった。

命の尊さを知らずに育った子供のような。

「心理学には個と群があるわ。バーゲンセールやコンサート会場で一人が出入口に走ると全員がそちらへ引きずられるように、集団の中から何人かピックアップして注力すれば後は全体が一つの方向へと雪崩《なだ》れ込《こ》んでいく。言っておくけど、個人を操るより群衆を操る方が楽なのよ？」

ごぼっ、という音があった。

何かが起こる、そう身構えていた美琴《みこと》だったが……予想に反して分かりやすい『鉄砲水』はやってこない。

不審に思って美琴《みこと》が近くの街頭カメラを乗っ取り、携帯電話の小さな画面に表示してみると、

「なに、これ？」

呟《つぶや》いたのは美琴《みこと》だったのか、あるいはニット帽の女子高生だったのか。

正体不明の新技術、魔術を振りかざした少女が自分の口元に手をやっていた。その指と指の

間から、赤黒い液体が溢《あふ》れ出《だ》す。ちょっとした擦り傷切り傷ではありえないほどの粘ついた血が、次から次へと歩道橋の地面へこぼれ落ちていく。

「えっえっ？　ちょ、ぶ。ごぼあっ、げぶごぼ!!　なにが、どうジてえ⁉」

助けを求めて血まみれの手を振り回すが、摑《つか》む者はいなかった。というより、少女に続いて魔術（とやら）を使った複数の男女が、やはり同じように血を吐いて崩れ落ちていったのだ。いいや吐血だけではない。あるいは体内で血管が破れて青黒い内出血を露《あら》わにし、あるいは眼球の毛細血管が破れたのか白目の部分が全部真っ赤に染まった生徒もいる。

答えなんかどこにもなかった。

そもそも『魔術』なんてもののメカニズムを誰も知らないのだから当然だ。

そして原因不明の恐怖から逃れる心は憶測にすがり、根拠のない情報が新たな憎しみを生む。

つまりは、

「……第三位が何かしたんだ……」

怨嗟《えんさ》のような声があった。

それは自分の恐怖を認めたくない人々の心に染《し》み渡《わた》り、分かりやすい闘争心や敵愾心《てきがいしん》を呼び起こして、自分を見つめない事で破滅から目を逸《そ》らそうとする。

目に見えない恐怖。

ばい菌が魔女の呪いと呼ばれた時代まで文明が退化していく。今なら寒空の下で風邪を引いたって美琴《みこと》のせいだし、叫び過ぎて喉がかれたって美琴《みこと》のせいだ。

「何か電磁波とか使ったんだ!!」

「そうよ。だっていきなり血管が切れるなんておかしいもん!!」

「やらなきゃやられる。電気分解があればビタミンなんか簡単に壊れるぞ!!」

美琴《みこと》の呼吸が詰まる。

透明なつららのぶら下がる歩道橋の裏でいっしょくたに抱き抱えられているはずの食蜂《しょくほう》までもが、震える声でこう呟《つぶや》いていた。

疑いの目だ。

「……まさかと思うけど、何かやましい事はしてないわよねえ……?」

「やってない、知らない。ていうか私の能力じゃあんな現象は起こせない!!」

むきになって叫び返す美琴《みこと》だったが、それで気味の悪さが拭える事はなかった。そう、頂点グループに立っている美琴《みこと》や食蜂《しょくほう》自身《じしん》、今何が起きたのか理解できていないのだ。原因が分からない以上、自分で自分の過失を一〇〇・〇%完全に否定する事すら叶《かな》わない。

あるいは。

もしもここに上条当麻《かみじょうとうま》が居合わせていたら、彼は一言で断じていただろう。これは当たり前に起こる副作用だと。科学的な能力者が魔術的な術式を使えばこうなる、全身の血管や神経が破れるのを避けたければ絶対にやめろと。

だがその『経験値』は、学園都市で暮らす大多数には理解できていない。正しい知識がなく、それでいて明確な被害から逃れられないとすれば、後はどうしようもない『迷信』が蔓延《はびこ》るだけだ。

魔女を殺せ、そうすれば世の中の問題は何もかも解決する。村正《むらまさ》を折れ、その刀は天下泰平の世を乱す。洋の東西を問わず、少数を集中攻撃して安心を得たがる馬鹿げた集団ヒステリーならいくらでも起きてきた。

人間は、憤怒《ふんぬ》よりも恐怖で動いた時の方が恐ろしいのだ。

いったん振り上げた拳を、自分の裁量で下ろせなくなるという意味では。

「おいどうしよう、もう顔は見られてるよ。やだよ怖いよ」

「うるせえ一度売ったケンカを取り下げられるか。ここでやらなきゃリベンジされるぞ‼」

「押せ‼　次の攻撃が来る前に。学生寮まで逃げても見えない攻撃で壁越しにやられる、だから今ここでぶっち殺せえええええええええ‼」

御坂《みさか》さんっ、という食蜂《しょくほう》からの言葉が終わるより早く美琴《みこと》は動いていた。女王を抱えたまま、磁力を使って歩道橋の裏から空中ブランコのように大きく回る。大きくCの字でも描くようにはるか頭上まで舞い上がった途端、ついさっきまで少女達が張り付いていた辺りが閃光《せんこう》と高温で埋め尽くされた。冗談抜きに歩道橋が溶けて、バランスを崩したのか蜘蛛《くも》の脚のように広がる巨大なペデストリアンデッキ自体が斜めに傾《かし》ぐ。

第三位の腰にしがみつく第五位は両目を見開いたまま、

「怪物《さつきの》を見失ったらワクチンなり特効薬なりは手に入らないわあ。病院だってメチャクチャにされるっ。あの女はどこ、アンナ＝シュプレンゲルはあ⁉」

「知らん‼　それよりまたバタバタ倒れているわよ。なにっ、アンナのヤツが何かしてんの⁉」

実際には恐怖に脅《おび》えた生徒達が魔術を使うたびに自ら傷つき、それは御坂美琴《みさかみこと》から正体不明の攻撃を受けているからだと勘違いしてさらに深い恐怖を刻まれ、払拭《ふっしょく》のため再び魔術にすがっていく……というろくでもない悪循環に陥っているのだが、それを証明してくれる人はいない。

ここには、上条当麻《かみじょうとうま》がいない。

それでもだ。

空中で逆さになった御坂美琴《みさかみこと》は、今やるべき事を真《ま》っ直《す》ぐに見据える。

叫ぶ。

「食蜂《しょくほう》ォおお‼‼‼」

言葉で頬を叩《たた》かれた女王が、ハッとしてリモコンを摑《つか》み直《なお》した。

そう。

アンナ＝シュプレンゲルや御坂美琴《みさかみこと》といったイレギュラーはともかくとして、普通の人が集まる普通の群衆であれば『心理掌握《メンタルアウト》』が通用する。

ボタン一つで世界が止まった。

より正確には、外出前に何度も何度も施錠《せじょう》を確かめるような感覚で確実に寿命を削る魔術にすがろうとした少年少女が、全員まとめてその場で棒立ちになったのだ。

負のスパイラルを、断ち切る。

そして同時に、そうなると一人だけ動いている小さな影が不気味なくらい風景から浮かび上がる。その小さな影は、斜めに傾《かし》いだデッキから下り階段を下りて地上を目指しているところだった。

すなわち、

「アンナ＝シュプレンゲル!!!!!!」

9

「あらバレた。やっぱり精神系の方が色々と驚かされて面白いわね、相性が良《い》いのかしら」

シャーベット状の雪で薄く覆われた歩道橋を下りて、地上の人混みに紛れながらアンナは笑う。

　こんな人でごった返す密集地帯まで気軽に呼び出されたのか、真っ赤なサンタ仕様の自転車バイトがスマホと保温バッグを抱えたまま途方に暮れて立ち往生していた。どうやら人を盾にすると手を出しにくくなるらしい。哀れなバイト君の横をすり抜けて、シュプレンゲル嬢はしばらくそのまま歩く。いっそ自転車なんかを使ってみるのも面白そうだな、と考えていた。十字の金属ポールでできた回転扉に大量の自転車を引っ掛けてメタルな質感のツリーを作った、季節限定な感じのレンタルサイクルの立体駐輪場を見かけたからだ。

（こっちの目的地くらいは予測しているでしょうし、予定到着時刻を早めたら慌てふためいてくれるかしら……？）

　裸の幼女は赤い薄布を抱き寄せたまま、素っ気ない感じで笑う。もっとも、シュプレンゲル嬢のお気に入りになる事がどれだけ人生に危難を招き寄せるかは、不意打ちの口づけで生死の境をさまよう羽目になった少年を思い浮かべるだけで十分過ぎるほど分かるだろうが。

　薔薇《ばら》の棘《とげ》は、近づき、寄り添うほどにあらゆる生命を傷つけていく。

　そのままソドムのような大騒ぎを見せる（まあアレイスターの造った街なら当然ではあるか）第一五学区を丸ごと横断し、隣の学区へ差し掛かった時だった。

　第七学区。

　その手前で、真上から黒い流星が落ちた。

より正確にはありったけの砂鉄をかき集め、高速振動する刀剣の形に整えた『砂鉄の剣』を手にしたまま、御坂美琴《みさかみこと》が垂直に襲いかかったのだが。

アンナは小さな掌《てのひら》をかざしただけだった。

ただし、普通に五指を広げたにしては不自然に指を交差させて。

それだけで、装甲列車を輪切りにするほどの一撃が食い止められる。

「そして圧倒的に退屈だわ、御坂美琴《みさかみこと》。A.A.A.を纏《まと》って科学と魔術の境があやふやになっていた頃はそこそこイケると思ったけど、今はダメね。それじゃただスタンダードに強いだけじゃない。パラメータは底上げされているものの、動き自体は単調。最強装備必須のイベントボスなんかお呼びじゃないわ。早く退場して」

「っ⁉」

クリーンヒットは期待しない。

無理にでも押し込んだ途端、アンナ＝シュプレンゲルではなく、第一五学区にいくつかある金属製のツリーをまとめてぶっ壊した。金属ポールに大量の自転車を引っ掛けて木の形を作る、レンタルサイクル用の立体駐車場だ。

着弾点を中心に、大量の雪が地面から真上に飛び散る。

アンナの足元を中心に鉄とコンクリートの階段全体に不気味な亀裂が走り回った。金属ポールをバラバラに千切り、無数の自転車の残骸ごと見た目一〇歳の幼女を地べたに叩《たた》きつける。

所詮はレンタル用、カーボンやアルミフレームなどの高品質素材は使っていないようだ。鉄なら磁力で操れる。

(倒す必要なんかない、大量のスクラップで押し潰して身動きを封じてしまえばこれ以上の悪さはできないはず。いったん挟み込んだら、後は私の磁力で全方向から徹底的に圧縮してこのまま封印する!!)

「無意味よね」

声が、少女の心臓を貫いた。

瓦礫《がれき》の中からでも容赦なく。

「出力自慢に興味はないと言っているのよ。だってそれなら、もう結果は出ているもの」


火山が。

噴火したかと思った。


ズヴォアッツッ!!!!!!　と。

全方向にコンクリ片と鋭い鉄筋が飛び散った。御坂美琴《みさかみこと》(と腰にひっついていた食蜂操祈《しょくほうみさき》)は錐揉《きりも》み状《じょう》に回転しながら吹き飛ばされる。射角が高い。地面に落ちる事もできず、近くのビルの壁面へ両足を押し付けて垂直に踏《ふ》み止《とど》まる。

「何が……起きたッ⁉」

「ていうか、アレ、なにい？」

美琴《みこと》と食蜂《しょくほう》とで、微妙に疑問の種類が違った。

目をしばたたかせた美琴《みこと》が改めて凝視してみれば、アンナ＝シュプレンゲルの隣に何か半透明の影が立っている。小さな拳を真上に突き上げ、おどけたような仕草で。

あれは……何だ？

本当に、疑問しかない。

見た目は大人の男性くらいの背丈をした人型のシルエットだ。ただし背中からは白鳥のような大きな翼が生え、頭部は丸ごと歪《いびつ》なタカかワシか、とにかく猛禽《もうきん》のように変貌していた。蒼《あお》ざめたプラチナのような色彩を放つその全てが、明らかな異形。だがそんな禍々《まがまが》しいシルエットに反して、人喰《ひとく》い専用といった頭部には光り輝く輪が掲げられていた。

誰が見ても明確な記号性。

絵本の中に出てくるような……天使。

ウジの湧いた腐乱死体がミスコンの優勝者として掲げられているのに誰も疑問を抱かない場面に出くわしたような、どうしようもない違和感と嫌悪感《けんおかん》と拒絶感が背筋を這《は》い上がる。

あれは、ダメだ。

科学と魔術とか訳の分からない線引きではない。もっと根本的に、オカルトなんて欠片《かけら》も知らない科学信奉者の美琴《みこと》でも分かる。

冒瀆《ぼうとく》。

そこにあるだけで人の正常な価値観を叩《たた》き壊《こわ》す、そんな一語を体現したような存在であると。

「エイワス」

雑な手つきで裸に薄布を当てた幼女が素っ気ない調子で囁《ささや》いた。

それが、名前、なのだろうか。そもそも美琴《みこと》が自分の耳で正しく聞き取れたかどうかも分からない。高周波や低周波をきちんと記録できる音響装置で分析したら、全然違う発音になっているかもしれない。

とにかく、あれは別格だ。

あるいはアンナ＝シュプレンゲルという化け物に『力』を分け与えている源泉だ。

しかし、逆に言えば。

御坂美琴《みさかみこと》は、無理にでもポジティブな流れを引きずり出す。

「……引き出した。これって、いつでも笑っているあいつから余裕を一個奪う事ができたって訳よね」

「あ、あ、あのう御坂《みさか》さん。ど━う考えてもあの鷹天使《たかてんし》に私の『心理掌握《メンタルアウト》』が効くとは思えないんだけど、私ほら用済みならそろそろあの人の待っている病室のベッドまで帰ってぬくぬく甘えまくっても良いかしr

「となるとここが正念場か!!　この道は間違っていない。この方向で突き進めば、アンナの引き出しを次々引っこ抜いてすっからかんにできるはず!!」

「もお帰りたいッッッ!!!!!!」

すい、と地べたの幼女がこちらを見上げてきた。

さっきまでと違って笑っていなかった。

傍《かたわ》らに異形の怪物を従えたまま、アンナ＝シュプレンゲルは確かに言った。

頼れる相棒の方など見ないで。


「勝手に出てこないでちょうだい、愚鈍。興が醒《さ》めてしまうでしょう？」


沸騰。

御坂美琴《みさかみこと》は、己の視界が赤で埋め尽くされるかと思った。

確実に勝てる手段があっても、使わない。延々と戦いを引き延ばして、血の一滴まで搾り出すようにして生と死の狭間《はざま》で優雅に踊る。

ないのか。

本当に。

一秒でも待てないほどに切実な願いとか、これが失敗したらもう後がない緊張とか。自分を

見失わせるほど激しい焦燥や憎悪《ぞうお》は。方法を、選択肢を、取り得る手段をいくらでも選んで寄り道するほどの、余裕のカタマリでしかないのか。

こっちは無関係な人が大勢怪我《けが》をさせられ、病院にもこれ以上ないくらい明確な危険が迫り、あの少年の命だって内側から削られ続けているというのに。

「いい加減に……」

奥歯が砕けかねないほど強く噛《か》み締《し》め、美琴《みこと》の眉間に全ての力が集約されていく。

咆哮《ほうこう》。

しかしその一秒前に、ため息すらついてシュプレンゲル嬢はこう断言した。

「だって愚鈍、あなたがいなくても即死だもの」

10

ズン……ッッッ!!!!!!　と。

学園都市全体が、不気味に震動した。

11

空気が焼けていた。動く影はなかった。

まるで屍《しかばね》の世話すら行われずに放棄された、合戦場跡地のような禍々《まがまが》しい空気。

そんな中、

「ふん、ふん、ふふん」

自分の柔肌を赤い薄布で隠しつつ、幼女がクリスマスソングに合わせて調子の外れた鼻歌を歌っていた。

彼女はいちいち後ろなんて振り返らない。

もはや邪魔者はいない。その小さな足で、悠々と学区の境をまたぐ。第七学区に入る。

そこはホームグラウンド。

あの病院のある最後の学区だ。

（……さあて、無邪気な正義の皆さんに自覚はあるかしら。人の命を心配するっていうのは、裏を返せば自分はまだ大丈夫、その時じゃないってタカをくくっているんでしょうけど）

手元のスマホのナビに従ったまま、アンナ＝シュプレンゲルはただ言った。

「自分は特別な人間だからこんな所では絶対に死なない。一〇代にありがちな誇大妄想だけど、……世の中って仕組みがそんなに甘くできていると思う？」

人はいつか死ぬ。
だが多くの場合、それがいつなのか事前に知る事はない。

行間　二

胃袋から何かがせり上がる。

嘔吐《おうと》かと思ったら吐血だった。抗菌の洗面台いっぱいにトマトジュースをぶちまけたような色彩に、上条当麻《かみじょうとうま》はふらつきながら後ずさる。

何しろこれだけ多くの患者が共同生活をしているのだから、身だしなみを整える鏡や顔を洗うための蛇口がトイレだけでは長蛇の列ができてしまう。なのでこの病院の場合、病棟の方には独立した洗面所も珍しくない。

本来だったら入院中でもお洒落《しやれ》して、身奇麗にするための場所だ。

真っ青な顔して絶望するための設備ではない。

「劇症型サンジェルマン、か」

肩のオティヌスがそっと息を吐いた。洗面所にぶちまけられた色彩程度で動じるようなら、戦争の神など名乗っていない。鏡に映る小さな顔にはそう書いてあるようだった。

尊大というのはネガティブに取られがちだが、危難の中にあって正しい知識を振るえる人物であれば周囲に安心感を与える事もできる。

「……分かるのか、状態が？」

少なくとも、科学技術全盛の学園都市では解析できていない未知の現象だ。カエル顔の医者の腕については、上条当麻《かみじょうとうま》は全幅の信頼を寄せている。何度も何度も彼に助けてもらった。しかし、だからこそ、そんな医者さえ手を焼いているという事実が重くのしかかるのだ。

それにしても、常盤台中学《ときわだいちゅうがく》のお嬢様方が聞いたら目を丸くするような声色だったかもしれない。あの上条当麻《かみじょうとうま》が、ここまで弱いところを見せるのも珍しい。

身長一五センチの隻眼の神、『理解者』たる少女はそっと息を吐くと、ツンツン頭の肩に腰を下ろしたまま細い脚を組んで、

「魔術師サンジェルマンの本質は寄生性質を持つ微生物の群体だ。ああ、特定の手順を踏まない限りは二次感染しないので、その辺りは安心して良い。サンジェルマン自身、無秩序に拡散する事で自己が希釈や変異を起こすのを恐れたんだろう」

「……、」

「つまり、サンジェルマン自身には魔力の源となる生命力がない。こういうのは西洋より東洋の方がイメージしやすいか。五臓六腑《ごぞうろっぷ》や血管神経を持つ肉体がなければ『力』を循環させ、魔力を練る機能を獲得できない訳だな。だから、サンジェルマンは魔術を使う時、まず宿主の肉体を使って生命力から魔力を精製する。それは当然ながら、学園都市製の能力者にとっては強

大な副作用で肉体を破壊する体内攻撃に他ならない」

粘つく唇を拭おうと、上条《かみじょう》は手の甲を動かす。しかし不快な感触はなくならない。改めて見てみれば、汚れているのは手の甲も一緒だった。肌が不気味に裂け、赤黒い液体が滲《にじ》んでいる。傷を確かめても、分かりやすい痛みはなかった。

もはやいちいち個別の傷を識別しているだけの余裕がないのだろう。ただ自分の体全体が腫れたように熱っぽく、二回りほど膨らんだような錯覚がする。人間の形を取った痛みの塊だ。

オティヌスは断言した。

「手順は違うが、今アンナ＝シュプレンゲルが巨大ＩＴのガワを使って広範にやっている事と変わらない。街の連中の場合はネット越しに浴びせられた魔術の知識で、貴様の場合は微生物を使って直接冒されている訳だ。能力者が魔術を使うとどうなるか、というタブーをな」

バタバタバタバタ!!　とスライドドアの向こうを複数の足音が慌てたように走り抜けていくのが聞こえた。おそらくナースコールを受けた看護師達が慌てて病室へ急行しているのだろう。

学生寮で、表通りで、バタバタ倒れた人達が無事発見されて病院へ担《かつ》ぎ込《こ》まれるだけでの一苦労。しかしそれで問題が終わる訳ではない。これからもＲ＆Ｃオカルティクスによる犠牲は増えていく。一定のラインを越えてしまえば、病院の方が機能停止に陥る可能性もゼロではない。

ここまでやられても、アンナの目的は見えてこない。

魔術結社『薔薇十字《ローゼンクロイツ》』はそもそも学園都市に壊滅的被害をもたらして、何がしたいのだ？

（……どう、する？）

自問する。

少なくとも断言できるのは、このままここで待っていても事態は好転しないという事だ。動ける内に行動を起こさなければ道が閉じる。

しかし、具体的にはどこで何をすれば良い？

蛇口をひねって陶器の洗面台にこびりついた赤い色彩を洗い流し、寿命を削り出したような赤黒い血を消し去る。

肩のオティヌスはこんな風に呟《つぶや》いたものだった。

「もうすぐはっきりするさ」

第三章　ゼロの空白の中で　Contact_6.

1

「急患の到着要請です、外来三番‼」

「またか……こちらも処置室はいっぱいだぞ⁉」

一般外来とはまた違う、主に救急車の受け入れをするために設けられた救急外来は今日がクリスマスである事を忘れてしまいそうなほどピリついていた。ここにあるのは手術室ではなく、それ以前に簡易検査や応急処置を施すための処置室だ。

誰もが思っただろう、鉄錆《てつさび》の匂いが部屋の外までうっすら流れているのでは、と。

もちろん実際には部屋と廊下を出入りする際は様々な手段で殺菌消毒していると知識で分かっていても、頭から感覚が離れない。それほどまでにひどい状況が続いていた。

(当然そういう設計なのだが)人の心をざわつかせるサイレンの爆音がこちらへ近づいてきた。バタバタと救急隊員や医者達が交差する。こうなると床一面にぶちまけたトランプみたいに出入りする人々はシャッフルされていく。どさくさに紛れてペン型カメラで写真を撮ろうとしていた自称雑誌記者を看護師や私設ガードマンが取り押さえていた。

処置室で呼吸や血圧の低下が止められない場合は、いよいよ手術室の出番となる。そもそもずらりと並んだ処置室は、この限られた手術室をパンクさせないよう軽度の手当てを済ませるための部屋だ。しかし今はほとんど区別がつかなかった。手術室の空きを待っていられない場合は、こちらの処置室に医者がやってきて規則に触れないギリギリの手当てを行う。

野戦病院。

誰も本物なんか見た事ないだろうに、全員の頭に自然とそんなフレーズが浮かび上がる。

「まったく、どうなっているんだろうね？」

中でもカエル顔の医者が顔の半分を大きなマスクで覆ったまま、そんな風に呟《つぶや》いていた。この男の場合、見た目が飄々《ひょうひょう》としていても本心がどうなのかは誰にも分からない。常に一定のコンディションである事が、一つの才能を証明しているかのようだ。

目立った外傷はない。

少なくとも外からナイフで刺したり車に撥《は》ねられたりといった話ではない。

にも拘《かかわ》らず、体内では確実にダメージが広がっている。

血管、神経の断裂。

原因不明だが現実に犠牲は広がっており、未《いま》だに死人が出ていないのが不思議なくらいだった。最初は毒物、細菌、放射線などの可能性も疑ったカエル顔の医者だが、彼がこうして素顔をさらしている通り、そういったリスクも見られない。

（とはいえ、それできちんと納得できるのは正しい知識を持った専門家だけだ。彼らが街中で倒れて搬送されるところは大勢に見られているはずだね？　このままいくと、良からぬ流言の源となりそうで怖いけど……）

おどおどといった調子で、新人の看護師が銀色のトレイを差し出してきた。

「あの、こちらが患者さんの所持品みたいなんですが……」

あくまでも彼らは民間の医療スタッフであって犯罪を取り締まる警備員《アンチスキル》や風紀委員《ジャッジメント》ではないが、事件性の疑われる怪我《けが》や違法薬物などの痕跡を見つけた場合は確実に記録して速やかに報告する義務がある。そういう意味で、患者の所持品を正確に把握しておく事も重要だった。特に、相手の意識がない場合は身元の特定から始めなくてはならない。

「ふむ」

財布や携帯電話の他に、気になるものがあった。

のっぺりした合成樹脂で作られた……コースターほどの円盤だ。何かしらの意味があるのだろう、複数の色彩で色分けされていて、いくつかの記号が彫り込んであるのが分かる。

「3Dプリンタ製かな？」

「やっぱり、ですよ……」

脅《おび》えに近い震え声で看護師は呟《つぶや》いていた。

「今回もそうだった！　小さなドクロとか変な模様の描かれたカードの束とか、そんなのばっかりじゃないですか!?　一体何が起きているっていうんです!!」

「……、」

神話、オカルト、精神世界。

そういう話であれば、生徒達の心に外から作用して能力を暴発させる類の効果でもあるのか。とも思ったカエル顔の医者だが、どうもしっくり来ない。それなら発火には発火の、念動には念動の、各々《おのおの》の能力に合わせた傷がつくはずだ。こうも一律に同じ症状で埋め尽くされるとは考えにくい。

（原因不明。こういう時は発症から時間を遡《さかのぼ》る形で、一つ一つの作業を見つめ直す事が重要なんだけど……。例えばつい最近新しく始めた事とか、今まで手を出してこなかった事とか。そういうのをいったんやめてみる事で、どこで異変がピタリと止まるかを確かめられれば原因が分かりそうなものなんだけどね？）

しかしこれも、やはり人間を観察対象として眺められる目を持った、一部の特殊な人間にしか納得のできない方法だ。

救急外来横、ガードマンの事務室に置いてあった薄型テレビから女性の明るい声が撒《ま》き散《ち》らされていた。

うな事は』

『隠し事の心配はありませんか？　ご自分だけぽつんと蚊帳《かや》の外に置かれていて不安に思うような事は』

誰だって怖い。

怖いからすがりつく。

馬鹿馬鹿しいと口では言いながらも、人の目がなくなればこっそりと。

『でも大丈夫！　普通の方法には限界があっても、本当の魔術を使えばちょちょいのちょいです。知りたい事、調べたい事、解き明かしたい事が一つでもあるのなら、R&Cオカルティクスへアクセスを。ずらりと並んだ占いの数々が、あなたを無用な不安から解き放ちます‼』

そういった不安を解消する行為が、次の犠牲者を確定で量産しているのだという事にも気づかずに。

元凶に気づかない限り負のサイクルは途切れないが、そのための知識やデータを牛耳っているのは当のR&Cオカルティクスだ。

分からなければ止まらない。

自動運転によって交通事故は劇的に減らせるとグラフで示して説明するIT企業や自動車メーカーが、サイバー攻撃による事故の発生率については全く触れないのと同じように。

ネット通販によって皆の生活は快適になると宣伝する通販会社が、地元のお店が次々と潰れて街や村が孤立化していけば不便になるという話には触れようともしないのと同じように。

世界的な食品メーカーが無添加無農薬を謳《うた》いながら、農薬がなくても不気味なくらい奇麗で添加物もないのに何故《なぜ》か腐らない野菜や果物自体の説明をしたがらないのと同じように。

情報を出す側は、自分にとって不利な形ではサービスを提供しない。

表に出てくる情報には、必ずどこかに偏りがある。

巨大企業の基本と言えば基本であった。

2

「づ……」

上条当麻《かみじょうとうま》は呻《うめ》いた。

一瞬、ここがどこだったかを忘れる。

（ああ、そうだ。喉が渇いて、水を飲もうと廊下に出て……）

痛み、があるのかどうかは分からない。自分でも自分の痛みを測れない。

ただ体全体がぼんやりと膨らんでいるような錯覚がした。これがどういう意味を持っているかは理解できないが、何か普通ではない事が起きているのだけは確かだ。

改めて自分の状況に目をやる。誰もいない一直線の廊下で、冷たい壁に横から寄りかかったまま、体がくの字に折れていた。のろのろと壁から離れようとするが、ままならない。体が吸い付いているかのように動かない。

「そろそろ限界だろう」

「オティ、ヌス……？」

「これは前にも言ったぞ。連続的な痛みのせいでもう覚えていないかもしれないがな」

懐《ふところ》から小さな影が顔を出した。一五センチほどの神様、オティヌスだ。ウェーブがかった長い金髪に眼帯の少女はするすると上条《かみじょう》の肩まで上がると、

「劇症型サンジェルマン。本当に伝説通りの『薔薇十字《ローゼンクロイツ》』が手を加えたモノであれば、ここの技術で完治を望むのは厳し過ぎる。何しろ幻想殺し《イマジンブレイカー》で打ち消すよりもヤツの増殖速度の方が早いからな。人間、そのままにしておけば右手の内側まで微生物に蝕《むしば》まれていくぞ。死地から逃れるためにはこれをやったアンナ＝シュプレンゲル自身に話を聞く必要があるはずだ」

「……、」

そうなのか。

そうなのかもしれない。

だがその前提で話を進める前に、確かめておく事がある。

「しっていたのか？」

「何を」

「……解決のためにはアンナ＝シュプレンゲルに用がある。その話、俺以外の誰かに教えたのか……？」

　ああ、とオティヌスは短く息を吐いた。

　彼女は即答した。

「外の騒ぎを見聞きする限り、アンナの方からこちらの病院へ近づいているようだが。これについて私が直接教えた事は一つもないが、御坂美琴《みさかみこと》と食蜂操祈《しょくほうみさき》は自分で調べて知った。特に止める理由も見当たらなかった」

　ガッ!!　という鈍い音があった。

　上条当麻《かみじょうとうま》の掌《てのひら》で鷲掴《わしづか》みにされたまま、しかしオティヌスの表情は微塵《みじん》も変わらなかった。

「私を握り潰せばそれで満足か？」

「……おてぃぬす」

「重要な事は一つだ。言うまでもなくアンナ＝シュプレンゲルは強い、考えなしに正面からぶつかって貴様が勝てる公算はゼロだ」

　冷徹な声がただ続いた。

　魔術、戦争の他に、詐術を司《つかさど》る神の声が。

「その上で、事前にアンナの懐《ふところ》から切り札をさらけ出させるためには別の戦力をぶつける必要がある。それは、普通の警備員《アンチスキル》や風紀委員《ジャッジメント》に任せられる事か？　冗談、血の海が広がるだけだよ。正直に言って、あの二人には期待はしていない。していないが、十分に負けてそれでも生きて帰れる可能性のある候補と言ったら超能力者《レベル5》二人くらいしか思い浮かばなかった。もちろんしくじればそれまでだが、まだしも可能性はある。それ以外ならどんなに努力したって確定で殺されていた。確定でな」

「オティヌスッッ!!!!!!」

怒鳴り声だった。

理路整然とした言葉の羅列が、それでぴたりと止まる。

ややあって、だ。

「ダメージはゼロにはできない、最初から。その上で全員が生き残る確率がわずかでも残っているのは、この道だけだった」

「これは俺の問題だ……」

「いきなり貴様が出向いていれば、真っ先に嬲《なぶ》り殺《ごろ》しにされていただろうよ。その後はただ総崩れだろうな。今戦っている女達も含めてな」

「たのむよ、オティヌス」

神様は、胴体全部を片手で鷲掴《わしづか》みにされてもすねた子供のような目で上条《かみじょう》を睨《にら》みつけていた。

むしろ、迷子のように瞳が揺れているのは少年の方だった。

「たすけてくれ、こういう方法以外で。分かってるよ、自分が周回遅れな事くらい。

幻想殺し《イマジンブレイカー》『だけ』じゃあそろそろ追い着かなくなっているって話だろ。ずっとそうだった、騙《だま》し騙《だま》しやってきた。だから、頼む。何かを消費する必要があるのなら、まず最初に俺を使い切る作戦を立ててくれ。それなら全力で乗っかれる」

「断ると言ったら？」

「アンタを嫌いになりたくない」

今度こそ神が沈黙した。

ちょっと俯《うつむ》き、その表情が魔女のような帽子の鍔《つば》に隠れてしまう。

蚊の鳴くような声があった。

「(……必要とはいえ、ここまでされてもまだ『なりたくない』か。貴様がそういう甘ちゃんだから、別の誰かがシビアな側面を担当しなくちゃならないんだろうが)」

上条《かみじょう》が疑問に思う前に、握り締められているオティヌスの方が上条《かみじょう》の親指に思い切り嚙《か》みついた。それで力が緩んでしまう。

「いでっ⁉」

「ふん、不遜だぞ。いつまでべたべた神のカラダに触れている。許可も取らずに」

その隙にオティヌスは少年の手の中から抜け出し、手首の辺りに腰掛けた。細い脚を組んだまま彼女は告げる。

「方針は理解したがすでに手に入れた情報をわざわざ破棄する必要もあるまい。現状アンナ＝

シュプレンゲルについて分かっている事を話す。できる事から始めるぞ、結局何をどうしたところで貴様がアンナに勝たなければ決着しないのだ」

現場に行くのは確定。

これは上条当麻《かみじょうとうま》の戦いだ。矢面に立つべき人間は最初から決まっている。

ただ、

「……？　御坂《みさか》と……もう、一、人、？　とにかくそいつらは最前線にいるとして、お前はどうやって戦っているトコを見てきたんだ。アドレス交換でもして、モバイルのレンズ越しにライブ動画で眺めていたとか？？？」

「どっかの馬鹿が貧乏なばっかりに、今の私はケータイスマホの類は持っていない。私にとっては全然モバイル感はないしな」

大変申し訳ないが、だとすればいよいよどうしたのだろう。オティヌスは正真正銘の神様だが、しかし現状一人で魔術を使える体でもない。

と、何故《なぜ》かオティヌスは目を横にやっていた。

叱られるのが怖くて逸《そ》らす、子供の動きであった。ガラスを割ったのは誰だ、でいったん落着したのに実は他に盆栽もぶっ壊していた事を隠している子供というか。

汗だらだらで、超高速の小声があった。

「(……どうせR&Cオカルティクスの影響でそこらじゅう無意味に魔術が使われるんだ、生徒達が試す中途半端《ちゅうとはんぱ》な術式にプロの神がちょいと手を加えて『監視と伝達《フギン・ムニン》』の効果をこっそり上乗せしてやったんだが、いやまあこれは話さない方が良《い》いな。『ご自由にお取りください』でお守りとなるカラスの羽根、つまりは傍受霊装をばら撒《ま》いたとは口が裂けても。いや改変しようがしまいが結局魔術の副作用自体は起こるしダメージは増減しないんだがこいつ絶対怒るし)」

垂直であった。

神様キャッチャー上条当麻《かみじょうとうま》が親指と人差し指でオティヌスの頭を上に摘《つま》んだのだ。

おしおき実行。

右のこめかみと左のこめかみを圧迫された身長一五センチの『理解者』がしばらくじたばたしていた。

3

「ぐ、が」

しわがれた響きが耳に届いた。

これが一四歳の喉から出てくる声か、と御坂美琴《みさかみこと》は自分で驚いていた。

(しんでない?)

自分の記憶がままならない。稀有《けう》な経験ではあったが、とにかくもどかしい。まるで、その蓋を開いたら自分の自我を自分でぶっ壊す、とカラダの方が強く強く警告でも飛ばしてきているようだった。

一体何が起きたのだ？

（ていうか何が、アンナのヤツ、一体何をして、それで、どうなったっていうの……？）

視界が安定しない。何が起きたのか理解できず、頭が軽いパニックを起こしている。目の前がチカチカしていてこめかみの辺りに鈍い痛みが疼《うず》いているが、実際に何かが点滅しているのではなく、目の前の光景を頭が処理できないからだろう。言ってみれば騙《だま》し絵《え》の見方を説明されないまま鼻先に突きつけられたのに近い。

ゆっくりと身を起こそうとして、ようやく自分の頭が柔らかなものに包まれている事に気づく。

食蜂操祈《しょくほうみさき》だった。

へたり込んだ彼女の豊かな胸元で抱き抱えられているらしい。

まるで小さな子供でもあやすように。

「生き、てるう？」

「……、」

美琴《みこと》は無理にでも首を横に振って、現実にピントを合わせる。

「意外、だわ。アンタの方が先に目を覚ましているだなんて……」

「私だって、まさか御坂《みさか》さんのお世話をする日がやってくるとは思ってもいなかったけどお。けど仕方がないじゃない。直接戦力のあなたを焚《た》きつけないと彼を助けられそうにないのよ。だったら何だってしてやるわあ、慣れない介護力でもね」

ここは、第一五学区だ。

アンナ＝シュプレンゲルはいない。もう先に行ったのだろう。

焦げ臭い匂いが鼻についた。

それから金属質の輝きも。

ぐしゃぐしゃにひしゃげた鋼の塊だった。ただし四輪の自動車とか主翼と尾翼でシルエットを整えた飛行機とかではない。イカやタコのような触腕に、でろでろと道路に溢《あふ》れ出《で》る特殊塗料。粘質で、液状で、どこか生物の腐乱死体を思わせるテクノロジーだ。

美琴《みこと》はごくりと喉を鳴らす。

（なに、これ。機械……？）

「ファイブオーバー、OS《アウトサイダー》。モデルケース・メンタルアウト……」

直径数メートルほどの、破れたビニールボールみたいな塊。その陰に少女達は身を隠していたのだ。

この寒さの中で汗を噴き出しながらも、ぐったりした美琴《みこと》を抱える食蜂《しょくほう》は何故《なぜ》か片手を緩く上げていた。

まるで操り人形でも動かすように、その指先が蠢《うごめ》く。

おそらくは両手にはめたグローブから動作でも読み取っているのだろうが。

「御坂《みさか》さんだって、第三位のカマキリくらい見た事なあい？　あれの第五位版……のさらに亜種ってトコかしら。一応これでも、学園都市第五位に匹敵する学術価値があるって言われていた『暗部』製の拾い物なのよお？　それを、たった一回命を拾うために使い捨てる羽目になるだなんて……」

とにかく先に行ったアンナに追い着かなくてはならない。

美琴《みこと》は息を整え、真冬の羽毛布団《うもうぶとん》みたいに抗《あらが》いがたいぬくもりから無理矢理にでも頭を引っこ抜こうとする。しかし現実の体が甘えから抜け出せない。これ以上は本当に死ぬと、心よりも先に体の方が脅《おび》えに蝕《むしば》まれている。

そのまま息を吐き、美琴《みこと》は尋ねた。

「どう、するの？」

「決まっているでしょう。彼を助ける。そのための方法力を黒幕本人から引きずり出す、絶対に。そのためだったら、切り札なんか大人気なく連発するわ。もう一個だって使わせてもらうんだからあ!!」

っだん!!　という鈍い音と共に金属の輝きが横から飛び込んできた。

今度は乗用車サイズの、寄生蜂に似た異形のシルエットだった。スクラップの裏に潜んでいた食蜂操祈《しょくほうみさき》を二本の前脚で抱え込む。美琴《みこと》は見送って、危うく自分が置いていかれると気づいて慌てて強化ガラスの腹へしがみついた。いびつな機械は地面を滑りながら四枚の薄羽根を高速振動させ、動きを止めずにそのまま一気に飛び立つ。

今度は亜種ではない。正真正銘、だ。

ファイブオーバー・モデルケースメンタルアウト。

(まったく、あの時確かにぶっ壊したはずなのに、改めて調べてみればスペアパーツ一式きちんと揃《そろ》っているんだから油断できないのよねえ、この街は!!)

赤ペンで誤答を切り捨てるような、勢いのあるVの字を描いて、ヒメバチ型の軍用兵器が空中に舞い上がる。

相対速度のせいか、一気に雪が横殴りに吹雪《ふぶ》くような気がした。

美琴《みこと》は慌てたように叫ぶ。

「アンナがどこにいるか分かってんのっ⁉　向こうはナビでオススメルートを歩いているんだから、ここで足止めしないと病院へ一直線よ。ここからだと歩いて三〇分ない!!」

「そういう機械的な都市型検索は御坂《みさか》さんに任せるわあ。防犯カメラでもスマホでも乗っ取ってヤツの居場所を探りなさいよお!!」

勢いに任せてただ動いただけか。何でもかんでも冷たく合理的なくせに、こういう所はどこ

かの誰かに似ている気がする。美琴《みこと》は携帯電話を取り出したが、舌打ちした。そう簡単にアンナは見つからない。ただし、

「……不自然に映像のコマを重ねて人影が消されている区画がある？」

「それってどこお？」

「このまま東に真《ま》っ直《す》ぐ。結局尾行なんか気にしないでナビ通り、あの病院まで最短コースで一直線か!!」

さらに加速をつけて飛ぶ。

あらかじめ距離に目星をつけていなければ、そのまま追い抜いてしまったかもしれない。

美琴《みこと》はゲームセンターのコインを取り出す。

もう第七学区だ。

アンナの設定した目的地が少女達の読み通りだとしたら、一刻の猶予もない。

「姿勢と速度はそのまま！　空爆行くわよ!!」

かくんっ、と。

そこでいきなり巨大な蜂が失速した。相対速度に支えられた横殴りの猛吹雪もまた、装《よそお》いを変える。操り人形の糸をハサミで切ったような、真下への落下だ。しがみついている美琴《みこと》が目を剝《む》いて、

「なに、故障!?」

「いいえ違うわあ、これは……」

機械的な薄羽根はこうしている今も残像を描く勢いで高速振動を続けている。飛行機関に傷はないし、出力だって最適。にも拘《かかわ》らず、現実に最新鋭の軍用兵器がバランスを崩して地面に向かっている。

見れば、地べたではアンナ＝シュプレンゲルがうっすらと笑っていた。

笑ったまま小さな掌《てのひら》を上空に差し向けていた。

それだけで、

「大気や気圧そのものを摑《つか》まれたッ⁉」

例えば飛行機やヘリコプターはどこでも自由に飛べる訳ではない。限界高度というものが存在する。これは、空気を引き裂いて飛ぶ機械は一定以下まで空気が薄くなるとその力を発揮できなくなるからだ。

ごおっ、という鈍い音が後から遅れて響いた。

局所的なつむじ風が学園都市上空を襲い、電飾看板やクリスマスツリーを毟《むし》り取《と》って宇宙エレベーターのように舞い上げていく。呑《の》み込《こ》まれたファイブオーバーは飛行環境そのものを失ってただ落ちていくしかなかった。

「があっ‼」

墜落。

積もり始めていた白い雪の塊が千切れて舞い上がる。

ファイブオーバー級の超兵器を二つも投入しておいて、アンナにダメージらしいダメージはない。サーカステントのような厚手のビニールで造った巨大な仮設倉庫──おそらくクリスマスセールのために用意した宅配ドローンの集配基地だ──をいくつか挟んではいるが、直線距離で言えば二〇〇メートルもない。

「……ま、こうなってしかるべきか」

地面から身を起こしながら、美琴《みこと》はぼんやりと呟《つぶや》いた。

いつまでも決着を長引かせたがるロボットアニメでは重要人物がちょっとした事ですぐ撤退して仕切り直しを図るが、本来、敵の追跡を振り切って戦場から逃げられるのは質・量ともに勝っている側だけだ。足りない側が不用意に背中を見せてもご覧の通り、ただ狙い撃ちにされるだけである。

アンナ＝シュプレンゲルはこちらに来るか。

あるいは仕留め損ねた獲物を無視して黙々と病院へ歩を進めるか。

そっと息を吐いて、御坂美琴《みさかみこと》は声を掛けた。

「食蜂《しょくほう》、おい無駄肉。体重のカタマリ」

「何よお旨味《うまみ》ゼロの鶏《とり》がらボディ」

「私はこれからもう一回アンナに仕掛けるわ。だからアンタはその間にここを離れて。病院まで戻ってちょうだい」

「……それって普通は逆じゃなあい？　私をゴール前に置いたってできる事なんか何もないわよお。『心理掌握《メンタルアウト》』はアンナに通じないって分かり切っているんだしい」

「でしょうね。だからそのままあの馬鹿連れ出して。電話で言ったらあの馬鹿逆にこっち来そうだし。ここはもう第七学区の中、あの病院まで徒歩でも二〇分くらいしかないわよ」

早口で美琴《みこと》は先を促す。

彼女自身、自分の口から提案するこの決断に納得自体はしていないのだろう。

「直接の殴り合いはともかくとして、権力とか陰謀とか訳の分からん世界ならアンタの方が得意でしょ。何でも良《い》いからとにかくアンナの手の届かない場所まであいつを神隠しして。ワクチンなり特効薬なりは、私が必ずもぎ取る。必ずね。だからアンタはとにかくあの馬鹿を避難させて、何だったら学園都市の外まで連れ出しても構わないから」

「あなたはいいの、御坂《みさか》さん？」

「いい訳ないでしょ」

吐き捨てるような即答だった。

それから付け足すように、

「……それでもあいつは絶対哀《かな》しむ。自分のせいで平和な病院がメチャクチャになって、お医者さんとか患者さんとか大勢の人が目の前で傷ついていったら。だからそうなる前に早く」

これは、勝つための戦いではない。

負けるにしてもせめて後味を良くする。すでに最善の位置が、そこまで下げられている。認めよう。

アンナ＝シュプレンゲルは、時代を変えるほどの怪物だ。

「御坂《みさか》さぁん」

食蜂操祈《しょくほうみさき》はそっと息を吐いて、

「あなたの事は、一週間くらいは忘れないわぁ」

「あら。七日って意外と長いわよ？　それだけあれば、世界なんか滅んでいるかも」

拳と拳を軽く合わせて、そして二人のお嬢様は同時に動いた。

御坂美琴《みさかみこと》は腰を低く落としたままビルの壁へ、食蜂操祈《しょくほうみさき》はヒメバチ型の戦闘機械に指示出しして自分自身を抱え込ませる。

ところで彼女達は一つ失念していた。

イレギュラーな失速で不時着したのだから場所を細かく把握する余裕がなかったのも仕方がない。あれだけの状況で、スーパーやディスカウントストアに顔を出してまだクリスマスなのにもう年越しそばやお正月用の餅つきマシンの買いだめに走っている少年少女をうっかり踏み潰さなかっただけでも十分称賛に値する。

つまり、だ。

たまたまアンナの現在位置から病院までの最短距離、一本のライン上に落ちていた場合何が起こるか。

ゴッバッッッ!!!?!??　と。

間の仮設倉庫をまとめて貫通し、何か壮絶な光の塊が襲いかかってきた。

迂闊《うかつ》、であった。

二、三メートルほどの金属でできた球体から取り出した世界最古のナントカだけでも脅威だったが、その後美琴達《みことたち》はさらに別の攻撃を受けている。あの『光』については全く考えが進んでいなかった。異能と異能のぶつかり合いにおいて、理解不能の空白をただそのままにしておくだなんて自殺行為にもほどがある。

何が起きたかなんて、いちいち分析しているほどの余裕さえない。手品師に呑《の》まれる観客のように、同じ空間にいても物事の本質を眺める事ができない。

もう。

自分の視界を保持する事さえ至難であった。

その時、食蜂操祈《しょくほうみさき》が生存できたのはヒメバチ型のファイブオーバーが彼女の制御を離れてオートメーションで主人《ユーザー》を庇《かば》ったからだろう。自らひしゃげ、潰れて、衝撃を殺しながらも後ろへ滑る。危うく分厚い盾が人間を押し潰すところであった。尻餅をついて後ずさりする女王の頰に、毟《むし》り取《と》られた金属片が擦過する。刃物で切られたような傷が走る。

ヒメバチのシルエットが壊れている。

飛行どころか、最低限の歩行さえ怪しい状況だ。

しかし食蜂《しょくほう》には気にする余裕もなかった。もっとまずい状況になっている。まずここを潰されてしまったら、『負けている側の戦争』すら作戦が総崩れになる、という一番太い柱。そいつがぽっきりと折られているのを見てしまった。

近くに病院があるからだろう、派手なサイレンを鳴らす救急車が道端に倒れた『障害物』を蛇行しながら慌てて避けていく。

つまりは、

「み、さか……さあん？」

潰れた金属の裏で、へたり込んだまま食蜂《しょくほう》が呟《つぶや》いていた。

返事はない。

轢《ひ》かれた猫のようだった。横倒しに転がった少女の影は、首をこちらへ向ける事すらしない。ただ一二月の冷たい風に嬲《なぶ》られ、栗色《くりいろ》のショートヘアが力なく揺れているだけだった。はらはらと、その上に白い雪が落ちていく。平等に、冷酷に。

こうしている今も小さな足音は聞こえている。

ヤツが来る。

「御坂《みさか》さぁん!!」

声はない。

ワクチンなり特効薬なり防護手段を必ずもぎ取ると言った少女は倒れ、ここに道が途切れる。

不気味なサイレンだけが、食蜂《しょくほう》の心臓を鷲掴《わしづか》みにする。

4

「ふん、ふん、ふんふん……」

病院の廊下に、小さな鼻歌があった。

さざ波のような不気味な震動はここまで伝わってくるというのに。

ギプスで片腕を吊《つ》って、右目には医療用の四角い眼帯。透明な点滴のボトルを吊《つ》った金属スタンドを引きずる小柄な少女だ。入院患者なのか、パジャマ姿のおかっぱ少女がスリッパ履きのままとことこと歩いている。少女の顔が曲がり角で別の男の人とぶつかる。

ぽすっと。

上条当麻《かみじょうとうま》の胸板におでこを押し付けたまま、舞殿星見《まいどのほしみ》と名乗る少女は静かに呟《つぶや》いた。

「(……お一つどうぞ。何をしようとしているかは知りませんけど、非常口の扉をただ開けるだけではナースステーションに警報が届くだけですよ。安全に脱走したいなら、プロの手を借りるのが一番だと思いますけど)」

「……、」

一二月二四日、クリスマスイヴの激戦では互いに傷を負った訳だが、それにしたって舞殿《まいどの》は自分の傷を盛りまくっている。女の子を本気でぶん殴った時点でギルティはギルティだろうが、少なくとも腕を折ったり片目を潰したりしたつもりはない。

ＴＰＯを読み取った上で、常に最も目立つ格好をする事で誰の頭にも素顔が残らないよう目撃者の頭の中を操作する、極彩色のカムフラージュ。『一目見て入院患者だと分かる』以外の細部を全部潰した『暗部』の始末屋。

舞殿星見《まいどのほしみ》。

そもそも本名すら不明の少女は、犯罪容疑者として窓に鉄格子《てつごうし》のついた病室に閉じ込められていたはずだ。彼女が自由に廊下を歩いている事自体、すでに非常事態と呼べる。

「(あなたには借りがある)」

静かにおかっぱ少女は囁《ささや》いた。

「(裁判が始まる前に返しておくのも悪くはないと思いまして。どうせ余罪はゴロゴロ状態なので、今さら罪が一つ二つ増えたところで気にする必要はありません。何かやる事があるんでしょう。脱走、手伝いますよ)」

ありがたい、と上条《かみじょう》は思う。

次々と急患が運び込まれている事で、病院は激しい混乱に見舞われている。それでもここまであからさまにボロボロの患者を見れば、医者も看護師も慌てて呼び止めるだろう。外に出ようとすれば羽交い絞めにしてでも病室まで連れ戻すはずだ。正面から抜け出すのは難しいので非常口を使うしかないが、舞殿《まいどの》の話ではそっちのルートもリスクを伴うらしい。

しかし。

上条当麻《かみじょうとうま》はパジャマの少女の小さな肩に、そっと両手を置いた。

そのままゆっくりと引き離す。

「いい」

「……意味が分かりませんけど」

「もう辞めるんだろ、『暗部』絡みは」

目線の高さを合わせてツンツン頭の少年は告げる。

「ダイエットと一緒だよ。こういうのは、やめるって決めたら使わない、習慣をつけなくちゃならない。今は仕方ない、今日だけ例外。そんな風に自分ルールでスイッチ切り替えて行ったり来たりしていたら、誰も信じてくれなくなるぞ。明日から来週からって言いながら延々殺しがやめられない殺人鬼と一緒じゃないか」

「……、」

「いいか、これはお前の人生だ」

原因不明の出血は今も続いている。

油断すると血の塊でも吐き出しそうだ。

それでも。

上条当麻《かみじょうとうま》は差し伸べられた手を掴《つか》まなかった。

「お前の力は、お前のためだけに使え。誰かの都合で自分の手を汚すのは真っ平だって、そう思えたんだろ？　お箸の持ち方なんか分からない。それでも普通の生活はできるって信じて、もう一度前に進む覚悟を決めたんだろ。だったら、ダメだ。『暗部』になんか逃げるなよ、舞《まい》殿《どの》。真っ当に生きるっていうのはさ、それはそれは苦しいものなんだ。世の中には理不尽でやりきれない事なんかいっぱいあるんだよ。裏技を知ってるなら使っちまった方が絶対に楽なんだ。でも、そうしないって決めたんだろ？　自分の意思で。だったら、その通りに生きろ。自分を一番にしてみんなが認めるルールの中で精一杯頑張るのが、お前の人生だ」

くしゃりと舞殿星見《まいどのほしみ》の顔が歪《ゆが》んだ。

広い遊園地で母親から繋《つな》いでいた手を離されてしまった子供のように。

「はじめて」

時間があった。

舞殿《まいどの》はその間、呼吸を止めているようだった。

「……初めて、仕えるのが面白そうだって思える人に出会えたのに。檻《おり》へ入る前に、もう一回くらい暴れたって良《い》いって」

「言ったろ。世の中には理不尽でやりきれない事なんかいっぱいある。『だから』で何でも許される訳じゃない。ここで勉強していけよ、我慢の仕方をさ」

上条《かみじょう》は笑って、少女の涙を親指で拭った。

この子はもう大丈夫だと思った。

そしてこうしている今もアンナ＝シュプレンゲルが真《ま》っ直《す》ぐ上条《かみじょう》を狙ってくるのだとしたら、この病院はもう巻き込めない。

舞殿《まいどの》には舞殿《まいどの》の人生があるように、上条《かみじょう》にも上条《かみじょう》の生き方がある。

何で持っているのかも覚えていないホイッスルを握り込み。

少年は確かに言った。

非常口の扉を肩で押し開けながら、

「行ってくる」

5

爆音があった。

非常口と連動した火災報知機が一斉に鳴り響いたのだ。上条当麻《かみじょうとうま》はほとんど転がり落ちるように階段を駆け下りていく。一応まだ屋内だが、やはり暖房の効きは弱い。不気味な冷気は、目に見えない死の気配が自分の心臓に向けて忍び寄ってくるようだった。

ここから先は、発見次第拘束される。

それは善意からの行動かもしれないが、病院に留まっていてはアンナ＝シュプレンゲルを呼び込むだけだ。そうなればR&Cオカルティクスのせいで瀕死《ひんし》の状態で担《かつ》ぎ込《こ》まれた急患達は、せっかく取り留めた命を改めてアンナに踏み潰される。

それだけは絶対に避ける。

しかし痛覚すら乏しい体で、辺りには感覚を狂わせるようなベルの爆音、おまけに何度も何度も折り返す代わり映えのない下り階段だ。その内に、ふわふわと雲を踏んでいるような錯覚が上条《かみじょう》の全身を包んできた。光がぼやけ、音がたわむ。今ここが何階なのかも分からなくなっていた。

その時だ。

声があった。

『大変そうですね』

さっきまで誰もいなかった。

それだけは断言できる、はずだったのに。

良く通るソプラノの声だった。甲高い子供の声は、それ故に男か女か分かりにくい。あるいはそういう風に加工でもしているのか。当然ながら上条《かみじょう》には心当たりがなかった。改めて顔を上げても、階段の踊り場の壁に背中を預ける誰かは見えない。ただぼんやりとした輪郭があるだけだ。

気がつけば、あれだけけたたましかった音がなくなっていた。

火災報知機も、外から響く不気味な震動も。

動作が止まったのか、五感が飛んだのか。それすらも上条《かみじょう》には分からない。ここには耳が痛くなるような静寂しかない。

少なくとも、相手に上条当麻《かみじょうとうま》を捕まえるつもりはないらしい。

その横をすり抜けて下りの階段を下りると、同じ影がまた待っていた。

これは現実ではないのかもしれない。

階数を示す表示は目に見える。確かに視界に入っているはずなのに、数字の意味が頭の中に広がってくれない。

『舞殿星見《まいどのほしみ》を巻き込む訳にはいかない。確かに納得ですが、今のままではあなたは助からないという事実が覆《くつがえ》る訳ではないでしょう』

上条当麻《かみじょうとうま》は自分の頭の横に右手をやった。

人影はくすくすと笑っているようだった。

『サンジェルマンではありませんよ』

もう一度階段を下りる。

やはり人影は待っている。この階段は永遠に続いていて、彼（？）の許可を取らなくては螺《ら》旋《せん》の牢獄《ろうごく》から逃れる事はできないのでは。そんな不安さえ押し寄せてくる状況だ。

ようやく立ち止まり、上条《かみじょう》は質問を発した。

「……アンタは……？」

『失礼、素顔は何の証明にもなりませんでしたね。名前くらいは耳にした事があるかもしれませんけど、そういう前提は良くない。改めて自己紹介しておきましょうか』

正面から見ても、光がブレる。

ピントのずれたビデオカメラのように、輪郭すらはっきりとしない。

ただ、相手の存在を認めた事で、より極彩色に異世界が広がっていくのが分かる。患者を不快にさせないよう落ち着いた色彩でまとめられていたはずの壁や床がチカチカとカラフルに点滅し、規則正しい階段が笑う唇のように直線を失って波打っていく。足元に隙間はない。あるはずない。歪《ゆが》んで見えるのはただの錯覚だ。だけど踏み外して漆黒の隙間に落ちたら、そのまま現世から消えてしまいそうだった。

夢想が止まらない。

暴走しているのは五感ではなく、思考の方なのか？

『藍花悦、学園都市第六位と呼ばれる超能力者です』

「……、」

心臓が、ぎゅっと締まる。

本人か、あるいはそれ以外の誰かか。

「何をしに？」

『いつも通りの事を。ぼくにとってはね』

何となく、その一言だけで質が証明された気がした。

第一位の一方通行《アクセラレータ》、第三位の御坂美琴《みさかみこと》。いわゆる超能力者《レベル5》と呼ばれる人々は、単体で一つの世界を持っている。感覚的な話かもしれないが、上条《かみじょう》はそう思う。彼らの激突はアクション映画とサスペンス映画をぶつけてせめぎ合うような、そんな圧を感じるのだ。

『さあ、望む能力は？　ぼくなら使えるようにはできます。創るとは呼べない辺り、自慢にはなりませんけどね』

気を強く持たなくては、呑《の》まれる。

戦争映画やサスペンス映画が人の命すら紙くずのように消費していくのと同じように、世界に呑《の》まれれば疑問すら持てなくなる。

藍花悦《あいはなえつ》の方は、苦笑いしているようだった。

目鼻立ちが見える訳ではない。それでも気配で何となく分かる。

『別に、大した事ができる訳ではないんです。能力の性質上、ぼくは一人で正義を為《な》せる訳ではない。よって、誰の味方をすれば善玉が勝てるかを常に考えている。藍花悦《あいはなえつ》という名前をあちこちで貸しているのも、その一環ですね』

「どう、いう？」

『あなたは善人ではない』

はっきりと、明言が来た。

『だから今までは接触を控えていたんですが、この場における最善はあなたの背中を押す事のようでしたので。Ｒ＆Ｃオカルティクス。科学の中で生まれた突然変異は、速やかに学園都市を中心とした一つの世界を食い破る。対抗するには、上条当麻《かみじょうとうま》に注力する他なさそうです。ぼくの持っているチカラでね』

学園都市、第六位。

この街が認めた正真正銘の超能力者《レベル5》。その力があれば。

『さあ、望む自分をイメージしてください。縦横無尽に活躍する理想の姿を』

塗り潰す者の声がぐわんと響いた。

ある意味で、時代に求められている力ではあるのかもしれない。例えば時短とコスパが何より優先される今のこのご時世、肝試しや廃墟探検《はいきょたんけん》は自分の足を使って忍び込む必要なんかない。動画サイトの配信サービスでも利用すれば、投稿者の冒険を安全に追体験する事なんて誰でもできる。誰か一人がカメラを片手に死地へ突撃すれば、後は何百万人もが全く同じスリルやカタルシスを安全に共有できる時代なのだ。そういうモノが求められているのだ。

努力なんかいらない。

リスクなんて脇に置いておけ。

最短最速で結果だけを提供してくれるサービスがあるならば。

『それはそのまま実行されます。さあ、藍花悦をお貸しし、し、い、い、い、ますよ』

「……、」

『例えば』

すっと。

目の前にいるのに顔も見えない誰かは、その人差し指で指し示した。

上条当麻《かみじょうとうま》の、胸の真ん中を。

『そのホイッスルにどんな意味があるか知りたくは？　なくしてしまった記憶を元に戻す事に興味は？　できますよ、この街にそのための条件さえ整っているのであれば』

笑っている。

第六位が笑っている事だけは、分かる。

『本来、ぼくはこの手のヒントなんて与えないんですけどね。こちらからオススメすると想像の幅を狭《せば》めてしまうので。ただ、まあ、いつぞやの恋査《れんさ》よりは便利な力だとお約束します。これに限らず、あなたは不足を感じているはずです。その右手一つでは事態に追い着かない。そろそろそれが分かってきているはずなんです。力不足のまま突き進めば、自分は死ぬと』

誰でもインスタントに主人公になれる。そこに面倒な修行もレベル上げも必要ない。

上条当麻《かみじょうとうま》は息を止め、そして首を横に振った。

「断る」

『何故《なぜ》？』

「ここはアンタの出る幕じゃない」

『そもそも、これはぼくの決定です。あなたに断る資格があるとでも？』

その言い草に、上条《かみじょう》は思わず苦笑しそうになった。

やはり選ばれた超能力者《レベル5》。この辺り、正しい事に対してはとことんまで傲慢だ。第三位が自分のクローンを守るために無数の研究所を叩《たた》き潰《つぶ》してきたように、第一位が『暗部』の一掃を一人で決めてしまったように。

「なあ」

『何でしょう』

「……アンタは他人の手で追い詰められていた舞殿星見《まいどのほしみ》じゃない。自分の人生を目一杯楽しんでいるようだ、だからいちいち俺の事情に巻き込む事を心配するのなんて筋違いかもしれない」

迷える少女には見せない顔で上条《かみじょう》は言った。

吐き捨てるように、だ。

「だけどいい加減にむかつくぜ。どうせお前如《ごと》きにゃ解決なんかできないだろうって、始める前から取り上げようとするその姿勢。当事者そっちのけで箱庭を覗《のぞ》き込《こ》んでため息をつく、上から目線の塊。……悪い方の超能力者《レベル5》そのものって感じだな、アンタ。本人が善意で届けているつもりになっているのが余計に始末に負えない」

『……、』

「これは、俺達の事件だ。部外者のアンタを楽しませるために戦っている訳じゃあない」

逆説だった。

舞殿星見《まいどのほしみ》に語ったのと同じ内容でも、見ている方向が全く反対。

誰かの都合で人生に注力されるのを知ったら、まずこう怒るべきだろうという手本。こういう考えがあるから、上条当麻《かみじょうとうま》は舞殿《まいどの》の協力を断れた。使えば使うほど便利だと分かり切っているのに、敢《あ》えて手を切ったのはこんな考えがあったからだ。

「そこにカメラをつけて横槍《よこやり》入れて、動画サイトで圧縮された総集編だけ眺めて……そんなので自分の人生大成功っぽく見せかけようとしてるんじゃあねえよ覗《のぞ》き見野郎《みやろう》。藍花悦《あいはなえつ》を貸す？　冗談じゃねえ、世界を変えたけりゃ自分で動け。能力の相性なんかじゃねえ。無能力者《レベル0》だろうが能力ナシの先生だろうが、みんなそうやって目の前の理不尽と戦ってんだ。傷つく事を恐れない人間だけが世界を変えられる。でもアンタはそうじゃない」

ふらついていた。

ちょっと指で押したら、どころか、外から支えがなければ立っているのさえおかしいような状況だった。それ以前に、たとえ万全の状態であっても学園都市で七人しかいない超能力者《レベル5》に真っ向から楯突《たてつ》くなんて自殺行為にしか見えないだろう。

だが言った。

上条当麻《かみじょうとうま》は確かに宣告した。右の拳を正面に突きつけて。

「……ここまで言ってもまだ分からねえなら、アンタはもはやただの壁だ。ぶち抜いてでも先に進ませてもらうぜ、藍花悦《あいはなえつ》」

『死にますよ』

分かってる、と上条当麻《かみじょうとうま》の唇は動いた。

何故《なぜ》か、ここだけは第六位の声色がわずかに変わった。

まるで何度も見てきた失敗の歴史を思い返すように。

『このまま進めばあなたは死にます、確実に。あなたは戦場に出かけても、この場に留まってうずくまっても、どちらにせよ保《も》たない。これは何を選んでも最後は黒幕が笑うよう、あらかじめ設定された破滅の状況なんですから』

「だったらどうした……」

死ぬのは怖い。どうしようもなく。

みんなの前では気づかれないように笑い続け、誰にも相談できず、一人ぼっちで医者に吐露した言葉は嘘《うそ》じゃない。怖いと言ったのは上条本人《かみじょうほんにん》だ。

でも。

それとこれとは、話が違う。

『ぼくは今、本来だったら絶対にやらない選択肢を選んでやってきました。はっきり言う、ぼ、い、くはあなたのような、どっ、ち、つ、か、ず、の、偽善者に関わるべきではない人物だ。それでもこうしてここにいるのは、自分を曲げてでも動かなくてはならないと決断するに足る根拠があるからです。にも拘《かかわ》らず、あなたはいつもの自分を貫こうとしている。口では性善説を語りながら拳の暴力を捨てられない、矛盾を極めたあなたの道を。それは火山の噴火で溶岩が麓の街へ押し寄せる中、避難もしないで時計だけ見て時間通りに通学路を歩いているのと同じです。だからあなたは死にます。同じ事を繰り返しているだけでは』

「俺の人生を取り上げたければ、自分で拳を握れよ藍花悦《あいはなえつ》。安全地帯からのありがたいお言葉なんて誰の耳にも届きゃしねえよ」

チッ、という小さな舌打ちがあった。

どちらも『納得』する方法はないと、第六位側も気づいたからか。

これまでの性別不明なソプラノボイスから、恐ろしく低い何かに声色が一気に落ちた。

彼（？）は拳を握ったのだ。

言った。


「……分からず屋め。そんなに不幸を求めるならば、早死にするがいい」


ゴンッッッ!!!!!! と。

鈍い音と共にどちらかが崩れ落ち、もう片方が階段をゆっくりと下りた。もう無限に続く螺《ら》旋《せん》はどこにもない。段の数を数えながら下っていくと、驚くほど簡単に地上階まで辿《たど》り着《つ》いた。

そっと息を吐く。

そして勝者は一人で呟《つぶや》いた。

「やればできるじゃねえか、藍花悦《あいはなえつ》」

ここで負ければ、もう上条当麻《かみじょうとうま》を止める人はいなくなる。

そう分かっていて、それでも『納得』を得るために慣れない拳を握った誰かがいた。

つまりこれはそういう儀式。

自分が負けると分かっていても戦う事で、上条《かみじょう》を先に進ませるための儀式だ。安全地帯のエリートが、自分のやり方から一歩脇に外れてでも。第六位の超能力《レベル5》は、本人が直接戦うには不向きだと最初に言ったのは藍花自身《あいはなじしん》だ。

笑うしかなかった。

誰かのやり方を否定し、誰かの心配を踏み倒してでも上条当麻《かみじょうとうま》は表に出た。切り裂くような冷気。行く手を阻《はば》む白い雪のカーテン。専門的な知識を持ったプロの医者達が、首を横に振ってサポート外だと宣言する外のフィールド。それでもここには自分で選んだ自由がある。

これは自分の人生だ。

こうなったら勝つ以外の選択肢なんかどこにもない。

6

食蜂操祈《しょくほうみさき》は物陰で顔をしかめていた。

呻《うめ》いて、蜂蜜色の長い髪を揺らす。彼女は尻餅をついたままコンクリートの壁に背中を預けていた。寒さで肌が張り付くかもしれない、そんな子供でも分かるリスクすら頭に入ってこない。

御坂美琴《みさかみこと》、完全離脱。

これでもう直接戦力はない。詰みだと思い知らされているのにやり直しが利かない。

食蜂《しょくほう》は自分が寄りかかっている壁に背中をくっつけたまま上を見上げる。どうやらデパートのようだ。食蜂《しょくほう》が使うような高級百貨店ではなく、ちょっと大きめの地下鉄駅と連結した駅ビルらしい。縦に伸びたスーパー、といった方が近いかもしれない。

壁はもう一つある。

食蜂《しょくほう》は半分スクラップとなった超兵器の陰に寄り添った。

ファイブオーバー・モデルケースメンタルアウト。横倒しになったヒメバチ型機材の裏で、食蜂操祈《しょくほうみさき》は自分の息を殺して思考に没入する。音も熱も白い色彩も今は全部怖い。何しろアンナは理屈が分からないのだ。例えばあいつは二酸化炭素を検知しないなんて誰に言える？

（あと、五分……）

作戦なんかなかった。

ここからでも、病院の屋根は見える。ツンツン頭に治療中のクローン少女達。他にも多くの患者や職員達。あそこに化け物が突っ込んで全てをメチャクチャにする選択肢だけはナシだ。

特効薬やワクチンを摑《つか》むにしても、安全に。

この安全には食蜂《しょくほう》や上条《かみじょう》の他に、無関係な人達だって含まれる。正直に言えば常盤台《ときわだい》の女王はそこまで博愛なつもりはないが、今日だけは少年のルールに従う。これが大前提だ。

（歩いても病院まで五分くらいしかない。今からあの人を連れ出しても、最悪、その背中をアンナに見られて追い回されるかも。雪に残る足跡だって怖いしい……）

その上で。

まず第一に、アンナ＝シュプレンゲルは強い。どうしようもないレベルで。自分で言うのは癪《しゃく》だが、第五位の『心理掌握《メンタルアウト》』だけで切り抜けられるような相手ではない。勝つ事はもちろん、逃げる事さえ。

これは絶対の条件だ。

どれだけ祈ったところで、食蜂《しょくほう》の側からここを曲げる事はできない。

その上で、だ。

分かり切っていた。仕切り直しを図るには、食蜂操祈以外の力が必要になってくる。

真っ先に思い浮かぶのは、彼女が盾にしているコレだ。

（……今日初めて触ったっていうのに、やけにスムーズに従ってくれるのがおっかないのよねえ。頭の中をいじくるサポート機構でも組み込まれているんじゃないでしょうね、このスーッ）

食蜂《しょくほう》は利き手《きて》のリモコンとは逆の手で、見えない操り人形に指示出しでもするように五指を動かす。各々《おのおの》の指はこんなスムーズに独立して動いたか、と首を傾《かし》げるほどだった。

とはいえ、兵器本体はすでに半分スクラップ。

今から少女を抱えて全速力で飛び立つ事はできない。せいぜい、ひしゃげて原形を失った塊を引きずるようにして走るくらいが関の山だろう。どう考えてもアンナから狙い撃ちにされるのは見えている。

（となると……）

「……、」

荒い息を吐きながら、食蜂《しょくほう》は手鏡を取り出して物陰から様子を窺《うかが》う。

御坂美琴《みさかみこと》は動かない。

相変わらず横倒しのまま、栗色《くりいろ》の前髪や短いスカートが冷たい風に嬲《なぶ》られるのに任せている。こちらからでは顔も見えないため、意識があるかどうかもはっきりしない。

彼我の距離はほんの数メートル。

だがこの場合、一切の遮蔽のない数メートルとは、死の領域そのものだ。

踏み出せば死ぬ。

一ミリも一キロもない。一歩でも余分にはみ出せば即座に死の大顎に喰《く》い殺《ころ》される、そういう崖っぷちに立っていると考えなくてはならない。

向こうはすでに彼岸。

生者のままでは到達できない。

（えぇいっ、下々の御坂《みさか》さんが頭を下げてこっちの傘に入りなさいよね、それなら私はノーリスクなのに！　御坂《みさか》さんの意識があれば向こうが『麗しの女王様に全てを預ける』って認識力を発揮する事で分厚いガードは無視して操れるのに。なまじ無意識状態だとコマンドが弾《はじ》かれる！）


小さな足音があった。

それが具体的に何なのか確認する前に、食蜂《しょくほう》は慌てて手鏡を引っ込める。

当然ながら、向こうは気づいているだろう。

彼岸の主。

生者を見れば問答無用で己が暗闇へ引きずり込む死神。

すなわちアンナ＝シュプレンゲル。彼女が物陰に隠れて息を潜めた程度で獲物を見逃すとは思えない。そもそもアンナは、病院に向かう己を邪魔する存在だけを徹底的に狩ってきた。不意打ちで美琴《みこと》と食蜂《しょくほう》が攻撃されたのは、超能力者《レベル5》がどうとかは関係ない。つまり『た、ま、た、ま』アンナと病院を結ぶ直線コースに乗っかってしまっただけだったのだ。

どこに誰が立っていようが、アンナは来る。

見えない線路上に立っている全てを嚙《か》み潰《つぶ》し、叩《たた》き壊《こわ》してでも。

「時間が、ないわあ……」

すでに、何故《なぜ》生きているのかそちらの方が不思議なくらいの状況だ。向こうの興味が自分にない以上、黙って立ち去ればアンナは無視するだろう。しかし、『だろう』くらいでは安心できない。アンナがこちらも見ないまま、気紛《きまぐ》れに逃げる背中へ小さな掌《てのひら》を差し向ければ、そこでジエンドだ。

何か一手が欲しい。

一瞬でもアンナ＝シュプレンゲルの目を逸《そ》らし、その隙に走る。そのための一手が。

ここで半分スクラップになったファイブオーバーを突っ込ませるのは愚の骨頂だ。ほとんど防御の役には立たないとはいえ自分から盾を捨てる事になるし、そもそも脚の本数すら揃《そろ》っていない今のヒメバチをぶつけようとしても、その速度は制限される。アンナは鼻歌を歌いながら横に一歩避けるだけでかわせるし、その気になれば一撃で吹き飛ばせる。……貫通すれば、奥にいる食蜂《しょくほう》ごと貫ける。

（そうなると）

食蜂操祈《しょくほうみさき》の双眸《そうぼう》が、すっと温度を下げる。

雪よりも冷たく。

常盤台中学最大派閥《ときわだいちゅうがくさいだいはばつ》の女王。数多くのライバル達を蹴落としてきた、奇麗ごとでは済まされない権力の世界を支配する者の顔が現れる。

理性は冷酷に告げていた。

（……御坂《みさか》さんを使うのが一番安易で確実、ではあるのよねえ。実際）

アンナは『あの』ツンツン頭の高校生にしか興味がない。

興味はないが、ある程度は警戒しているだろう。物理バカの第三位を。実際、何度か防御や迎撃の構えを見せているのだし。アンナ本人に自覚があるかはさておいて、とにかく全部効かない第五位よりは意識を占めているはずだ。

電気を操る第三位には、精神を操る第五位の力は通用しない。

通用しないが、コマンドが弾《はじ》かれるタイミングで頭痛のようなリアクションを返す事は知っていた。

物陰に張り付いたまま、食蜂《しょくほう》は手の中でリモコンをくるくる回す。

(全力で叩《たた》き込《こ》めば、意識がなくても体くらいは跳ねるはず?)

躊躇《ちゅうちょ》なくこの選択肢をテーブルに並べられるから、女王は女王なのだ。

人間のアイデアは点と点ではなく、一本の流れがある。実際に選ぶ前から禁忌や良識で選択肢を狭《せば》めてしまえば、そこでインスピレーションが途切れてしまう。人にできない事をやる人間なんて大抵誰も彼も頭の中はぐっちゃぐちゃなのだ。これまで幾人もの成功者《モンスター》の中身を覗《のぞ》き込《こ》んできた彼女にはそれが良く分かる。誰よりも。

(……そこでアンナが地べたの御坂《みさか》さんに視線を振ったタイミングで、ファイブオーバーもろとも全力で逃げる。防御力には期待しない。アンナの一撃が金属とシリコンの塊を貫く瞬間に、機内で攻撃をわずかでもくの字に折り曲げて回避のワンチャンに繋《つな》げる。これが『最善』かしらあ？）

命を持たない無人機なら、スペックで負けていてもこういう使い方ができる。

命を持つ人間であっても、倫理さえ捨てれば生き残るために使える。

「……、」

座り込んだままスクラップに背中を預け、人の心を突き放すような白い空を見上げる。

常盤台中学《ときわだいちゅうがく》の女王はゆっくりと深呼吸した。

さらに数十の選択肢が頭の中で乱舞したが、これ以上に生存率の高いものは見当たらなかった。

（……なんか、真面目に意地張るのが急に馬鹿馬鹿しくなってきたわあ。どういう理屈か未《いま》だに理解できないけど、敵は思いっきりチートじゃない）

急激な脱力があった。

力を抜いたくせに、ひどく体が重たい。

（そもそも御坂《みさか》さんにそこまで肩入れして罪悪感を持つ理由ってナニ？　私達って、そんなに仲良しこよしだったかしら。同じ派閥の子って訳でもないし、ぶっちゃけいちいち面倒を見る義理力もないのよねえ。背中を丸めて逃げたらすぐ病院だしい、あの人を連れて逃げればひとまず病院が巻き込まれる心配はなくなるんでしょお……？）

ワクチンなり特効薬なり、防護手段を手に入れなければ逃げたところで上条当麻《かみじょうとうま》の命は尽きる。

こちらについては勝算はかなり低い。

低いが、全くないとは言わない。

(壊れかけたファイブオーバーを動かせるのは、おそらく次の一回でラスト)

常盤台中学《ときわだいちゅうがく》の女王。

その、冷たい部分が顔を出す。

(だとしたら、倒れた御坂《みさか》さんは助けず放置していったん立ち去るべき。サディストのアンナ=シュプレンゲルが安心して無抵抗の御坂《みさか》さんに噛《か》みついたところで、横からファイブオーバーを突っ込ませれば、あるいは……)

御坂美琴《みさかみこと》を無理に助けようとしても、誰も助からない。

確定で全滅だ。

だけど彼女を見捨てれば、ある程度は救済できるかもしれない。

「こういう時……」

当然ながら、食蜂操祈《しょくほうみさき》にも守るべき一線はある。

例えば彼女は冬の雪山で遭難したとしても、絶対に合成物まみれのハンバーガーは口にしない。それと同じように、絶対に守らなくてはならないルールがいくつか胸の中に刻まれている。

前提にも反する、今日は彼のルールに従うのではなかったのか。

ただし、

「……何をどうしたところで絶対にあの人の記憶から消えてしまうっていうのは、ムカつくけどお得よねえ。たとえどんな結果をもたらそうが、絶対に責められたり嫌われたりもしないっていうんだからあ」

路面の雪を踏みにじり、足音が来る。

勝ち誇ったデモンストレーションも、慈悲深い最後通告もない。アンナ＝シュプレンゲルは貨物列車だ。ただやってきて、そのまま通り過ぎるだけ。第三位だろうが第五位だろうが、間にあるものなど見向きもしないで撥《は》ね飛《と》ばしていく。

距離は近い。

これ以上近づかれた場合、陽動作戦も使えなくなる。本命と囮《おとり》はバラバラの方向へ逃げる、という条件を満たさないといけないので、一薙《ひとな》ぎで全員殺せるような間合いは好ましくない。

今なら逃げられる。

すぐそこにデパートと別のビルに挟まれた隙間のような路地がある。ファイブオーバーの陰となる位置からそっと入れば、アンナからは気づかれずに逃げられる。

「御坂《みさか》さん」

合理性を極めた。

食蜂操祈《しょくほうみさき》の声色は、機械よりも冷たくなっていた。

右手はリモコン、左手はファイブオーバーのコントロール。自分の持つ選択肢を頭に浮かべ、そして頭の中から意図してノイズを取り除く。

責任、という言葉が脳裏に浮かんだ。

呑《の》み込《こ》み、常盤台中学《ときわだいちゅうがく》の女王は決断した。


「あなたの事は、一週間くらいは忘れないわ」


ばちんっ!!　という電気がスパークするような音が暴力的に響いた。

何かが動く。

アンナ=シュプレンゲルの目線がほんのわずかに目的地からよそへブレる。

「あら」

楽しそうな声があった。

直後に、だ。

半分形の崩れたファイブオーバー・モデルケースメンタルアウトが迷わずシュプレンゲル嬢へ突っ込んだ。

「チッ!!　仕方がっ、ないわねえ!!」

食蜂操祈《しょくほうみさき》は叫びながら、走るというより飛びつく。自動車事故よりひどい破砕音があった。

重量数トンの塊なんぞ、見た目一〇歳程度の小さな体にとっては何の意味もない。

光が噴き出して溶けたチーズのように吹き飛ばされるまで一秒。

強化スーツで運動機能を補助されているとはいえ、今から御坂美琴《みさかみこと》を両手で抱えてお姫様抱っこし、どこぞのビルの屋上まで飛び上がるには圧倒的に時間が足りなさすぎる。

だから食蜂操祈《しょくほうみさき》は、右手のリモコンに全ての意識を集約した。

杭《くい》のように摑《つか》み直《なお》し、横倒しのまま動かない、うっすらと白い雪に覆われ始めた御坂美琴《みさかみこと》の右のこめかみに叩《たた》き込《こ》む。

吼《ほ》える。

「いい加減にっ、起きなッさい！ 御坂《みさか》さぁん!!!!!!」

美琴側《みことがわ》からの承認がない限り、食蜂《しょくほう》の『心理掌握《メンタルアウト》』は第三位の脳には届かない。届かないが、前段階として激しい頭痛のようなものに襲われるのは分かっている。

もしも。

それで美琴の意識を揺さぶって目覚めさせる事ができたなら。

根拠なんか何もない。

こんなのはたった一つのインスピレーションに頼った分の悪いギャンブル。いいや、ただ希望的観測に基づいて、シビアな選択から逃げた結果に他ならない。

「がっ⁉」

呻《うめ》き声《ごえ》があった。

御坂美琴《みさかみこと》からではなかった。

覆《おお》い被《かぶ》さるようだった第五位の女王の脇腹に、鈍い衝撃が走る。拳銃弾くらいなら押さえ込む強化スーツの防弾膜などお構いなしに、食蜂《しよくほう》の呼吸が詰まる。そのままぐるんと視界が回った。受け身を取る事もできず、冷たいアスファルトの上を何度も転がされる。

脇腹を、蹴られた。

そんな単純な事実に気づくまでに、すでに数秒もの時間が必要だった。一体何をどうやったのか、アンナ＝シュプレンゲルは横倒しの美琴《みこと》のすぐ傍《そば》に立っている。ファイブオーバーがどうなったのかなど、いちいち確認する余裕もなかった。呼吸困難に陥り、がはごほと激しく咳《せ》き込《こ》む食蜂《しよくほう》が手足を動かそうとしてもびくびくと小刻みに痙攣《けいれん》するだけだ。とてもあの小さな体から繰り出された一撃とは思えない。

「生命力の循環を利用した拳法と言えばとにかく東洋系が有名だけど」

ふざけたような口調だった。

おそらく動作だけで言えば、サッカーボールを蹴るようなアクションだったのだろう。

「西洋のセフィロトの樹《き》だって人体各部に対応しているのよね。ちょっと応用すれば球体と球体を繋《つな》ぐチャネルを意識して、力の流れを遮るように拳や蹴りを叩《たた》き込《こ》む事だってできるのよ？　あちょう☆」

「かっ、は……!!」

呼吸が詰まる。こめかみの辺りで血管がびくびく震える。しかし、本質的にはそんなものではない。もっと重要な、目に見えない循環が阻害されているのが感覚で分かる。

アンナ＝シュプレンゲルは何かのごっこのように振り上げていた小さな足をただ下ろした。

横倒しになった御坂美琴《みさかみこと》の、右のこめかみへと。

みしみしという音は、いやまさか、そんなはずはない。頭蓋骨の軋《きし》む音なんて外から聞こえるものではないはずだ。それなのに。

しくじった。

賭けに負けた。

渾身《こんしん》の力を込めて『心理掌握《メンタルアウト》』を放っても、気絶した御坂美琴《みさかみこと》の意識を揺さぶり起こす事はできなかった。

いや、いい。

のではない。

「……ぁ、か……」

横倒しのまま、頭を踏みつけられて。

しかし御坂美琴《みさかみこと》の瞼《まぶた》はうっすらと開いていた。何もできないまま、彼女は同じように転がっている食蜂操祈《しょくほうみさき》の方へ視線を投げていたのだ。

「げ、な……逃げな、さい。早く」

「っ」

「アンタは、どこを取っても気に喰《く》わない腹黒女王らしくあの馬鹿を病院から連れ出して雲隠れする係、でしょう？　だったらこんな所で熱血なんかしてないで、とっとと私を見捨てて逃げていけば良いのよ。ワクチンとか特効薬とかの強奪は自分で何とかしなさい、私より使える能力者でも操って。私とアンタは元々そういう役回りで、お互い納得していたんだから……」

みしみしが、めきめきに音階を変えた。

こめかみから鉄の杭《くい》でもねじ込まれるような顔で、しかし美琴《みこと》は血を吐くように吼《ほ》える。

「だから、早く立て。立って逃げろ、食蜂《しょくほう》ォ!!」

それを耳にして。

いい加減に頭にきた。

食蜂操祈《しょくほうみさき》は全身の震えで起き上がる事もできないまま、しかし歯を食いしばってリモコンを摑《つか》み直《なお》す。出来損ないの匍匐前進《ほふくぜんしん》のように、手の力だけを使って強引に這《は》いずる。

逃げるためではない。

踏みつけにされた御坂美琴《みさかみこと》の方に向かって、だ。

「ざ、けんじゃ、ないわよお。御坂《みさか》さぁん……」

どうしてこんな簡単な事が分からないのだろう、と食蜂《しょくほう》は苛立《いらだ》つ。どこまでいっても犬猿の仲だ。土台、同じ言葉を交わしていても分かり合えるはずもないか。

「確かに、私にはあなたをたすける義理なんかない。ふつうに考えたらあなたを見捨てて逃げるのがいちばん効率的で、合理的で、私一人がしあわせになれる一番の選択肢なんでしょうよ」

アンナは何もしない。

時間を与えている、という感覚もなく、単純に興味がないのだろう。それでも構わない。地を這《は》って理不尽へ挑むのに、誰かの許可を取る必要などないのだから。

「……でもね、それじゃ彼が哀《かな》しむの」

だから、吐き捨てた。

誰が聞いているかなんて関係なかった。

「邪魔者が一人いなくなって私がせいせいしようが、彼を独占できて一番幸せな未来が待っていようが!!　それでも彼は絶対に哀《かな》しむのよ、あなたがここで頭を潰されてリタイアなんかしたら!!　ええ、ええ。こんなのは業腹《ごうはら》の極みだわ。だけどね、今は私の事情なんか関係ないの。たとえ彼が私の事なんか全て忘れてしまっても、見捨てた罪を怒る資格も憎む権利もなくしてしまうとしてもッ！　それでも私だけは自分のやった事を絶対に覚えてる!!　もうこれ以上、彼に隠し事を増やしながら生きていくなんて真っ平だわあ!!!!!!」

這《は》いずって、這《は》いずって、這《は》いずって。

そして食蜂操祈《しょくほうみさき》はアンナ＝シュプレンゲルの足に取りついた。見た目は一〇歳くらいの小さな体なのに、建設重機のボウリングマシンのように揺るぎない。

「あらあら、あなたはそんな人じゃないでしょう？　むしろ属性としては、わらわに近い」

「分かってるわよお……」

せせら笑うような声に、雪と泥だらけになった食蜂《しょくほう》も小さく笑った。

自嘲を込めて吐き捨てる。

「私は悪人だって。目的のためなら平気でルールを破って、この能力で破った事さえ誤魔化すクソ野郎なんだって。言ったわよねえ、私は目的のためなら平気でルールを破るって」

「……、」

「だから、彼のためなら何でもするし」

力が。

ほんのわずかだけど、込められる。

思い出せば、まだ動ける。

「だから、彼が泣くような事は絶対にしない。命の恩人が笑って暮らせる世界を守る。それが私の、善だの悪だの以前にある第一のルールなのよお‼‼‼」

常盤台《ときわだい》のクイーン自身、それでアンナを一ミリでも動かせるだなんて思っていない。

利《き》き手《て》で。

リモコンを摑《つか》み、もう一度御坂《みさか》美琴《こと》の頭を狙う。

「意識があるなら、『承認』しなさい……」

歯を食いしばって。

叫ぶ。

「彼を助けるために戦いたいなら、力を貸せえッッッ!!!!!!」

痛覚除去、呼吸の調整、水分や脂肪など体内余剰資材の緊急消費、恐怖心から来る行動抑制の排除、筋力リミッターの解除、成功の体験の反復、五感の処理能力拡張、一時的な記憶増進と分析能力強化……。

いわゆる臨死の前後に見られる火事場の馬鹿力、スローモーション、幽体離脱、走馬燈《そうまとう》などの脳科学エラーを片っ端から詰め合わせ、リモコンから御坂美琴《みさかみこと》の脳内に叩《たた》き込《こ》む。

具体的行動は命令しない。

単純な戦闘センスだけで考えれば、食蜂《しよくほう》より美琴《みこと》の方が上だからだ。

びくんっ、と。

横倒しに転がっていた美琴《みこと》の右手が不自然なくらい跳ねる。得体の知れない呪いみたいにまとわりついていたシャーベット状の雪が、はがれる。緩く握った拳のようだが、違う。親指の爪の上に、ゲームセンターのコインが載っている。

下から上へ、顎に突き出すアッパーカットのような一撃。

ゼロ距離射撃での超電磁砲《レールガン》が、紫電を放って発射の時を待つ。

「おっと」

そこでアンナが小さく洩《も》らした。

食蜂《しょくほう》の体が持ち上がる。美琴《みこと》のこめかみから小さな足が離れ、しがみついていた蜂蜜色の少女の上半身まで浮かび上がったのだ。

いける。

アンナ＝シュプレンゲルが意識を割いた。わずかでも警戒した。逆に考えれば彼女自身が認めたようなものだ、これは効果ありだと。

そして、

「邪魔」


一瞬。

だが確実に、間に合わなかった。

ズドン、と。垂直の落下に、しがみついていた食蜂《しょくほう》の視界がブレる。ややあって、それが何を意味するのか女王の頭が遅れて理解する事になった。

無慈悲の極みであった。アンナは浮かした自分の足を使って、真上に突き上げられた美琴《みこと》の右手を踏み潰したのだ。

なけなしの力が奪われ、冷たい地面に少女の手首が縫い止められる。ゲームセンターのコインが硬い音を立ててアスファルトの上を跳ねていく。

足りない。

想《おも》いだけでは、現実の脅威を否定するにはまだ足りない。

めきりという鈍い音が、踏みつけられた右手首から響いてきた。

「迷走したわね」

吹雪の雪山で生き残るために死力を振り絞りながら、実際には延々と同じ場所をぐるぐる回る愚か者を眺めるような声だった。

「チェスであれ競馬であれ、ゲームに勝利する第一の条件はまず戦術を統一して挑む事よ。劣勢に立たされた程度で作戦を変えてしまってはブレるだけだわ。それは、予想外の番狂わせにはならない。予想されうる範囲で悪い方向へ流れていくだけよ」

「……あなたには、分からないわ」

呪いのような言葉を発する。

食蜂操祈《しょくほうみさき》は幼い脚にしがみつくというよりは、引っかかるのに近かった。冬の日にコートやスカートへ枯れ葉が絡《から》みつくように。

それでも確かに言ったのだ。

「筋なら通しているわ、最初から。自分が一番、それしか持てないあなたには絶対見えないモノなんでしょうけどお」

「あら羨ましい、これが一〇代の未熟な感性かしら」

ごん!! という鈍い音があった。

子供の小さな足のはずだ。なのにサッカーボールみたいに蹴飛ばされた食蜂《しょくほう》の体が宙を舞う。特殊なスーツを着ていなければ内臓はもちろん背骨まで砕かれていたかもしれない。ごろごろと転がる蜂蜜色の少女は、そこで激痛や酸欠以外の理由で息を呑《の》んだ。

そこはもうゴールだった。

とある病院、その敷地《しきち》の正面ゲートである。

『残り〇分、目的地周辺です』

アンナの手にしたスマホが機械的に、無慈悲にカウントダウンの終わりを告げる。

幼女はくすりと笑って、

「他者との繋《つな》がりにまだ夢を持っているのね。……わらわはすっかり冷めたわ、そういうの」

実質的に、それが最後の宣告だった。

時計の秒針を止める事は叶《かな》わなかった。アンナの興味を惹《ひ》けなかった。だとすれば、彼女は定刻通りに歩を進め、間にある全てを踏み潰して轢《ひ》き殺《ころ》していくだろう。遮断機は下りているのに、線路の脇へ離れなかった愚か者がどうなるかなど言うに及ばずだ。

脆弱《ぜいじゃく》な人の身で、真正面から貨物列車に挑んだ。

その結果がこうだ。

なのに、

なのに。

おかしい、と最初に思ったのは誰だったろう？

食蜂操祈《しょくほうみさき》か、御坂美琴《みさかみこと》か。……あるいはアンナ＝シュプレンゲルか。

予想していた衝撃はいつまで経《た》ってもやってこなかった。

見た目だけなら一〇歳くらいの幼女は、小さな足を上げたままどこかよそを見ていた。

しかし前提がおかしい。

アンナ＝シュプレンゲルは定刻通りに動いている。間にあるものは全て死ぬ。もしもその流れを止められるとしたらアンナの興味を強く惹《ひ》くしかないが、おそらくこの地球上でそれができる人間など一人しかいない。

ここにいてはいけないはずの人だった。

そもそもこれを回避するために少女達は自分の命を削って戦い続けてきたはずだ。

ホイッスル。

全く無意味なプレゼント。

だけど今度は第五位の方が彼を助けるつもりで贈ったものだった。かつて、今となっては食蜂操祈《しょくほうみさき》の側しか覚えていないけれど。それでもあの少年が命を賭けて成し遂げてくれたのと同じように。

孤独は殺せる。

誰かが手を伸ばせば救える。

そう教えてもらった事を、いつの日か必ず返すと考えて、それが今日だと思っていた。


それなのに。


「よお」

確かに、声があった。

ズタボロで、立っているのがおかしいくらいで。

どうせ蜂蜜色の少女なんて忘れている事すら思い出せないような有り様なのに。

それでも、何度でも、彼は来る。

　これが少年と少女の絶対の立ち位置なのだと示すように。

「……その子から、手を離せ。アンナ＝シュプレンゲル」

「あ」

　食蜂操祈《しょくほうみさき》は、ろくに体を動かせないまま首を向ける。

　無音の雪。

　そこに。その先に。

「ああ……」

　全てを台無しにする光景が広がっていた。

　怒るべきだ。

　顔を真っ赤にして、喉が裂けるほど絶叫して、手足をジタバタ振り回しても構わないはずだ。だって、これを許したら今までの犠牲は何だったのだ。流れた血は、苦痛や恐怖は？　まだアンナからワクチンや特効薬は奪っていない。ここでバトンタッチしてしまったら、目に浮かぶ。あの少年を助ける方法なんか手に入らないと。何故《なぜ》なら彼は自分なんかこれっぽっちも優先せずに、倒れた少女達を助けようとするに決まっているんだから。でも、それでは全部、これまであった全部が無駄になってしまうではないか！

　だけど。

（どうして）

学園都市第五位の超能力者《レベル5》には、怒りなんて湧いてこなかった。常盤台中学《ときわだいちゅうがく》の女王には、台無しにされた徒労感なんてなかった。

ただの少女は。

きっとこうなると、心のどこかで認めていた。

(どうして、全部ご破算にされて嬉しいなんて思っちゃうのよお。私の馬鹿あ!!)

理屈なんて、一個もなかった。

そこに上条当麻《かみじょうとうま》は立っていた。

7

「ふむ?」

アンナ=シュプレンゲルもまた、小さく首を傾《かし》げていた。

足元にまとわりつく雪を軽く払う。興味のないものに興味はない。放っておいて、一歩前へ出る。

ツンツン頭の高校生、上条当麻《かみじょうとうま》の方へ。

「エイワス」

一撃だった。

その一言だけで、第三位や第五位とじゃれていた頃とは殺し合いのルールが変わった事が知らしめられる。見た目一〇歳くらいの幼女の傍《かたわ》らに立っているのは、半透明の影。鷹《たか》の頭に白鳥の翼を備えた異形の天使そのものだ。

シュプレンゲル嬢は正面を見据えていた。

その両目で一人の人間を捉えている。かつて世界最大の魔術結社『黄金』はこれだけを求めてイギリスから遠くドイツまで膨大な書簡を送り続けてきた。かの眼差《まなざ》しがどれほど恐ろしいものかも理解しないまま。

まだくびれる前の腰に片手をやり、小さく笑ってアンナは質問する。

「して、何をしに来た？　わらわが与えてやったサンジェルマンは、そろそろあなたの中で自我を溶かしている頃でしょうに」

「……、」

上条当麻《かみじょうとうま》は答えなかった。

体が斜めに傾いたまま、ただ右の拳を握り締めたのだ。

失望のため息が白く溢《あふ》れた。

(アレイスターが手を加える前の状態に、あなたを戻す)

アンナ＝シュプレンゲルの瞳に、分かりやすい怒りはなかった。

無。

一つの命に対する興味が底をついた、そんな瞳だ。

（その上で、極限まで疲弊した上条当麻《かみじょうとうま》のどの側面が異能の力と結びつくかを観察する。説明にはもう疲れた、質疑応答なんて何の意味もない。言葉のリレーはただ真実を歪《ゆが》めて無価値な破損情報をばら撒《ま》くだけ。だから一人で習熟してほしい。人は、事前知識ゼロで異能に触れた場合何をどこまで理解できるのか。それを知りたかったんだけど……）

「……激痛の塊となって記憶の連結も中心たる自我も失い、そして最後に残ったのはただ人を救う装置か。つまらない結論ね。そういう大道芸は、二〇〇〇年くらい前に見たよ」

最適化、その結果はこうだった。

結果。ではこれが答えなのか？

アンナ＝シュプレンゲルは首を横に振った。

もう一歩はなかった。

興味は持続されなかった。ただ小さな指先をパチンと鳴らす。

狙いは上条当麻《かみじょうとうま》だが、周りに気を配る素振りもない。少年の背後にある病院がまとめて吹き飛んでも一向に構わない、そんな顔色だった。

「死になさい、力に振り回されし弱き魂よ。興味がないのはゼロだから許す。だがわらわを失望させるのはマイナスよ、それは万死に値するわ」

聖守護天使が、吼《ほ》えた。

彼我の距離など関係ない。その鋭い猛禽《もうきん》の爪を備えた両腕が閉じれば上条当麻《かみじょうとうま》の肉体なんぞぐしゃぐしゃにひしゃげるだろうし、それを右手の力で弾《はじ》いたところで一回り大きな天使の翼が羽ばたけばおしまいだ。大小二つの巨大なハサミが、見えない死の領域を閉じる。幻想殺し《イマジンブレイカー》は有用だが、一度に複数の攻撃を同時に受けると対処不能になるのは明らかだった。

そして。

しかし。


バヂィッッッ!!!!!!　と。

聖守護天使エイワスの攻撃が、二つとも大きく弾《はじ》かれる。


雪が、舞う。

あるいは天使の羽根も。

「っ？」

あの、だ。

あのアンナ＝シュプレンゲルの眉が、怪訝《けげん》そうに動いた。わずかではあるが、彼女が予想していた領域の外へと状況が動いていく。巨大な貨物列車は全てをすり潰して前へ進むはずだったのに、脱線が始まる。

(なに……？)

複数同時攻撃の場合、右手の幻想殺し《イマジンブレイカー》は一つしか対処できない。

猛禽《もうきん》の爪と白鳥の翼。どちらかを迎撃しようとすれば、もう片方に挟み込まれて食い千切られる。そういう予定調和のはずだった。

(何だ、今の。へし折った剣の刃を槍《やり》の穂先へぶつけるようにして、幻想殺し《イマジンブレイカー》による魔術の破壊にもう片方を巻き込んだ？　いいや違う……)

「まさか、あなた」

にも拘《かかわ》らず、大顎と天使の翼、二つの攻撃が同時に弾《はじ》かれた。

ぼたり、と上条当麻《かみじょうとうま》の口の端から赤黒い筋が垂れた。

元から己の出血など気に留《と》めている様子はない。だがその原因が問題だった。

もしも。

上条当麻《かみじょうとうま》が盤面にある全ての人間を見据えて事に臨んでいるとしたら。

これまでの歩みを見れば分かる、二重に重なる攻撃の正体が。この少年を敵に回した場合、最も恐ろしいのは右手の異能でも高校生離れした戦闘のインスピレーションでもない。

アンナ＝シュプレンゲルは一人の少年から後付けされた全てを削り落とした先に、一体何が残るのかという『最適化』を試していた。

果たして本質は現れた。

つまり。

この場合、二重攻撃の正体とは、

「魔術を使っているの⁉　わらわが埋め込んだサンジェルマンを仲間に引き込んで‼」

8

実のところ、上条当麻《かみじょうとうま》は目の前の光景を半分くらいしか認識していなかった。

ここに来るまでの間も、だ。

病院の非常階段を下りて、中庭に出る。

「はあ、はあ」

よろめいて倒れる。

雪の上を滑ったホイッスルを、震える指先で摑《つか》み取《と》る。

いつからあったものなのかは覚えていない。自分で選んだのか、誰かにもらったものなのかさえ。だけど、これを握り締めると何故《なぜ》か体の芯から力が湧き出るようだった。冷たい冬の空気に抗《あらが》う事のできる、温かい原動力だ。

上条当麻《かみじょうとうま》の幻想殺し《イマジンブレイカー》は、善悪など考えずにあらゆる異能を殺してしまうはずなのに。

「……、」

もう一度。

少年は、街灯の柱にしがみついてのろのろと起き上がる。

雪に足を滑らせ、それでもまた歩き出す。

目で見て耳で聞いたところで、頭に入ってこない。全身はくまなく激痛の塊で、全部が全部熱っぽい。まるで自分の体が二回りくらい大きく膨らんだような錯覚に苛《さいな》まれていた。

「なあ」

だからこそ、か。

道中、ここに来るまでの間、彼の意識は内側に向いていた。

「今はそんな姿になっちまったかもしれない……。自分の体を失って、微生物の塊になって、不老不死の薬とかって偽って人の口に入らないと活動できない。そんな、人間っていうより現象みたいな存在になっちまったのかもしれない」

ぽつりと。

でも確実な呼びかけがある。

ここには少年しかいない。火災報知機の知らせを受けて脱走者を捜す看護師やガードマンもいない。だけど、誰も聞いていない訳じゃない。

分かっている。

上条当麻《かみじょうとうま》の内側で、聞き手は確実に待っている。

「……けど、お前も魔術師なんだろ」

そう、上条当麻《かみじょうとうま》はずっと戦っていた。

傷の痛みと、ではない。病院にいる時からずっと対話を続けてきたのだ。

永く、傷つき苦しみ続けてきた誰かの扉を開けるために。

舞殿星見《まいどのほしみ》は断った。藍花悦《あいはなえつ》はぶん殴った。

これは俺達の事件で、部外者を巻き込む道理はないと。

であるならば。

ただの舞台装置ではない。もう一人、運命を共にする登場人物がいたはずだ。

戦う事で自分の道を切り開けるはずの、誰かが。

「胸に魔法名とかいうのを刻んで、自分の目的のためにこの道へ一歩踏み込んだ、一人の魔術師だったはずだ。……なら、一番初めに何をしたかった？　手を貸せよ、サンジェルマン。つまらねえごっこはもう終わりだ。もしも叶《かな》えたい望みがあるのなら、俺の体を貸してやるからやってみろ」

サンジェルマンは、確かに体の内側から上条当麻《かみじょうとうま》を壊していった。何かしら、アンナの思惑通りに。ここについては否定しようがない事実だ。

だけど。

そこにサンジェルマンの悪意や目的はあったのか？　何か黒い感情は受け取ったか？　答えはノーだ。アンナ＝シュプレンゲルの害意こそあれ、サンジェルマンという一人の人間の意志なんか感じられない。

もしも、そこにいるだけで人を傷つけてしまうとしたら。そこにサンジェルマンという魔術師の思惑なんか一個もなかったとしたら。

サンジェルマンは、本当に対立すべき人物なのか？

答えなんか出ない。

分からないなら、聞けば良い。

『……、』

応じるのはきっと、空気を震わせる肉声ではなかった。

神経か、あるいは脳細胞か。全身を蝕《むしば》む劇症型サンジェルマンは、すでにそんな領域まで侵食を進めているのだろう。

とにかく一つの意思があった。

上条当麻《かみじょうとうま》とは全く別個の信念を持ち、押し潰された誰かの声が。

『……私は』

苦悩、諦観、挫折。

そんなものを滲《にじ》ませる、人間以外にありえない意思。

『夢を与えたかった。現実の利益や魔術師としての名声ではない。ただ街中に現れて、ちょっとした余興で皆を驚かせて、それだけあれば十分だったんだよ。嘘《うそ》から始まった技術を誰かが追いかけて、いつの日か夢見た以上の偉業を成し遂げる誰かが現れるきっかけとなれば』

実際には、その通りにはならなかったのだろう。

誰も自分で挑戦しようとしなかった。ただ全てを与えてくれるサンジェルマンにすがりついていった。

安易に。

自堕落に。

黄金、ダイヤ、不老不死の秘薬。あらゆる御業《みわざ》に精通したと嘯《うそぶ》く魔術師の周りには、貴族や大富豪など伏魔殿の魑魅魍魎《ちみもうりょう》が群がってきた。望まず社交界の中心に押し上げられたサンジェルマンは引くに引けなくなった。そして現実の利益や名声にしか興味のない欲望の集団を騙《だま》し切《き》れなくなり、断罪を求められ、自らの肉体を捨てる羽目になった。

けど、この魔術師にも始まりはあった。

ただの道具ではない。確かに生きた人間だったのだ。

ならば。

上条当麻《かみじょうとうま》はその中心を迷わず見据える。敵に回すと最も恐ろしい力を行使する。

少年の本質たる一言を、切り込む。

「だったらやれよ、サンジェルマン」

『……、』

敵と味方？

生命を脅《おびや》かすタイムリミット？

全部、知った事か。

そんなのはアンナ＝シュプレンゲルが一方的に設定したゲームのルールだ。律儀《りちぎ》に従っているかしない。

がみ合ったところで喜ぶのはアンナだけ。上条当麻《かみじょうとうま》はそもそもそんなつまらない線引きなんかしない。

いつかくる死は怖い。どうしようもなく。だけど、まだ生きているのならやれる事だってある。上条当麻《かみじょうとうま》にしかできない事があるはずだ。

世界中が誰かを見限った時、そいつは悪と呼ばれる何かになる。

かつて神たる少女が言っていた。実際にその通りだと思う。

逆に言えば。

どれだけ最悪の性質を持っていようが、たった一人でも諦めなければ。

言葉を交わす事を、やめなければ。

きっと。

いや絶対に。

「人に夢を与える魔術を使いたかったんだろ。子供の涙を止めて、いがみ合う大人を笑顔にして、凝り固まった老人の考えを柔和に解きほぐして、ただそれだけを極めたかったんだろ。……だったら今がその時だ。迷う必要なんか一個もねえ、これはお前の人生だ。魔術師を名乗るのなら、よそ見なんかするんじゃあねえ。俺の体なんかくれてやる、ここらで一丁自分で決めた道を徹底的に極めてみろよサンジェルマン!!」

めぢめぢめぢっ、という鈍い音が体内から響いてきた。

血管か神経か筋肉か臓腑《ぞうふ》か骨格か、何が壊れていく音かは分からない。

サンジェルマンが魔術を使えば能力者の肉体は保《も》たないし、幻想殺し《イマジンブレイカー》がある限り魔術に支えられたサンジェルマンはどんどん削り取られていく。

相性は最悪。

普通に考えれば、どう見積もっても手を取り合うべきでない二人。

しかし。

それでも躊躇《ちゆうちよ》なく上条当麻《かみじようとうま》は言った。

「やりたい事を言ってみろ」

『……、』

「俺の体で叶《かな》えてやる、だから今さら恥ずかしがってんじゃあねえよ!!　そんな姿になってもこの世界にしがみついているって事は、未練たらたらで忘れられないんだろ。だったら言ってみろ、言え!! 叶《かな》えるならここだ!!」

『夢を守りたい。この世界に、挫折や諦念の涙なんかいらない!!』

9

明確な爆発があった。

それはとある魔術師が実現した、可能性の光。

万人の夢を守る力。

一人の少年が右手の拳で見えざる大顎を砕き、血にまみれた左手から放った魔術の光で天使の翼を弾《はじ》き飛《と》ばした瞬間であった。

敵と味方?

笑わせるな、上条当麻《かみじょうとうま》にそんな線引きなんぞ通用しない。

幻想殺し《イマジンブレイカー》じゃない、勘の鋭さや数を重ねた戦闘経験でもない。

壁を壊し、手を結ぶ力。

差し伸べた手を振り払われ、睨《にら》みつけられ、それでも失敗を恐れずに踏み込む力。

それが最後に残った彼の本質であり、衝突する者にとっては最も恐ろしい特性なのだ。

行間　三

サンジェルマン伯爵。

魔術サイドの中でも謎の多い存在。

公式に初めてその姿が確認されたのは一七五〇年代、パリの社交界。様々な言語を巧みに操り、ミステリアスな魅力に溢《あふ》れ、初見であっても人との距離を巧みに詰める話術の達人だったとされる。科学と魔術の区別が曖昧だった当時、知識人の教養として一通りのオカルトを学んでおり、中でも薬品やダイヤの操作で持《も》て囃《はや》された。

紆余《うよ》曲折《きよくせつ》ののち一七八四年ドイツにおいて病死による公式の死亡・埋葬の記録があるものの、その後もたびたび自称サンジェルマンが目撃される。

彼が自ら作成した丸薬とカラスムギ以外は一切口にしない、という伝説も相まって、当時の貴族や大富豪の間では不老不死の秘薬の製造に成功した魔術師だというウワサがまことしやかに語られていた。

一部、ダイヤモンドの扱いや伯爵の通り名からマリー＝アントワネットを巻き込んだ『ダイヤの首飾り事件』に関わったカリオストロと混同されるのか、古い歴史の中での完全死亡・消滅説も散見される。しかし実際には二〇世紀末、カラーテレビが一般家庭に普及される時代になっても目撃談の絶えない怪人物だった。ちなみに真偽の方はさておいて、海外のテレビではカラー放送の中で自称サンジェルマンが（そういう役ではなく、本人として）出演した事もある。……当時のイギリス清教《せいきょう》や学園都市が特に放送中止のために動かなかったとなると、信《しん》憑性《ぴょうせい》については推して知るべしだろうが。

そのオカルトの箔付《はくづ》けとして、古き魔術結社『薔薇十字《ローゼンクロイツ》』との関連も指摘される。ただし開祖ＣＲＣやその弟子達の伝説にその名が出てくる事はない。後世になって合流した、いわゆる末裔《まつえい》であったと推測される。

実際には自らの肉体を分解し、ある種の微生物の集合体となっていた。

普段は乾燥状態で長く保存されており、宿主が『黒い丸薬』を口に含む事で唾液その他の水分を得て活性化、速やかに肉体を乗っ取ってサンジェルマンとして活動する。よって、一本道の歴史で眺めると時代時代で断片的に目撃される、不老不死の存在のように見えてしまう。

得意とするのは、ダイヤモンドを中心とする炭素の操作。

かつて学園都市のランドマークである高層ビル・ダイヤノイド内部において、複数のサンジェルマンが同時に出没する事件が確認されている。

魔術師アンナ＝シュプレンゲルは、今代のサンジェルマンを見て純度が落ちたと評価している。

位階としては、末席。

ドイツ第一聖堂への接触は確認されず。

ただし虚構でも良《い》いから大衆に夢を与えるという発想は、知識人を薬と見立てて教養を広める事で不完全な社会を最適化する行為を『世界の病巣《びようそう》を切除する』と考える『薔薇十字《ローゼンクロイツ》』の意図と重なる部分もあり、同結社を理解する上では検証の価値ありとみなせるだろう。

サンジェルマンの目的については謎めいており、ダイヤ操作の研究支援を名目とした詐欺やいたずらに政財界をかき乱す誇大妄想の持ち主として語られる事が多い。

しかしサンジェルマンも一人の魔術師であった以上、世界やそれを束ねる神の歯車に絶望して『自らの手で奇跡のからくりに触れる』魔術の道に走るきっかけがあったはずだ。

記録には残らない。

その方が良《い》いと言って自らの手で全てを封印した男が、確かに。

第四章　上条当麻《かみじょうとうま》なる現象　Not_Right_Hand.

1

二対二、であった。

「ふうん」

小さな少女が嗤《わら》っている。

ただ一直線に突き進み、間にある全てを破壊して、自儘《じまま》に歩を進めた怪物が。

「ちょっとは面白くなってきたか。その予想外、きちんと育ててわらわにぶつけてみなさい？」

片方は上条当麻《かみじょうとうま》とサンジェルマン。

片方はアンナ＝シュプレンゲルと聖守護天使エイワス。

「一歩」

見た目だけなら一〇歳くらいの裸の幼女は降りしきる雪の下で赤い薄布を自分の肌に当て、

傍《かたわ》らに異形の天使を侍《はべ》らせながら余裕の笑みを崩さなかった。

ずん!! と。

病院の敷地《しきち》正面《しょうめん》ゲート、ある種の境を脅《おびや》かすようにして。

その吹けば飛ぶような容姿からは信じられないほどに強く、彼女の側から歩みが始まる。比喩表現ではなく本当に足元の雪が吹き飛び、アスファルトの地面がわずかに沈んで、辺りに亀裂が走る。

「大言を吐くならば、この一歩を止めてみよ。R&Cオカルティックスとは世界の潮流そのものである。……たかが世界の流れくらい押し返せないようなら失望するわ。それが何を意味しているかはそちらで答えを出してちょうだい」

「……、」

上条当麻《かみじょうとうま》は無言で右の拳を握り締めた。

しかし、それだけではない。

彼は逆の掌《てのひら》を自分の胸の真ん中に押し当てたのだ。そして内側に向けて囁《ささや》く。

「サンジェルマン、いけるか？」

『誰にものを言っている。地脈の地雷なら私に任せろ、君は目に見える脅威と戦うだけで良《い》い』

同じ口から、二つの言葉が溢《あふ》れ出《で》る。

アンナ＝シュプレンゲルがわずかに眉を動かすのを上条《かみじょう》は確認する。

この声は、外にも聞こえる声で、言葉と共に白い息もこぼれている。

そして今拳を構えているのは上条当麻《かみじょうとうま》。正面に立つ敵対者がどのような形を取っていても容赦なし。いいや、彼の中の何かが告げている。あれだけのモノが、あんな小さな体に収まってしまっている事の方が常軌を逸しているのだと。

R&Cオカルティクスの行いは無視できない。上条当麻《かみじょうとうま》のために立ち上がってくれた少女達がこうして倒れている事も。

こいつを理解するのは、殴り倒して決着をつけてからだ。

まだ距離は離れていた。

上条《かみじょう》の側から全力で走り込んでも、五歩は必要とする長さがあった。

しかし、

「エイワス」

謳《うた》う。

その幼げな唇が囁《ささや》いた途端、アンナの傍《かたわ》らに控えていたはずの天使が消えた。

違う。確かにアンナ＝シュプレンゲルは小さな手を握って開き、団扇《うちわ》で扇《あお》ぐように軽く横へ薙《な》いだのだ。

そして宣告した。

「ゲブラーよりホドへの進入路を開放、我が右腕に宿れ」

ゴッッッ!!!!!!　と。

距離など関係なかった。それだけではるか遠方、景色の重要な一角を占めていた高層建築が五つの斬撃に切り裂かれ、出来損ないのだるま落としのように地面へ落ちていく。窓らしい窓がないという事は、おそらく一月に二〇回以上収穫できるとかいう自動化された農業ビルだ。

小さな口が、紡ぐ。

「……『構造殺し《ストラクチャブレイカー》』」

予測不可の大火力。

本来であればそれが何だったのか分かる前に死ぬ、反則。

にも拘《かかわ》らず、現実に上条当麻《かみじょうとうま》は生きている。

「っ!!」

真下に落ちた。

上条《かみじょう》はうつ伏せで大の字を描くように身を伏せ、両手足でざらついた地面を正確に摑《つか》んで、そして獣か何かのように低い位置から一気にアンナ＝シュプレンゲルへと襲いかかる。

右手と右手、その衝突。

もちろん。

実際の破壊力以上に、『薔薇十字《ローゼンクロイツ》』を束ねる重鎮が持ち込んだ記号性は致命的だ。

『代わるかね？　躊躇《ちゅうちょ》があれば死に追い着かれるぞ、能力者!!』

「まだッ!!」

アンナはアンナで、距離を離して弾幕で削り殺すつもりはないらしい。今の大雑把な攻撃自体、目立った飛び道具を持たない上条《かみじょう》が泡を食って接近してくるよう誘った可能性だってある。

テニスのラケットを返すような、気軽な掌《てのひら》の往復。

それだけで、距離も素材も関係なく空間が容赦なく切断される。掌で触れるだけで、そこにあるものを次元や空間ごと削り取る、世界を際限なく打ち消す。じりじりと頭の後ろを炙《あぶ》られるような焦燥感に包まれるが、今は一メートル以内に待つアンナ＝シュプレンゲルだ。

下から抉《えぐ》り取《と》るように、その小さな顎を狙う。

「おおアッ!!」

あらゆる魔術師をただの人間に戻す拳。残酷な世界への対抗手段を奪い取り、剝《む》き出《だ》しのまま荒野に追放する一撃。しかし致命的な一発に対し、アンナは涼しい顔してむしろ一歩前へ進んだ。それだけで間合いが崩れる。

男性の胸板へそっとすり寄るように。

当然だが、腕の振りより内側に潜り込む事ができれば拳は当たらない。

そして。

逆の手。アンナ＝シュプレンゲルの左手には、ありふれた人殺しのナイフが握られている。

いかなる異能を打ち消す上条当麻《かみじょうとうま》も、たった刃渡り一〇センチの殺傷力は防御できない。

「くす」

「っ、サンジ、エ、ル、マ、ン‼」

甲高い音があった。

しかし風景を切り刻む幼女の短剣には、そんな音を鳴らす機能はついていなかった。

となれば今のは、

「ダイヤモンド。永遠の輝きは納骨室を照らすランプの変種かしら？」

『……、』

代わっていた。

見えないバトンでも渡すように。

途端にツンツン頭の少年が頼りにする武器が、右手の拳から左の魔術へと置き換えられる。

具体的には、だ。

少年の胸板と柔肌をさらす怪物の掌《てのひら》との間、わずか数ミリの隙間だった。キラキラと何か光り輝く粒子が散らばっていた。

ダイヤモンドは硬すぎるが故に簡単に割れてしまうという説もあるが、それでもぶつけた刃物の方も無傷とはいかない。石をかち割ったナイフの切っ先は折れ、明らかな刃こぼれが見て取れた。

「硬さで防ぐつもりは最初からない。闘牛士のマントのようなものかしら。その輝きで目測を狂わせ、わざと破壊させる事で破壊の進行速度やベクトルをわずかに逸《そ》らす。それにしても大気を操作してダイヤを生み出すなんて、やっぱり空気が汚れているのね。学園都市」

『だとしたら？』

サンジェルマンの魔術に特殊な剣やカードは必要ない。

ただ、ありふれた炭素があれば万事は成立する。

「非効率だと思って。その体で魔術を使う以上、全身で生命力を循環させて魔力に精製する訳でしょう？　せっかく作った魔力もごっそり削り取られるのが関の山よ」

『確かに。この少年の右手は絶大だ、許可をもらったところで私に扱い切れるものではない』

サンジェルマンには幻想殺し《イマジンブレイカー》は使えないし。

上条当麻《かみじょうとうま》にはダイヤモンドの魔術は使えない。

どこまでいってもお互いの領分で力を提供して戦うしかない。

だから目の前いっぱいに広がる猛火に対し、状況に応じて二面性を切り替えて戦っていくのが正解。片方には致命的であったとしても、もう片方なら打開できるチャンスがある。表に裏にと、高速試合の中でテニスのラケットを切り返すような感覚で。便利なようだが、相手はあのアンナ＝シュプレンゲル。判断を誤れば一発で生存のボールを逃し、ゲームを獲《と》られる。

『ただし生命《せいめい》の樹《き》のセフィラやチャネルが人体各部に対応していると言っても、怪我《けが》や病気になった人が魔術を使えないという話はございません。不足を補い望みを叶《かな》えるのが魔術の本質である以上、むしろそれがきっかけとなって魔術の世界に足を踏み入れる学徒も多い』

「切り離し、迂回《うかい》すれば何とかなるとでも？」

畏怖と敬意。

言葉に想《おも》いを込めながら、しかしサンジェルマンは牙を剝《む》く。

『所詮、私めはＲＣの二文字に収まらず、サンジェルマンという個人の名を社交界に刻もうとした卑俗な魔術師。迂回《うかい》による大幅なロスは否《いな》めませんが、無駄足には慣れておりますが故、ダイヤを操る我が術式は崩れておりません。あなた様の作ってくださった劇症型は、思った以上に優れているようでございますよ？』

双方が語り尽くす間にも、少年の体が左に逸《そ》れる。

とはいえ、何か策があった訳ではない。

粘ついた音が地面で弾《はじ》けた。路面を彩《いろど》る色彩は赤だ。

「ごっ、ぶ!!」

「副作用。あと何回、というくくりに意味はないわね。ロシアンルーレットのように、死ぬ時は一発で死ぬし」

にたり、と至近で幼女は悪質な笑みを浮かべ、

「じゃあ、そうなるまで力業でいきましょうか」

アンナは小さな掌《てのひら》を振り回すが、狙いはオカルトな致命傷ではない。五指が引き裂いたのは近くの壁を走るガス管だ。

フィジカルな殺傷力に対しては、サンジェルマンが対処するしかない。

それをずっと続ければ、上条《かみじょう》の出番はなくなる。単純な魔術師と魔術師の戦いに終始してしまえば、サンジェルマンとアンナ＝シュプレンゲルのどちらが勝つかは火を見るより明らかだ。

『チッ!!』

それでも物理であれば誰でも知っている教科書のルールに準拠する。サンジェルマンはダイヤモンドで作った傘よりも薄い板を二枚構築した。攻撃でも防御でもない。ビル風のように、障害物を置けば風向きは変わる。風向きが変われば目に見えない可燃性のガスはよそへ逸《そ》れる。

こぷっ、と。

爆破を逃れても、内側からの傷に吐血する。

『……時間を稼いで息を整えてやるつもりが、逆にしゃべり過ぎたか。まだ動け能力者、返す!!』

ヒィウン、と風を抉《えぐ》る音が翻《ひるがえ》った。

異能であれば、彼の出番だ。

再びツンツン頭の瞳に強烈な光が戻る。上から下へ振り下ろす小さな掌《てのひら》に対し、上条当麻《かみじょうとうま》は斜めに傾いたまま改めて全力で真横へ跳ぶ。地面に倒れ込む動きだ。普通に考えれば、続く横薙《よこな》ぎの一撃を回避しきれず上条《かみじょう》は輪切りにされていただろう。

しかし現実にはそうならなかった。

鈍い音がしたと思ったら、横に倒れたはずの上条《かみじょう》が真上に数メートルも跳ねたのだ。

「サンジェルマン、任せたい!!」

『構わないが、交互にラリーを続ければ寿命を削るぞ。返す!!』

それは両足を使ってジャンプするというよりは、車に撥《は》ね飛《と》ばされたような動きに近い。どんっ、と真下から突き上げたのはダイヤの六角柱。三メートルほど垂直に打ち上げられた上《かみ》条《じょう》を取り逃がし、アンナの五指が人間の胴体よりも太いダイヤモンドの塊をまとめて輪切りにしていく。

右と左、軸を変えて一つの体を二人で切り替える。

やはり、こうすれば乗り越えられる。上条《かみじょう》の幻想殺し《イマジンブレイカー》は複数同時攻撃に弱いがサンジェルマンのダイヤがあればまとめて防御できるし、サンジェルマンの魔術は威力ゴリ押しの攻撃を受け止めきれないが上条《かみじょう》の右手なら強引に吹き飛ばせる。

「おおッア!!」

右の拳を強く握り締める。

これは明確に上条当麻《かみじょうとうま》だ。

今度は空中からありふれた少年が狙う番だった。

血の塊を口の中で押さえ込みながら、上条《かみじょう》は改めて拳を強く握る。無造作に、横に掌《てのひら》を振り抜いている真っ最中のアンナには対処できないはずだ。

視線だけ上げて、幼女は小さく笑っていた。

鉤爪《かぎづめ》のように緩く曲げていた五指を、ただぴんと伸ばす。振り抜く勢いは変えられなくても、死の扇の角度を大きく広げていく。

結果、こうなった。

足元の雪とアスファルトの地面がまとめて大きく抉《えぐ》れ、地下に向けて雪崩《なだ》れ込《こ》んだのだ。アンナ＝シュプレンゲル自身も巻き込んで。

地面までの高さが変わってしまえば、空中から狙う上条《かみじょう》の目測は大きく狂わされる。

真下は地下鉄のホームのようだった。

屋内、ではあるのだろうが冷気は一層きつくなる。

近くに出入口の階段があった記憶はない。どうやら相当入り組んだ地下構造をしているらしい。それとも『あの病院』の地下とこっそり繋《つな》がっているなど、何かしらの秘密でも孕《はら》んでいるのだろうか。

「がっ⁉」

着地に失敗して瓦礫《がれき》だらけの床を転がる上条《かみじょう》だが、全身の痛みにのた打ち回っている余裕などない。口の中から血を吐き捨てながら透明なカバーの砕けたジュースの自販機の裏へと飛び込んでいく。

戦闘にはついていける。しかしまだこちらから襲うほどの逆転には繋《つな》がらない。

すでにアンナは右の掌《てのひら》を横に振っていた。

「あら」

そこで感心したような声があった。

ちょっとした予想外。

幼女が導かれる格好で大きな四角い金属塊を輪切りにした直後、マイナス数十度で保たれていた化学冷媒が常温の大気に触れる。一瞬遅れて、だった。それこそスモーク弾でも炸裂《さくれつ》したように、全方位へ入道雲に似た白い蒸気が一斉に膨らんでいったのだ。

分かりやすい目隠し。

襲う、逃げる、隠れる、休む、考える。

流れの寸断は、仕掛けた側に無数の選択肢を与えてくれる。

2

ついに状況が一線を越えた。

ＩＣＵや手術室はおろか、救急外来用の処置室さえもパンクしてしまったのだ。

救急車で搬送されてくる患者の数が多過ぎる。

「下がって!!　一般の人は下がってください!!」

「早く追加のシーツ持ってこい、周りの視線を遮るんだ！　スマホレンズなんかにさらせないぞ!!」

怒号や悲鳴のような大声の応酬に、クリスマスムード一色だった正面ロビーの方にまで緊張のざわめきが広がっていく。

これでもマシな方だという。

そもそも他の病院が完全に機能停止にまで追い込まれたからこそ、いくらか人員や物資が整理されたこの病院へと救いを求めて多くの救急車がやってくるのだ。今、受け入れを拒否されたら患者がどうなるか。現場で一秒を争っている救急隊員達も理解しているのだろう。たらい回しが許されるような状況ではない、と。

しかし根本的な解決をしない限り助けようがない。

場当たり的に傷を塞いで血を止めたところで、新しい傷をつける行為を止めない限りは同じ事の繰り返しだ。

「麻酔は局所だ、意識を飛ばすなよ。今落ちたら取り返しがつかなくなる!!」

「表の震動って何なんですか……」

「知るか、患者がストレッチャーから落ちなければ何でも良《い》い。変な揺れがあるから点滴の針だけ気を配っておけ、血管を傷つけさせるなよ！」

戦場のようなエレベーターホールで、しかし小さな足音がそっと割り込んだ。

誰も彼もが慌ただしく行き交う中、何故《なぜ》か誰にも注意されない白い修道女が。

「おいっ、何だ？」

後になってから振り返ってみたが、そこにはもう誰もいない。

そして若い医者はストレッチャーの上に乗せられたままの患者を見て、それから傍《かたわ》らに並べてあった医療機器のモニタを凝視して、

「何で今バイタルが安定した？　一体何が起きているんだ!!」

そんな声を耳にしながら、一人の少女はふらりと別のストレッチャーに向かっていく。

魔道書図書館インデックスだ。

「ふん、ふん、なるほど、ふん」

「つまり逆だろう。前提情報を知らないのでは無理もない話だが」

シスターの肩に乗っている一五センチの神は、インデックスの頭の上に陣取っている三毛猫を微妙に警戒しつつも、

「意識を落とさなければ不安が消えない、不安がなくならなければ魔術をやめない、魔術をやめなければ傷は消えない。後はこの繰り返しだ」

何度も何度も顔を洗わないと安心できない人が、擦《す》り切《き》れて血まみれになった自分の顔を鏡で見て汚い、汚れていると繰り返し呟《つぶや》くようなものだ。

一番簡単な魔術は、そもそも道具も場所も必要ない。

怖くて怖くて仕方がない。だからおまじないや占いを続けないと安心できない。

それが能力者の体を知らずに壊していく。

そこでやめれば良いのに、原因を特定できない生徒達は『知りたくてまた使う』『ここでやめたらもっとひどくなる』でまた繰り返す。

放っておけば、いつか命が尽きるまで。

「いくらバケツを使って沈みゆく船から水をすくっても、次から次へと船底に穴が空いていくのでは対処のしようがない。こいつは医者の腕とは関係ないな、患者側が治療に協力しない限りどんな傷や病気も治しようがないんだ。ふざけた顔つきの割に良くやる、むしろあいつの指示がなければとっくの昔に死んでいるぞ……」

「呼吸に独特のリズムがあるね。生命力から魔力を精製している証拠なんだよ」

「まずは懐《ふところ》に隠している霊装を取り上げろ。とはいえ一番簡単な魔術なら道具に頼る必要すらない。やはり、適当に眠らせて意識的な呼吸を地均《じなら》しするところから始めないと収まらんな、これは」

「ずっと眠らせておいたら衰弱しちゃうよ」

「魔力精製に使う、呼吸のリズムさえ崩してしまえば良いのだ。適当な理由をつけて人工呼吸器でもつけておけ」

科学全盛の学園都市で、現実に魔術が流行《はや》っている。

魔術を適切に管理するイギリス清教《せいきょう》のシスターとしても、はっきりと分かるほどの異常事態だった。ここまでの拡散は聞いた事がない。とはいえ、インデックスやオティヌスは騒ぎの爆心地には向かっていない。

少女達がこの病院に留まっている理由は明らかで、

「戦ってアンナを打ち負かすだけでは、あの人間は勝利したとは思うまい。その過程で多くの一般人が命を落とせば、全部抱えるのはあの人間だ。自分も一般人のくせにな」

「……、」

「特大の馬鹿者が飛び出していったのも自分の命を守るためではあるまい。怖い怖いと言いながら、結局は自分の命よりも病院や私達が潰される方が嫌なんだな。あんなレベルの怪物相手に死者ゼロでなければ許せないというのが特大の不遜だが、今回に限ってはあの馬鹿者が正しい。状況が絶望的だからと言って、最善のラインを引き下げるようでは場に呑《の》まれているだけだ。妥協案、現実を見据えた対応、賢人の意見、全部クソ喰《く》らえだよ。人が死ぬなんてどう考えたって絶対におかしい。そういう事を当たり前に叫べなくなった時、本当に泥沼の戦争が全てを呑《の》み込《こ》んでいくんだ」

もちろん、第七学区のこの病院だけで学園都市全域の犠牲者を拾い切れる訳ではない。インデックスにしてもオティヌスにしても豊富な知識を持っているが、単体で便利な回復魔術を使える訳でもない。

それでもだ。

できないから何もしないというのは、絶対に違う。

「能力者に魔術は使えない、これはマニュアルさえあれば誰でも対処のできる問題だ。私達で作ってこの病院から配布する。成功例を示せば、理屈は分からなくても飛びつくさ。それで街全体の空回りは食い止められる」

「そもそもこの街の人達が魔術の存在を公式に認めてくれるとは限らないけど……」

そして、非公式であっても広まる儀式というのも存在する。

この国の場合は、こっくりさんでも思い浮かべれば分かりやすい。あれは、大人達の組織がそもそもこっくりさんの存在自体を認めるのに手間取ったために、対応が後手に回って集団ヒステリーなどの実害の多発を許してしまった事例だ。

「ソースならあるさ」

しかしオティヌスは笑って即答した。

学園都市のいびつな現状を理解した上で、詐術の神はこう告げる。

「……R&Cオカルティクス。ヤツらが自分でばら撒《ま》いた情報が魔術の危険性を教えてくれる材料となる。私達の言葉では胡散臭《うさんくさ》くて弾《はじ》かれたとしても、誰でも知っている巨大ITの公式情報なら世俗一般に対する信憑性《しんぴょうせい》が違う。そのメジャー性を逆手に取る。使うためではなく、リスクを理解して近づかないための資料としてな」

「つまり」

「後は橋渡しとして、私達の手で作れば良いのさ。能力者が魔術を使った場合はどんな弊害が生まれるのか、というプラスワンのテキストを」

できる事なら、インデックスやオティヌスだって最前線に立ちたい。

事が魔術なら彼女達の専売特許だ。絶対に役に立つ自信がある。

だけど。

その誘惑を、強く断ち切る。

共に戦うと決めたのなら、各々《おのおの》が自分で見つけた問題へ全力でぶつかっていくべきだ。あの少年がボロボロの体を引きずって帰ってきた先に、後になってから全部失敗だったと思い知らされるだなんて、そんな最悪の末路を突き付けないようにするためにも。

「いいか、誰も死なせないぞ」

「うん」

守るのだ。

学園都市を、そこで暮らす人々を、彼が帰ってくる場所を。

「この病院は聖域だ。まずはここから広げて、方法論を確立し、学園都市全域を守り切る。あの甘っちょろい人間のためにも、必ずな」

「分かってるんだよ！」


故にこれは戦いであった。

場所は違っても、種類は異なっていても、少女達もまた上条当麻《かみじょうとうま》と共に死力を尽くしている。

3

第七学区の地下鉄駅、そのホームだった。

切り裂くような寒さの中。

アンナの視界を真っ白に封じたタイミングで、上条《かみじょう》は床を転がって、壊れたホームドアから一段低い線路へと自分から落ちた。鈍い痛みがまた増えるが、正直に言えばもう傷の数を数えていられるような状況でもない。

焼石に水だが、数十秒でも時間を稼げればそこには宝石よりも高い価値が生まれる。

右手を握って開く。

今は上条当麻《かみじようとうま》の番だった。

『もう分かっていると思うが』

「心配すんな一個も理解できてねえよっ」

『アンナ＝シュプレンゲルの術式は、純粋な薔薇のそれではない』

まさに金言。

いくつもの意味を内包した、重要な意味を持つ一言だった。

ばじゅわ!!　という熱した鉄板に水滴を垂らすような音が響き渡る。ハイドロフルオロカーボンでできた白い蒸気のカーテンが不自然に燃え上がり、紙の写真を裏から炙《あぶ》ったように虫食いが広がって、いびつな景色が正されていく。

一段上のホーム上で、燃える右手をゆっくりと開くアンナ＝シュプレンゲルが笑っていた。

もう一つの右手の持ち主が。

「みぃつけた☆」

「ッ!!」

走って線路上を逃げるが、どうにもならない。

二本の指を横にして柔らかい唇に当てる。指笛か何かのように息を吹いた直後、空気が爆発的に膨らんだ。まるで絵本に出てくるドラゴンのように、一段低い線路上を粘ついたオレンジ色の炎が埋め尽くしていく。

普通の炎とは思えなかった。火炎放射器やナパーム弾が粘ついた液体のような動きをするのと一緒だ。ゲリラ豪雨で側溝や用水路が埋まるような感覚で、列車を通すための線路が隙間なく満たされていく。

「うおおアッ⁉」

『右手だ能力者』

当たり前の事をサンジェルマンは言った。

持たざる側から、見上げる側から、焦がれる側から。

無能力者《レベル0》の少年に発破をかける。

『狼狽《うろた》えようが何だろうがそれしかできないだろう、ならば極めろ‼　この私がダイヤや炭素の操作に集中したのと同じように、だ‼』

やたらめったらと右手を振り回し、生き延びるために足掻《あが》くしかない。コンクリートの壁を跳ね、一段低い線路の溝をなぞる格好で襲いかかってくる膨大な火の海を打ち消していく。

右手で作られた力を、右手でもって消滅させる。

余裕なんかなかった。

(さ、さ、さっきまでと違う⁉)

「エイワス」

短い呼びかけと共に、アンナは小さな指を鳴らした。

「これはなんて呼びましょうかね。『資源殺し《アーテイクルブレイカー》』、とか?」

着火し損ねた電気ライターのように青白い火花が散る。しかし儚《はかな》い瞬《また》きが、消えない。バヂッ‼　と溶接のような閃光《せんこう》にまで膨らんだ直後、液晶看板、照明器具、空調設備、列車の高圧電線、とにかく電気の流れる機械が片っ端から爆弾と化した。

隙間なく、クラスター爆弾でも落としたように。

しかも上条《かみじょう》のズボンのポケットには、携帯電話が入っている。

「があっ⁉」

なおも走り、ホームからトンネルに首を突っ込んだ時だった。

太股《ふともも》の骨まで響く激痛が少年の意識を揺さぶった。

『まだ能力者。骨は折れていない、折れたとしてもダイヤの外骨格で支えれば続行できる！』

しかしなおまずいのは、ここが地下鉄構内だという事だ。全ての電気製品が死んでしまえば、鼻の先も分からない暗闇のヴェールが下りてしまう。

濃密な黒の中、歌うような声があった。

「うふふ、掌握」

「ッ!?」

この暗闇の中でも小さな掌《てのひら》を突きつけ、正確にこちらを狙ってきている。

次は『逃亡殺し《エスケープブレイカー》』か、はたまた『遮蔽殺し《シールドブレイカー》』か。

いいいいいいいいいいいい、とにかくそういう風に右手を作り替えて。

どこまでいっても拳で殴り合うしかない上条《かみじょう》には、この暗闇で対処するための術がない。

ヤツが来る。

線路に飛び降り、ゆっくりとトンネルの中へ向かってくる。

ザン!! と。

掌《てのひら》が気軽に振るわれた直後、何かが切断された。それは紫電を撒《ま》き散《ち》らしながら踊り狂う高圧電線だ。

フィジカル攻撃、

「サンジェルマン、頼む!!」

左手を軸に、何かが裏返った。

ズバヂィ!! という壮絶な音と共にカメラのフラッシュみたいな閃光《せんこう》がトンネルを埋める。

だけど少年は生き残った。

炭素は電気を通す。

シャープペンシルの芯も、ダイヤモンドも、電気を誘導する避雷針として使える。

さらに、だ。

『槍《やり》をここに。七つの壁の密室は一二〇年秘密を守り、許可なき者の侵入を認めず!!』

ツンツン頭の少年の体がふらついてトンネルの壁に背中を押し付けた直後、甲高い音があった。アンナの小さな掌《てのひら》が押さえ込まれている。ぴき、ぱき、と硬い物に亀裂が走るような音は鳴り響くが、それだけだ。背にしたコンクリートの壁を突き破り、少年の肩や頭を追い越す格好で透明な槍《やり》が突き出ていた。その数は七。

『地の底は私の領域』

見えないステッキでも掴《つか》むような仕草をしながら、伯爵と呼ばれた誰かが告げる。

敬意と敵視をもって。

『サンジェルマンはダイヤモンドを操作する。いかにドイツ第一聖堂の主とはいえ、ここでは相性の問題がありましょう。大きな儀式の前には、星や地形に気を配るのは必定《ひつじょう》。ご心配なく、この不遜な結果をもたらしたのはあなたの実力ではございません』

「ぬかせ、自らの箔付《はくづ》けのため古き結社の名を借りるだけだったペテン師が。ダイヤの操作？　本当に本物の『薔薇《ばら》』が俗世の価格表と見比べながら石ころになど興味を持つと思って？」

今ここにいる者には分からない感情の交差があった。

息を吸って物を食べ、手を動かして読み書きして己の足で歩く。それだけで伝説となった者同士でなければ分からないやり取りが。

『何故《なぜ》惑わします、フロイライン』

「デフラグ、最適化の作業よ」

『どのような仕掛けかは存じません。ですがあなたの右手は、明らかに上条当麻とは違うモノでしょう』

はっきりと、サンジェルマンは言い切った。

その上で、

『己の手を動かしもせず、言葉で語るのはサンジェルマンのやり方です。あなたには似合わない。かつてドイツ第一聖堂の最深部に君臨したシュプレンゲル嬢はあらゆる魔術師の目標だった。神に最も近くありながら神そのものにはならず、人の情を保ったまま超人的存在シークレットチーフと自在にコンタクトを取る権限を獲得したアンナ＝シュプレンゲルに誰もが憧れた！　自分の記憶や思想すら自由に差し替えて弄《もてあそ》ぶ、こんな魔術師の言葉など信じられないかもしれない。だけどこれはサンジェルマン一人の考えではない、黄金も、神智《しんち》も、魔女も、実際に思い描いた先には神ではなくあなたがいた!!』

「……でも」

ぽつりと。

どこか乾いた調子で幼い少女の唇から何かがこぼれた。

「わらわの言葉を正しく受け取った結社なんて、一つも現れなかった。誰もが自分のためにねじ曲げた」

何かに気づいたサンジェルマンが、一瞬だけ戦術を忘れた。雨に打たれてずぶ濡《ぬ》れになった子供を見かけてしまった時のように、思わずさらに深く踏み込もうとしたところで、真横から警笛が鳴り響いた。

貨物列車だ。

クリスマス需要に合わせた無人列車。

「だからあなたにも分からない。わらわの事など、永遠に……ッッッ!!!!!!」

『っ。テトラクテュス、それは一〇を形作る数字の三角。その完全性にて我を上昇させよ！』

左右十指から炭素繊維の糸を張り巡らせ、走る鉄塊の屋根まで飛び上がったサンジェルマンに対し、アンナは真正面から貨物列車の先頭部分に小さな右手を突っ込んだ。

ズンッッッ!!!!!!　と空間全体が軋《きし》み、先頭車両が潰れて持ち上がって、流れを堰《せ》き止《と》められた八両編成の鉄塊がジグザグに折り畳まれていく。

斜め上に跳ね上がった先頭車両が積もり始めた雪の層ごと大都市の路面をぶち破り、雪の舞う白い寒空の下へ飛び出していく。

別の場所に出た。

あの病院の周辺ではあるのだろう。案内板を見る限りいくつかの路線と連結した大きな地下鉄駅とセットになった駅ビルが見える。

すでに人はいない。あるいは地下にいる間に大規模なテロや薬品工場絡《がら》みの壊滅的な化学火災時などを対象とした、第一級警報《コードレッド》でも発令されたのか。

(やはり、この体は難しい)

右腕を迂回《うかい》して無理に生命力を循環させて魔力を精製しているため、術式の準備が完了するまでの速度が遅い。できたとしても魔力のロスが激し過ぎる。燃料漏れを起こし、部品がポロポロ落ちていく飛行機を無理に飛ばしているような不安定感を拭えない。

しかし一方で、何の能力も持たない大人の体を乗っ取り、万全の魔術を振るっていたらどうなっていたか。それもサンジェルマンは熟知していた。

即死だ。

あのアンナ相手に、考えなしに魔術と魔術をぶつけたところで話にならない。それは山ほど弾道ミサイルを抱えて有頂天になった軍人が、太陽に勝負を挑むのと変わらない。

光に光で対抗するような方法ではダメだ。

全くの別種。太陽に勝ちたければ、光すら飲み込むブラックホールがいる。

『……、』

自分の白い息を見ながら意図して呼吸を整え、ひしゃげた屋根の上から大通りへと飛び降りたツンツン頭は、この結果よりも自分の掌《てのひら》へ目をやっていた。

赤と黒で汚れている。

(……傷を広げ過ぎたか。これ以上は能力者の体が保《も》たない)

ここで明け渡すのは酷だと思うが、サンジェルマン自身がこの少年の体を内側からズタズタに引き裂いてしまっては意味がない。

『返すぞ、能力者。バトンを受け取る準備はできたか』

「ああっ、げほ！」

主格は左手から右手へ。ツンツン頭の少年が赤黒い咳《せき》を繰り返しながらも、改めて拳を強く握り締める。

「サンジェルマン、消毒石鹼《しょうどくせっけん》で擦った程度でくたばる微生物の塊が。偉そうに語ってくれる。どうせそこで聞いているんでしょう……？」

がつんっ、と。

これまでとは違う、どこか乱暴な足音があった。斜めに突き出る格好で動きを止めた列車の中をトンネルのように歩いて、小さな影が地上に這《は》い出《で》てきたのだ。

「……最初から力はあった。だが目的は？」

低く。

呪いのような言葉をゆるゆると吐き出しながら。

「人を救う？　飽きたよ。学問を究める？　答えなんかその辺にあるよ。世界を恨んで破壊する？　最初から壊れているよ。欲望を満たす？　浴びるほどやったよ」

絶大な右手を無造作に下げて。その小さな体を左右に揺らし。

両目を爛々《らんらん》と輝かせて、口元に引き裂かれたような笑みを浮かべて、ヤツが来る。

「満たされるだけの人生なんてつまらない」

無機質で。

渇いて。

「わらわはむしろ支えてほしい」

永劫《えいごう》の牢獄《ろうごく》。

実現した不老不死さえ退屈な檻《おり》と言い換えるような、究極の浪費。

しかし不遜を極めた物言いの中に、いくらかの真実が散らばっているのだろう。

「ただそこにあるだけでルールを歪《ゆが》める、ゲームを破綻させる『力』はどんな方向性を得る？創造、破壊、増強、減量、友愛、拒絶、悪食《あくじき》、節制。生きるとは、つまり何だ。わらわは、何を目標に生きていけば良いの。どうすれば満たしてもらえるの」

足音が、止まる。

最後の一歩を踏み込んで、アンナ＝シュプレンゲルもまた地上へ出る。

切り裂くような雪の下、同じ高さに立つ。

「言葉のリレーは繰り返すほどに真実を歪《ゆが》めていくだけ。言葉はいらない。人が直感で何をどこまで理解できるかを知っておきたい。そのための『最適化』よ。上条当麻《かみじょうとうま》、神浄《かみじょう》の討魔《とうま》。全てを奪った先に剝《む》き出《だ》しのあなたに何が残る。事前知識抜きで異能に触れた場合、最も活性化される側面はどこ。そいつをわらわに見せてみろ」

「……、」

上条《かみじょう》はしばらく無言だった。

左右で肩の高さが合っていない事さえ、彼は自分で気づいているだろうか。

「何となく、さ」

「?」

「……アンタが満たされない理由っていうのが分かってきた気がする」

「わらわがあなたを知る事はできても、あなたがわらわを知る機会はないわ。何しろ容量が違い過ぎるもの」

「予防線はまだ張るか？　恥も外聞もなく、これだけ殺し合っておいて」

吐き捨てるように上条《かみじょう》が言った。

「自分が満たされるより周りに満たしてほしい？　馬鹿言え、どうせあれこれ口出しして止まらなくなるくせに。断言するけど、アンタは自分の人生に手を抜いて楽をしようとしたってその感覚から逃げられないよ。普通に悔しがって、普通に憎んで、普通に復讐《ふくしゅう》して相手をズタボ口にしたって納得しない。むしろ支えてほしい？　いきなり手を離される恐怖を感じていない言葉だな、その気になれば自分一人で体重を支えられるから裏切りが怖くないんだ。支え合いなんて言っているけど、アンタは自分の分は自分で確保を終えている」

「まて」

「つまり」

「ちょっと待て」

「だから」

わらわがわらわを観察するため、とアンナは言っていた。

その通りになった。

「自分の特技の秘訣《ひけつ》なんか誰にも教えない、でも自分だけの異能は見せびらかしたい。何も特別な話じゃない、そんなの誰だって毎日考えている当たり前の感性だよ」

ゴンッッツ!!!!!!　と。

鈍い音が炸裂《さくれつ》した。

「……まったく、馬鹿ほど頼んでもいない頭を使いたがる」

これまでの正体不明な愉悦とは違う、明らかな苛立《いらだ》ちが見え隠れしている。

「勝手にわらわを理解した気になるなよ、小僧」

次は重力殺《グラビテイブレイカー》しとでも呼ぶべきか。

アンナ＝シュプレンゲルが指を一本上に立て、くるりと回した。それだけで見えない何かが幼女の周りをぐるりと回って、金属製のゴミ箱や清掃ロボットや街灯や風力発電のプロペラを次々とまとめて大きな塊とし、たっぷりと遠心力を蓄えて上条当麻《かみじょうとうま》へと叩《たた》き込《こ》んできたのだ。見えない鎖で繋《つな》いで叩《たた》き込《こ》むように。

「っ」

幻想殺《イマジンブレイカー》しでは防ぎきれない。

右手と右手では、こちらが負ける。

だがサンジェルマンには切り替えなかった。

異能の力だけを無効化しても、力を蓄えたスクラップの山に押し潰される。しかし逆に言えば物理は物理だ。横に回す大振りの軌道はもう見えている。

そしてさっきアンナ自身に教えてもらった。回転半径より内側に潜り込んでしまえば、外から振り回す軌道の打撃は当たらない、と。

前に踏み込むだけで良かった。

右の拳を岩のように握り締め、幼い少女の懐《ふところ》へ。モーニングスターは、もう無視して構わない。後は体格差など気に留《と》めず、今度の今度こそ全体重を乗せた拳を容赦なく小さな顔へ真《ま》っ直《す》ぐ叩《たた》き込《こ》んでいく。

鈍い音があった。

だけどクリーンヒットはしなかった。途中で阻《はば》まれた。

その正体は、

「左手」

「っ」

小さな掌《てのひら》全体で包み込むような防御だったが、確かに上条《かみじょう》の拳は止まった。

ただし、これまでの統一が崩れる。

そこに重要な定義があった。だから上条当麻《かみじょうとうま》は好戦的に笑っていた。

「今度はナニナニブレイカーだ、くだらねえ。何度もやり過ぎて自分から安っぽくしちまうから、こうやって疑問に思われるんだ、い、い、その分だ、と、ど、う、せ、こ、れ、見、よ、が、し、に、紹介、し、て、い、た、エイワスとかいうのも使ってないんだろ。左手。自分ルールを曲げてでも無理に押さえつけたって事は、伝説の魔術師だろうが何だろうが殴られれば痛いのかよ？　アンナ＝シュプレンゲル」

「誰の許可を得て」

今度は右の掌《てのひら》が少年のお腹《なか》に押し付けられる。

拳は振り抜き、受け止められた。上条当麻《かみじょうとうま》だって無防備だった。

プライドを傷つけられた幼女は、限界まで両目を見開いて告げた。

「調子に乗った、死に損ない」

ゼロ距離でショットガンでも浴びたように、人間一人分の重量が真後ろへ吹っ飛ばされる。

『能力者!!』

「……うるせ、ジェルマン、キープだ。まだやれ……」

『そうではない、早く起きろ次が来る!!』

雪に埋もれるように、大の字に倒れる余裕すらなかった。

冷たいアスファルトの上を転がった上条《かみじょう》は視界に二つのものを捉える。

ばき、めき、ぼき、こき、と。

骨格が軋《きし》むような音がここまで響いていた。アンナ＝シュプレンゲルが、変わっていた。一○歳くらいの触れただけで砕けそうな幼女から、妖艶《ようえん》な毒婦へと。

右手の人差し指と中指を閉じる、ハサミのような仕草があった。

「ブレイク、ブレイカー、うーんと、はあ。もう面倒臭くなってきたわね。やだやだ、女ってこうやって化粧っけをなくしていくのかしら」

アンナは右手に名前をつける事を放棄した。

だが破壊の力は減衰しない。

「せっかくのクリスマスだものね。大盤振る舞いしてあげる」

そしてもう一つは白い寒空の上をゆっくりと横断していく飛行船。

ラグビーボール形の気嚢《きのう》が破れて、オレンジ色の流星となる。高層ビルの壁面をガリゴリと削りながら真《ま》っ直《す》ぐこちらへ迫る。

皮肉な事に、流星のように落ちてくる液晶の大画面にはソリに乗った白いひげのサンタクロースがデカデカと映し出されていた。地上に落ちる巨大な笑顔を見てアンナが囁《ささや》く。

「メリークリスマス☆」

(ちくしょ……ッ!!)

のたのたと起き上がって、近くのビルを目指す。ガラスのドアを肩で押し開け、中に転がり込む。ぐわっ!! と、分厚い強化ガラスを挟んで外の世界が炎と熱で埋め尽くされていく。

百貨店と言っても高級店ではない。

クリスマス商戦に合わせて無理して高級感を出そうとしたのが、かえって庶民臭さを醸《かも》し出《だ》している。上条《かみじょう》でも一人で気軽に入れる感じのデパートだった。

温度を感じる感覚が壊れてしまったのか。

暖房の恩恵はあるはずなのに、ちっとも安堵《あんど》感《かん》はない。あるいはこの指先の震えは、寒さに起因するものではないのか。

一階部分は宝飾品、メガネ、楽器なんかを扱っているらしい。緩やかな室内音楽にガラスのショーケースがずらりと並んだその内装は、どこか博物館や美術館を連想させる。

貨物列車が地面から突き出し、飛行船が炎に包まれて落ちてきたのだ。もはや当たり前のように人はいない。客はもちろん店員やガードマンも。

柔らかい室内音楽だけが取り残されているようだった。

良かった、と上条《かみじょう》は思った。

ここで宝石や売上金なんかにしがみついていたら、命の保証なんかできなかった。

「……、」

未《いま》だにアンナが何をしているのかは分からない。

ただ、何かが違うとは思っていた。

外から力を取り込み、体の中で変幻自在に作り替えてから再び撃ち出す。死や破壊のイメージが強いアンナの攻撃方法だが、改めて考えてみるとかなり生産的だ。

かつてこの右手を巡って、上条《かみじょう》は多くの魔術師と戦った。あるいはそうした流れは今も続いているのかもしれない。彼らはそれぞれが自分の見解を話していた。そんな中でこういう言葉が繰り返されてきたはずだ。上条当麻《かみじょうとうま》の幻想殺《イマジンブレイカー》しは、世界の基準点だと。何もかも移ろい変えてしまう魔術を扱う者は、決して崩す事のできない不動の一点を見据えて安心を得るのだと。

そうなると、何かを足したり盛ったりという考え方は非常にらしくない。

噛《か》み合《あ》わない。

おそらくアンナ＝シュプレンゲルのやり方は『正解』じゃない。

だとすると、

（……魔術）

心の中でそっと軸を移した。

サンジェルマンも言っていた。アンナが使っているのは、純粋な薔薇《ばら》の術式ではないと。

（そういうやり方で神秘や奇跡を操っているだけ。右手なんて起点に惑わされるな。あれは、やり方さえ分かっていればステイルでも神裂でもできる一般技術に過ぎない!!）

とはいえ、ここには一〇万三〇〇〇冊以上の魔道書を完全記憶したインデックスや形は変えても本物の神であるオティヌスなどはいない。そうと当たりをつけたところで答え合わせができる訳ではない。

左手でも兼任できた件もある。ひとまず右手の力ではなさそうだが、かと言って、では具体的に何をしているかまでは摑《つか》めないのだ。この感覚は、医者の言葉に疑問を持っても自分で治療ができる訳ではない、が近いだろうか？

そのはずだった。

しかし、

「……、」

びくりと上条当麻《かみじょうとうま》の動きが止まった。

彼は何かを見ていた。

高級なデパートの中でも一際《ひときわ》ショーケースの数が多い一角だった。宝飾店。クリスマス当日なので店員さんも気合いを入れていたのだろう。デート客狙いなのか、ガラスのケースの中にはキラキラと輝く商品以外にも手作りのポップがいくつか立ててあった。

そこにはこうあった。

一二月はゲマトリア特集☆
最寄りの店員があなたの名前を数字に分解して、今一番マストな宝石を確認します。相談無料！　恋人同士で足りない属性を補い合えばもっと深く結び付けるはず!!

ぎょっとした。

魔術とは、こういうモノだったか？

『純金のリングにお気に入りのルーンを刻もう！　実際に金貨や杯に聖なる文字を刻んで富を呼んだり毒を避けたりする文化があって……』

『いつものヨガレッスンにアクセントを加えてみませんか？　自分だけの香炉を使う事で体の中を移動していく吐息を強くイメージする事ができるので……』

『パワーストーンは西洋だけのものじゃない！　身近なアイテム、数珠《じゅず》がアツい!!　水晶の他にも色々な石をセレクトできて……』

もちろん誕生石とかパワーストーンとか、宝飾店の店員さんが売り文句として『こういうの』を扱う事は上条《かみじょう》もぼんやりと理解していた。

それにしたって深すぎる。この手の専門用語や計算式は本来、古ぼけた図書館や白いシスターの頭の中で厳重に保管されているべき叡智《えいち》だ。厚紙を切ってサインペンで作った宣伝ポップにしれっと載っていて良いような情報ではない。

何故《なぜ》こうなったのか。

もちろん答えは決まっている。

「R&Cオカルティクス。もうこんな所まで染まってきたのか……ッ⁉」

ビシリ‼　と、外に面した強化ガラスの方で甲高い音が響いた。オレンジ色の炎で埋め尽くされていたはずの表通りが真っ白に凍りつき、温度差に耐えきれなくなった分厚いガラスの壁が全面細かく砕けて滝のように落ちた。

グラマラスな美女が一歩、百貨店の中に踏み込んでくる。

自分で生み出したガラスの海など気にしている素振りもない。そしてこれ以上に宝石や楽器に囲まれる事が似合う美女も見当たらない。

上条《かみじょう》は無言で右拳を構え直した。

「何かで……」

ごくりと息を呑《の》んで。

それでも少年は明確過ぎる脅威に立ち向かう。

「何かで『力』を切り替えて使っている……？　お前のそれは、俺の右手とは違うもの。スタンダードに色んな異能を制御する、外の世界の魔術だろ‼」

「薔薇《ばら》と十字架よ」

ひらひらと右手を振って、嗜虐的《しぎやくてき》な笑みを浮かべた。

グラマラスな妖女は告げる。

来る。

「言っても分からないと思うけど」

4

携帯電話が壊れているのは痛かった。

答えは世界のどこにでも転がっている。それも、間違って素人《しろうと》が手を出してしまうくらい分かりやすく。ただし今の上条当麻《かみじようとうま》には、例のサイトにアクセスする事は適《かな》わない。

「チッ‼」

「くす」

グラマラスな美女の長い手が無造作に振るわれるたび、暴風が吹き荒れ、強酸がアメーバのように広がって、閃光《せんこう》が瞬《またた》いた。

その動きは拳のような鈍器というよりも、しなやかな鞭《むち》を連想させる。嗜虐者《しぎやくしや》の笑みを浮かべ、妖艶《ようえん》な魔術師が死の往復ビンタを容赦なく振るい続ける。

狙いはオカルトで殺すのではなく、フィジカル。アンナはガラスのショーケースを砕き、横殴りの雨で殺しにかかる。

こうなると、拳『だけ』では対処できない。

「サンジェルマン、交代だ!!」

『任された。命は繫《つな》ごう』

裏返る。

そして当然だが、サンジェルマンだけでもアンナを圧倒できるものでもない。

よって交互に切り返した。

互いに背中を預けた相棒の名前を呼び合う。暴風の塊を右手で弾《はじ》き、斜めに床を突き破ったダイヤの柱が強酸の海を押《お》し留《とど》め、急な坂のようになった透明な柱の上を上条《かみじよう》が走り抜け、空中からシュプレンゲル嬢に飛びかかったのだ。

魔術と科学、一人二役のコンビネーション。

ただし、

「そろそろ限界かしら」

「っ‼」

横に振るった右手の動きと連動した閃光《せんこう》の塊が、まともに上条《かみじょう》の脇腹にめり込んだ。落下中の軌道をかっさらわれる。真横に吹っ飛ばされた少年の体が透明なショーケースに着弾し、ガラスを砕いて飾られたルビーの指輪やエメラルドのネックレスなどをそこらじゅうに撒《ま》き散《ち》らしていく。

「かはっ⁉」

太股《ふともも》に、鋭いガラスが突き刺さっていた。

しかし顔をしかめている暇もない。

「一見変わり種で善戦しているようには見えるけど、あなたとて分かっているでしょう。魔術と魔術の衝突において、まず第一に必要なのは物量ではなく理論。これだけやって、あなたはまだわらわが何をしているかも理解できていない」

「……っ」

声に出して認める必要はないが、アンナの言う通りではあった。上条側《かみじょうがわ》に分かっているのは右手の力を変幻自在に使うというだけで、その正体がナニ魔術のどんな術式なのかは一つも答えられない。

力業であらゆる異能を打ち消すと言っても、それだけでゴリ押しできる相手でもない。

魔術師との戦いにおいて、闇雲に真正面から突っ込むのは自分から濃密な地雷原へ走り込んでいくのと同じだ。そもそも正攻法では絶対勝てない環境を整えるのが彼らの本領と言っても良い。

「さんじぇるまん……」

「自分で質問も分かっていないのに相手に答えだけを求めても、そいつは何も返せないわよ？」

ヒィウン、と離れた位置から気軽に掌《てのひら》が振るわれた。

立て続けに三度も爆発が起きた。

口の中に溜《た》まった血の塊をぐっと呑《の》み込《こ》み、上条《かみじょう》は吼《ほ》える。

「代われ!!」

サンジェルマンに体を預けると彼は後ろに下がりながらダイヤの盾や柱で攻撃を押さえ込む。

確実な手だが、それだけだ。魔術任せだとジリ貧で袋小路《ふくろこうじ》に追い詰められてしまうのが目に見える。上条側《かみじょうがわ》だけではアンナに勝てないように、サンジェルマン側だけでもシュプレンゲル嬢には勝てない。

だから切り替えだ。

どちらかの性能ではない、その判断が生死を分かつ。

『返す。次からはタイミングを外せ、ヤツに読ませるな!!』

「サンジェルマ、!!」

『拒否する。外せと言ったはずだ能力者‼』

へし折られた四角い柱が回転しながら突っ込んできたが、上条《かみじょう》がしのぐしかない。レジカウンターや視力検査機械をまとめて薙《な》ぎ払《はら》う巨大な鈍器を慌てて身を低くしてかわす。

頻繁に裏返り、切り返して、つっかえながらも、上条《かみじょう》の拳が破滅のリズムを崩す。

正面からやり合うしかない。

下手に建物の柱などで遮蔽物を確保しようとしてもまとめてぶち抜かれるだけだし、壁に寄り添えば右腕の振りを制約してしまいかねない。

そうやって時間を稼ぎながら、とにかく目についたものは片っ端から尋ねるしかなかった。それが良《い》い事なのかどうかはさておいて、すでに宝飾店を中心にじんわりと魔術《バラ》の侵食は始まっている。

いきなり当たりを引く必要はない。というか無理だ。

血まみれの拳を握りながら、上条当麻《かみじょうとうま》が内なる相棒に質問を投げまくる。

「パワーストーンって何だ⁉　名前だけなら良く聞くけど！」

『宝石には星座の力を溜《た》め込《こ》んで持ち主に還元すると信じられてきた。硬い鉱石ほど多くの力を吸収するともされていたんだよ。極め付けが、ダイヤだ。漠然とした幸運ではなく、単なる石が解毒《げどく》や退魔など具体的な目的別で切り替えて使えるると考えるのもそのためだ』

「金貨とか杯とか、宝物にルーンを刻むっていうのは？」

『勝利のルーンを刻んで富が増えるよう祈願したり、苦しみのルーンを刻む事で毒の酒を判別するのに使ったりしたものだ。具体的効果のあるお守り、といったところか』

「じゃあヨガと香炉とかいうのは!?」

『ヨガはジムで行うトレーニング法ではなく、呼吸によって体内を制御し外界へ干渉する術といった方が正しい。本来道具はいらない、というか俗物や雑念を捨てていく学問ではあるが、ビギナーならば空気に色や匂いをつけた方が呼吸を自覚的に意識しやすくはなるだろう。もちろんガイドに縛られてしまっては敷かれたレールに従うだけになり、意味はなくなるが』

「金とか銀とか!!」

『古くは七金属が重視されたが、鉄や鉛も含むため必ずしも貴金属であるとは限らない。ちなみに銀の武器が化け物退治に使えるという考えは民間伝承やエンターテイメントによる影響が大きく、あまりあてにならない。効果はあるかもしれないが、そもそも銀の十字を溶かしてナイフや弾丸にするなど、本当に信心深い人間にできる訳がないだろう』

「ええいっ、後は何だ？　数珠《じゅず》!?」

『仏教で使われる霊装の一種で、普段は一本の紐《ひも》で菩提樹《ぼだいじゅ》の種を繋《つな》いで輪を作ったものを指すが、それ以外にも水晶などが使われる。珠《たま》の数は一〇八を基本とするが別パターンもある。ちなみに十字教のロザリオも根っこは同じだ』

具体性がなく、しかも話がズレてきた。

こうしている今も、少年は寿命を削って一秒の自由を獲得している。上条当麻《かみじょうとうま》とサンジェルマンが細かく切り替わるたびに出血が増す。それでも続ける。手作りのポップやレジの横に貼り付けられたオカルトな暗号？　の計算表など、今は小さなヒントを目で拾っていくしかない。

「じゃあ誕生石!!」

『一二の月にそれぞれ宝石を割り当てたものだが、方式は諸説ある。現在、一般に知られているのは一九一二年にアメリカの宝石商組合が制定したはずだ』

全くのハズレだった。決定に際して何かしらのソースを参考にしたのかもしれないが、かと言って何百年来の伝統とかを厳密に正しく引き継いでいるとも思えない。つまり、中途半端《ちゅうとはんぱ》に齧《かじ》っているだけ。割といい加減な仕組みに八つ当たりに似た感情さえ湧き上がる。それだと自分の商品を売り込むために、バレンタインにチョコレートを贈ろうと宣伝するような話ではないか。とても命は預けられない。

ばぢっ!!　という不気味な音が炸裂《さくれつ》した。

自分が直接狙われなかったため、上条《かみじょう》の反応が遅れた。本人ではなく手前のショーケースを狙って紫電が突っ込み、内側から弾《はじ》け飛《と》ぶ。鋭いガラスの壁に全身を叩《たた》かれ、少年の体が床に薙《な》ぎ倒《たお》される。

「ヒット」

「あ……かっ……」

「傾向が見えてきたかしら。機敏に動くけど、自分の命を狙われないと勘が鈍るのね」

魔術なんて星の数ほどある。

ましてアンナ＝シュプレンゲルがいるのは最奥《さいおう》も最奥《さいおう》だ。やはり当てずっぽうに知識の断片をかき分けたところでいきなり答えなんて出てこないか。

しかし、だ。

拳を握る上条《かみじょう》に、内で待機しながらサンジェルマンが告げる。

『なるほど。いきなり答えを出す事はないが、一つ一つを潰していけば足し引きで答えが出る』

「……？　……」

『ルーンはいらない、ヨガや仏教もここでは省いて構わない。Ｒ＆Ｃオカルティクスはありとあらゆる魔術を無秩序に開陳した。それは街の光が星空を覆ってしまうように、かえってオカルトの異物感を分かりにくくしてしまったかもしれない。しかし「薔薇《ばら》」の方程式を理解していれば、今ここで注目すべき叡智《えいち》は自《おの》ずと見えてくる』

これについては、上条当麻《かみじょうとうま》が聞きかじりで異を唱えても仕方がないか。

お箸の持ち方や自転車の乗り方と同じように『薔薇《ばら》』を知る、サンジェルマンの嗅覚に任せるべきだ。

『三だよ』

朦朧《もうろう》とする中、四でも五でもなくその数が正確に導き出された。

サンジェルマンが言うところによると、

『「薔薇《ばら》」で良く使っていたカバラの世界では、ヘブライ二二字があれば世界の全てを説明できるとされてきたんだ。七金属、一二宮、これを二二から引いてみるといい。外に広がる花弁を一枚一枚毟《むし》って取り除けば、花の中心に隠された数が見えてくる。三つの文字だ』

そういえばアンナ自身がおどけるように言っていた。

薔薇《ばら》と十字架、と。

『火のシン、水のメム、風のアレフ。この三要素を七等分の輪と一二色で囲って世界を表すのが薔薇《ばら》の象徴の正体だよ』

かはっ……と、粘つく蓋のようなものを突き破る感覚で上条《かみじょう》は呼吸を保つ。

外から削られているのか、内から食い破られているのか。

そろそろ区別がつかなくなってきた。

「なら……アンナはそいつを使って、エイワスとかいう天使のエネルギーに色をつけているって事なのか……？」

『単純に全部で二二通りの攻撃パターン、という訳でもないのだろう。カバラにはゲマトリアという暗号法があるんだよ。文字に数字をあてがって、二つの文章が同じ数であれば同一の意味を持つという変換方法だ』

「それだって……」

始点に三つの文字しかないのなら、組み合わせは限られそうなものだが。

しかし先回りするようにサンジェルマンが告げる。

『例えばシンの数価は300だが、ゲマトリアでは各ケタの数字を足して一ケタに整理する。となると変換すれば答えは3。ただしこれはストレートに3・ギメルと読む事もできるし、1＋2でアレフ、ベトと読む事もできる。つまり実際には切り取り方次第で無尽蔵だ。力ある魔道書が、誤読の温床になっているのもこのためだな』

「それもあるけど、そうじゃなくて、アンナはどこに『薔薇《ばら》』とかいうアクセサリーを隠し持っているんだ!?」

当然ながら、エビフライのような髪についた飾りではないだろう。

生地の薄いドレスについても違うだろう。

正しく二二枚の花弁にヘブライ文字をあてがった、厳密な印。そんなものどこにもない。

にたりと笑って、離れた場所から妖艶《ようえん》な美女が右手を振り上げる。

「そいつを壊さない限りは終わらない。アンナの力を奪わないと削り殺されるぞ!!」

5

「見つけた！」

第七学区の病院で、インデックスが素っ頓狂な声を出した。

霊装を使わずに呪文や身振り手振りだけで初歩的な魔術を構築してしまうとしたら、副作用から能力者を救う手立てはない。

そう考えてしまいがちだが、違うのだ。

「星、三人の預言者、日付との関連性、二五日じゃないと起動しない……」

「クリスマスという日時そのものを逆手に取った呪いか⁉」

馬鹿げた話に聞こえるかもしれない。しかし一体いつの頃からか、クリスマスは楽しいだけのお祭りでもなくなっていた。よほどひねくれた人間が広めたのか、信じたい人間がそれだけいたのか。世の中にはこういう伝承もあるのだ。例えば悪い子をさらう黒いサンタクロースや、一年でも年末年始しか活動しないカリカンザロスのような、『クリスマスだけ集中的に出没する、出会えばそれだけで致命的な怪人』というものが。

そして人間の心理の興味深い点として、幸福より不幸の方が伝播《でんぱ》しやすい、という話もある。例えば『ハタチになるまで覚えていたら幸せになれるキーワード、銀の鏡』なんてすぐに埋もれて忘れてしまうが、『ハタチになるまで覚えていると死んでしまうキーワード、紫の鏡』なら嫌でも忘れられなくなってしまう、といったような。

つまり、だ。

クリスマスが幸福であれば幸福であるほど、人々の間では『でも裏で不幸になる人もいるのでは？』という薄暗い喜びが広がっていく。そう、喜び。大きなパーティではしゃいでいる最中に、でも恋人がいない人は？　と考える人間は、大抵自分より下の人間を夢想して自分の幸せを確認したがるものなのだ。何かのタイミングで、そこに具体的な形を与えた魔術師でもいたのかもしれない。クリスマスを台無しにするためか、あるいはこの行事が永遠に忘れられないようより強固にする目的だったかは知らないが。

実際、『面白そうだからプロが形を与えてみた』は魔術の世界ではありがちな動機だ。世界を一回ぶっ壊したオティヌス自身が言うのもアレだが、魔術師に不謹慎という言葉はない。

例えばクトゥルフ神話まわりとか。

自称作者のアンドレーエがあれだけ自己否定した、薔薇十字《ばらじゆうじ》とか。

「……自分は不幸じゃないと確認するためのおまじない、か」

オティヌスはうんざりしたように言った。

「それを何度も繰り返して肉体を破壊していくとはな。自己不信とは最大の毒素だな、そもそも幸不幸を外から見ないと安心できない時点で、貴様達は幸せでも何でもないよ」

「パーティは終わらせられる。またこいつらが手ぶらで魔術の真似事《まねごと》を始める前に、患者が意識を失っている隙をついて枕元にプレゼントでも置いてやれよ。この国ではサンタクロースの到来がクリスマスのハイライトであって、受け取ってしまったらクリスマスは終わるのだろう？」

「でも、これなら」

「……クリスマスを終わらせる、術式」

「組み上げたら、見舞客の中から大人を捜せ。能力者でなければ、副作用なしで魔術を使ってもらえるはずだ」

普通に考えれば、そんな協力に応えてくれる人はいないかもしれない。まして学園都市では。最悪、この非常時に不謹慎なと怒り出しても不思議ではない。

だが今は違う。

魔術に対するハードルを下げたのは、間違いなくR＆Cオカルティクスだ。

そして戦争と詐術と魔術の神は使えるものなら何でも使う。敵から塩を贈られれば、その塩を使って裕福な敵の田畑を台無しにするのがオティヌスの流儀だ。

よって躊躇《ちゅうちょ》なく神は言った。

「これでケリをつける」

6

アンナ＝シュプレンゲルは自分の右手をどうするか頭の中で考えていた。今日の晩ご飯に何を作るか、その程度の緊張感で。

変幻自在、攻撃手段など一〇〇万通りを軽く超える。

（……最適化もそろそろ終わり。つまらない結果だってもう出ている）

選択する。

40＋300。各文字は一ケタずつに切り分けて加算して処理、すなわち数価は7。結果、真に抽出されるべき文字はZ・ザイン。タロットカードの『恋人』に相当し、生命《せいめい》の樹《き》においては『理解』と『美』の球体を繋《つな》ぐチャネルとなる。

その意味は剣または装甲。

それで右手の性質が決定される。

（イラつく、という感情は珍しくはあるけれど、絶対に手に入らないものでもない。満足な結果も得られなかったし、さっさと処分して次の目的地を目指そうかしら）

アンナ＝シュプレンゲルはそのしなやかな手をそっと差し出す。その右手は二本の指で切断する。すなわち二本の指を閉じるだけで空間に標的の首を挟んで斬る見えざる大顎を形成する。

その時だった。

上条当麻《かみじょうとうま》が妙な動きをした。

「『代われ!!』」

玉砕覚悟で拳を握って懐《ふところ》へ飛び込んでくるこれまでの傾向とは、真逆。むしろ自分から後ろへ飛び、距離を取ろうという動きだ。

どちらにせよ自殺行為であるのに変わりはないが、飛び道具などありえない。

そうなると、

(サンジェルマンか……ッ!!)

アンナは笑う。

一見すれば上条当麻《かみじょうとうま》は多種多様な選択肢を獲得したように見えるかもしれないが、実際には逆なのだ。『薔薇十字《ローゼンクロイツ》』の真髄において、ドイツ第一聖堂の主に勝る魔術師など存在しない。同じ土俵に上がって戦いを仕掛けた時点で、万に一つも向こうに勝利はない。善戦はできるが決して勝てない、死の泥沼だ。

魔術に勝つには幻想を殺すしかない。自明の理だろうに。

(ここまできて、最後の最後で無難に距離を取って飛び道具で削ろうなどとは、情けない)

サンジェルマンが得意とするのはダイヤモンドの合成。

つまり炭素の操作だ。

(……なら、固体も気体も問わずあらゆる炭素をこの一点に吸着し、空間全体から奪ってしまえばよい)

ゴォッ!!　と小さな左の掌《てのひら》に何かが集まる。それは丸薬よりは大きいくらいの、薄汚れた黒い球体だ。

(これでサンジェルマンは何もできないわ。それとも宿主の体を削り取ってダイヤでも作ってみる?　葬儀会社のオプションサービスを見る限り、人体一つ丸々使っても爪の先ほどにもならないと思うけど!!)

そして笑ってから、アンナは音もなく顔をしかめる。

口では何を言おうが、結局は誰よりも成功や勝利にしがみついている。それがなければ自分を保てないほどに。

ある少年に指摘された言葉が今になって痛みを伴った。

が。

「……」

利那の空白があった。

後ろに下がり……言い換えればアンナ側が追いすがる事で自然と注目を集めたところで、上《かみ》条当麻《じょうとうま》が何かを軽く放り投げたのだ。

それは安っぽい金メッキでできた数センチの記号だった。数字でもアルファベットでもない、強いて挙げるならひらがなの『て』と『よ』を組み合わせたような記号だ。

やぎ座を意味する一字。

そのエッセンスは、女性、活動的、土星、熱望や栄華。

そして、

(土、属性……)

そう。

三字、七字、一二字の合計で二二字。中央に三つしか枠がない以上、ヘブライ二二字を管理する薔薇《ばら》の象徴において花の中心部分にはどうやったって『土』を置く事はできない。

そして魔術の象徴ではあるが、魔力は通っていない。いいや、そもそも実践的技術がないまま聞《き》き齧《かじ》った知識だけで逆手に取ろうとしているのか。こういうのは『実際に、できる』サンジェルマンのやり方ではない。

つまりは、

「……上条当麻《かみじょうとうま》、だったというの……？」

分かっていても、人の思考はイメージに引きずられる。

余計なモノが混ざる。

やぎ座、土の象徴の一つ。

赤い部屋と青い部屋で見る者の印象は如実《にょじつ》に変わり、電車の運転席などの色彩を決定していくのと同じように。

集中が乱れる。

(だとすると、まずい、いい!!)

7

一二月の誕生石はトルコ石かラピスラズリ。

やぎ座の皆さん、土属性でも落ち込まないで。クリスマスはあなた達の季節です。おねだりするなら今日やろう!


「っ!!」

床に散らばった手作りポップを足で横にどけ、上条《かみじょう》は歯を食いしばる。

目の前でアンナ=シュプレンゲルが顔をしかめ、女性らしいほっそりした右の手首を逆の手で押さえ付ける。それでどうこうなるものではないだろうし、なったとしても隙を作った時点で思惑は成功した。

一歩。

大きく踏み込むだけの隙さえあれば。

だんっ!!　と。

爆発的に膨らむ白い光に抗《あらが》うように、上条当麻《かみじょうとうま》は強く切り込む。最後の力を振り絞ってその懐《ふところ》へと肉薄していく。

もはや暴走しても構わないと思ったのか。溶接のように目を潰す光をそのままにして、アンナが右の掌《てのひら》で迎撃を試みる。

そこに立つだけで場の全てを腐らせる妖女が吼《ほ》える。

「だが何故《なぜ》!?」

そう。いかに多くの魔術師と戦ってこようが、上条当麻《かみじょうとうま》本人《ほんにん》に術式を組み立てる事はできない。サンジェルマンと交代すれば使えるだろうが、ヤツはヤツで自分を殺す拳には頼れない。

ただし答えは単純だった。

「R&Cオカルティクス」

「ッ」

「アンタが自分で撒《ま》いた知識だろ。そんな事さえしなければ、逆転のきっかけなんかなかったのにな!!」

暴走を、アンナは放棄する。

この土壇場《どたんば》でルールを無視して逆の手を振り上げる。

そう、実際のところアンナ＝シュプレンゲルは特に右手を特別視していない。そんなの単なるあてつけだ。前にもその反則は見た、だから上条《かみじょう》も躊躇《ちゅうちょ》なく動いた。

行動に出る。

とはいえ、ここで右拳を使ってしまえば前と同じ繰り返しだ。上条《かみじょう》の右手とアンナの左手がかち合っている間に、彼女の右手を突き出されれば体を吹き飛ばされる。

よって、

「なっ」

嚙《か》みついたのだ。

アンナ＝シュプレンゲルの妖艶《ようえん》な掌《てのひら》。すらりと伸びた細い指。あらゆる魔術に精通した知識人に対してあまりにも原始的な選択肢ではあるが、確かにそれで効果が出るのだ。

つまり、

（……五本の指）

上条当麻《かみじょうとうま》は歯を食いしばる。

やはり宝飾店が一番意識するのだろう。

もしも左手の薬指以外にも指輪をはめる意味を与えられるなら、そこが新しい売り込みのチャンスになるかもしれないのだし。

そう。

何もきちんとした薔薇《ばら》の象徴を持ち込む必要は特にない。

ちょっとした接客用のメモ書きなのだろう。床に落ちた紙切れにさえこう書いてあった。

五本指と属性の対応表が。

(親指から順番に、エーテル、水、火、土、風。つまり人差し指、中指、小指を命令に合わせて折り曲げる事で基本の火、水、風のオンオフをして、掌《てのひら》の中で文字を自由に合成する。そいつがアンナの使っていた天使の制御方法だった。そういう魔術だった！　それなら!!)

どんな形であれ、指を動かせなくなるよう拘束してしまえば。

アンナ＝シュプレンゲルの逆の手、ヘブライ語を使った薔薇《ばら》の術式は封殺できる。

もちろん、こちらの右拳は自由を獲得したまま。

「……ッ!!」

当然ながら、上条当麻《かみじょうとうま》とサンジェルマンが歩いてきた道のりは全く異なるものだった。科学と魔術。接点なんか何もない、別々の他人でしかなかった。

だけどこの時、二人の人間は共に同じ向きを睨《にら》みつけていた。

落ちこぼれでも良《い》い、期待外れと蔑《さげす》まされたって。

それでも今ここに生きている命には、結末を変える自由くらいは残されている。

その『命』が、どんな形であれ。

大切な人や想《おも》いを守りたいと願い、実際に行動に起こせるならば。
たとえ世界の誰が相手であろうとも、五分と五分だ!!
(上条当麻《かみじょうとうま》)
(サンジェルマン)
口を使った。
歯を食いしばった以上、言葉など放てない。
だからただ一人の敵を見据えて、無言の決着に挑んだ。
最初から、アンナ＝シュプレンゲルの横暴を見た彼らの想《おも》いは一つだった。
この上なく、硬く硬く。拳を強く握り締めていく。
つまりはあの女に全部、

(返、
返す!!)

ゴンッッッ!!!!!!　と。
今度の今度こそ、翻弄され続けた二人分の意志がシュプレンゲル嬢の頬骨を捉えた。

終　章　鉄格子《てつごうし》より挨拶を　Matching_Complete.

乱暴な音があった。

全身血まみれとなった上条当麻《かみじょうとうま》が、デパートのエスカレーターを転がり落ちた音だった。

「……っ」

意識は朦朧《もうろう》として、出血もひどい。全身は熱っぽくて、息を吸って吐くより血の味の方が強くなってきた気がする。

この辺りが限界だった。

結局、ワクチンなり特効薬なりといった防護手段は手に入らなかった。アンナ＝シュプレンゲルを倒しても上条当麻《かみじょうとうま》が救われる訳ではない。

何人かまだ残っていた店員達は恐る恐る物音を確認して、そこで血まみれの少年を見ると悲鳴を上げて逃げ去っていった。

『何をしている？』

サンジェルマンから疑問があった。

彼がこうして存在する限り、アンナ＝シュプレンゲルの思惑通り上条当麻《かみじょうとうま》は削られ続ける。にも拘《かかわ》らず、少年がエスカレーターを転がり落ちてまで目指した先は薬局やクリニックではなかった。

よろめきながらデパート地下の食材コーナーに踏み込み、棚に体を預けて引きずり、無数の商品をがりがりと床に落としながら冷えた空気の流れ込む一角へ向かう。

上条《かみじょう》の目的はどこにでもあるものだった。

寒天だ。

摑《つか》んで、棚から崩れ落ちる。

派手に吐血した。

今から粉末を水で溶かして整えている時間や体力の余裕はない。すでにバランス感覚もなく、視力はあるのにどちらが上でどちらが下なのかも分からなくなってきた。四角いゼリーのような出来合いのパックを摑《つか》み取《と》り、意識がなくなる前に試しておく事がある。

細かい条件は知らない。だけど料理やお菓子作りに使われる他に、シャーレの中で微生物を育てる代表的な培地でもあったはずだ。雑菌が入ってもいけないはずだから、樹脂の保存容器を店頭販売のローストチキンを温めるのに使う大型の電子レンジにぶち込んでダイヤルを回し、強引に熱消毒していく。

肺の奥から搾り出すようにして、上条《かみじょう》は呟《つぶや》く。

「俺が、死んだら……」

『……、』

「この体に宿っているお前も道連れになっちまうだろ」

そう。

ワクチンなり特効薬が手に入れば上条当麻《かみじょうとうま》は助かるかもしれない。だけど、それで全部丸く収まるだなんて彼は考えていなかったのだ。

「もしも死人でも平気で乗り移れるって話だったら、お前はもっと違った見方をされていたはずだ。単純に怖がられるか、あるいは死んだ人を思い出させてくれて感謝されるかは知らねえがな」

『無意味だよ』

サンジェルマンは確かに言った。

前提を。

『そもそも他人の脳を使わなくては、私は自分の思考を持続できない』

「っ」

アンナ＝シュプレンゲルは最初から使い捨てるつもりだった。

上条当麻《かみじょうとうま》にせよ、サンジェルマンにせよ、どちらが残ってもあの女がいつまでも興味を保っていられるとは思えない。最後は捨て置かれて、共倒れの自然消滅。そこまで含めての『安全な貴族の遊び』だったのだろう。

……言い換えれば、どっちが勝ってもアンナ＝シュプレンゲルはサンプルを手元に残せない。得られるものがない。もしかすると、アンナの目的は上条達《かみじょうたち》の他に何かあったのかもしれない。

そちらを追っている余裕はない。

ここで、解決しなくてはならない問題が一つある。

彼ら自身の手で、最後の決着をつける必要が。

『私が出ていこう』

「おい……」

全身の熱が引いていく感覚があった。

いいや違う、体の一点へとなめくじのようにゆっくりと移動しているのだ。より正確には、上条当麻《かみじょうとうま》の右手の掌《てのひら》へと。

『元々これは君の肉体だった。最初の状態に戻すのが正しい決定だろう』

サンジェルマンが何をしようとしているかが分かってきた。

体内で増殖を繰り返すため幻想殺《イマジンブレイカー》しでも消滅しきれないという話だったが、サンジェルマン側から無秩序な拡散を防ぎ、自分の天敵に向かって突き進めば事情は変わってくる。

おそらくは、放ったアンナ自身さえ想定しなかった選択肢だろうが。

「だとしたらお前はどうするんだ……？」

『どっちみち、私がこの肉体を占有しても内側から壊し続けるだけだ。能力者は魔術の副作用から逃げられない。どこかのタイミングで耐久度を超え、必ず死亡する。つまりどちらを選択しようが、私の消滅は避けられないんだよ』

「避けられないって事は、自分でも惜しんでいるんだろ!!　どんな形だろうが、命として存在する以上は自分が死ぬって分かっていて何とも思わない訳がないんだ!!」

『……、』

「試せよ、少しでも手があるなら。自殺同然かもしれなくたって、こっちには先がある！　万に一つかもしれないけど希望があるんだ、だったら行き止まりに向かってぶつかるなよ!!　この土《ど》壇場《たんば》なんだぜ……。有象無象の『サンジェルマン』が今まで何をしてきたかなんてどうでも良《い》い。今ここにいるアンタは間違いなく学園都市を守るために戦ってくれた！　正しいとか正しくないとか、そんな理由で自分から手を引っ込める必要なんかねえだろうが!?」

『しかし、それでは』

「うるせえっつってんだろ!!　誰も守れない奇麗ごとなんか何の価値がある。浅ましくてもいい、俺が認める。絶対に否定しない。だから手を伸ばせよ!!!!!!」

　沈黙は続く。

　ただしその意味がわずかに変わった。

角が取れたように、丸まる。あるいはそれは、もう一人が笑ったからかもしれなかった。

『……そういう風に言える君だから、これ以上誰かの思惑で踏み荒らす真似《まね》はしたくないのだよ』

「っ」

『何でもお見通しのアンナ＝シュプレンゲルが予想もつかなかった事を一つだけ成し遂げてみせよう。能力者、君はあの女の遊びから解放される。君が誰よりも幸せに生きる事が、あの女に対する最大の攻撃となるだろう』

上条当麻《かみじょうとうま》には選択権がない。

幻想殺し《イマジンブレイカー》を使ったミクロな自殺。食い止めるためには体から右の手首を切断してしまう方法もあったかもしれないが、今から裏手に回って専門的な刃物や機材のある鮮魚や食肉の加工場まで這《は》いずるだけの力がない。どこにでもある寒天のパックを摑《つか》んだ時点で、彼は床に膝をついている。

あるいは、最初から躊躇《ちゅうちょ》なくそうしていればここで誰か一人を助けられたかもしれない。

少年は何かを惜しんだ。

だから最後の選択権を、サンジェルマンに譲ってしまった。

『それが正しいよ』

「でもっ……」

『自分で自分の肉体を破壊するなんて、そんな話は絶対に間違っている』

現在進行形で己のしている行為を全部否定するような言葉だった。だけどサンジェルマンは、後に残す少年のために主義を曲げてくれた。

怖いに決まっている。

どんな命であっても、自殺を望んでいようが、いざその時を迎えれば。

だというのに。

『それに、別れを惜しむ必要もない』

嘘だと分かっていた。

だけど、ちょっとした余興で皆を沸かせて夢を見せるのが、一人の魔術師の流儀だった。

だから彼は二枚舌を貫いた。

『ここで私がどうなろうが、総数としてのサンジェルマンは世界中に散らばっている。記憶も主張も自由に差し替えられる、自分を騙《だま》すペテン師がね。だから哀《かな》しむのは筋違いだ。この魔術師、サンジェルマン伯爵はすでに時空を超えた不死なる存在となったのだからね』

最後まで、その言葉の末尾まで上条当麻《かみじょうとうま》は聞き遂げた。

それが礼節だと思ったから。

そして力ある魔術師の言葉が終わった直後、上条当麻《かみじょうとうま》の体も前のめりに倒れた。

限界を超えた。

クリスマスに、贈り物をもらった。

少年は命を受け取った。


暗く冷たい部屋だった。

学園都市第一位にして新統括理事長、一方通行《アクセラレータ》がいるのは拘置所だ。その白い怪物は起訴と裁判を待っている状態だった。あらゆる『例外』を否定して、この街に黒くわだかまっていた『暗部』を一掃するために。

静か、であった。

最低限の権利とやらを本当に下の下しか保障していないのだろう。暖房はあるはずだが、コンクリートを貫いて外から這《は》い寄《よ》る冷気を駆逐できているとはとても思えない。

それでも粘つく闇よりははるかにマシだ。

ここは自然な形の世界がある。

何かをいびつに歪《ゆが》めた生ぬるい安寧ではない、素のままの世界は、音もなくゆっくりと良識の麻痺《まひ》を解いてくれるようだった。

誰もが嫌う鉄格子《てつごうし》に囲まれているものの、本当の自由を得るための助走であると考えれば悪くはない。言ってみれば、硬い殻に守られた卵のようなものだ。

その時だった。

かつん、という足音があった。

その音は小さい。

どうやら隣の部屋に誰かが入ったようだった。

そして見た目だけなら一〇歳くらいの幼女が鉄格子《てつごうし》から笑いながら話しかけてきた。

「やあ科学サイドの大ボスさん。わらわの事は知っているかな？」

「……、」

「統括理事長なんて派手な冠の割に、どこにも窓口を開いていないからね。R&Cオカルティクスの CEOがこうして直接会ってみる事にしたわ」

舌打ちした。

ここで鉄格子《てつごうし》をねじ曲げて隣の部屋を襲っても構わないのだが、そうすると第一位が自分で決めたルールを破壊してしまう。新たな『例外』が生まれれば、秘密を握る者達が次の暗闇を自由にデザインしてしまう。

新統括理事長としての外交が始まった。

「……今日は何を？」

「大きな目的はないわ。第一セットが終わったので、空いた時間で適当に遊んでデータを取っていた。情報《サービス》という名の侵略も順調に進んでくれたしね」

「……、」

「それももうおしまい。ちょっとは面白いイレギュラーも見えたけど、ちょっとのレベルね。第二セットの目的はこっちよ。あなたと顔を合わせれば、学園都市観光もおしまいかしら」

「吼《ほ》えてンじゃあねェ。どンな形だろォが、オマエの頭ン中でどォいう処理をしてよォが、こォして鉄格子《てつごうし》にぶち込まれているって事は敗北したンだろ」

「飽きたら出るわ。だからその調子で、できるだけ話を引き延ばしてちょうだい。わらわが楽しんでいられれば、それだけ世界は平和になれるはずよ」

「おい」

空気が変わった。

決して大きくはない、だが確実に体感温度を冷やす声色だ。

呼応して。

無数の塵《ちり》や埃《ほこり》が一点に集まっていく。それは現世にあらざる者に質量を与える不浄の繭だ。

繭を破れば、半透明の悪魔がぞわりと空間から浮かび上がる。

「この俺が束ねる学園都市で、そンな『例外』が通るとでも思ってやがるのか？」

「ふうっ……」

なのに、だ。

主導権が、奪われない。

チリチリとした不穏な空気の塊が、もう一つ増えていた。

「イライラする。ああイライラする。こんな鉄格子《てつごうし》、噛み千切って今すぐあなたを殺しに行きたいくらい理解までの遅さにイライラする。ここで質問が来る致命的な頭の悪さにイライラが止まらないわ。これで説明下手とか何とか言われてわらわの頭が疑われるってナニ？　サーバーエラーで途切れ途切れ、失敗だらけのダウンロード中に出てくる『そっちが一〇〇パー間違ってんだから勝手に機器の設定を確認してくださいクソ野郎様』の超上からウィンドウだって、もう少し心に優しいものでしょう……？　でも大丈夫、わらわは我慢するわ。呑《の》み込《こ》む。えへへっ☆　我慢を楽しむ心を身につけましょう。うん、我ながら良《い》い目標だわ。明るくて前向き。やっぱり深夜のダウンロード中には一杯のコーヒーを嗜《たしな》むくらいの余裕を持たなくちゃね。眠れなくなるけど。オイ拍手はどうした、その薄っぺらい命が助かったんだから素晴らしいって言えよ」

あの第一位相手に、苛立《いらだ》ちこそあれ一ミリの恐怖も感じていない。こちらの方が、よほど異質なのか。

ここは耐えた。

でも次で『爆発』する。

当初の予定なんかどうでも良《い》い、世界くらいまとめてぶっ壊す。そんな、火薬庫みたいな笑みを浮かべてアンナは続ける。

「あなたこそ知る事になるわ。街には、国には、世界には、それでも決して縛れないモノがあるのだと」

「……、」

「うふふ。馬鹿みたいな質問は挟まなくなったわね、その選択はクレバーだわ。そして知りなさい、支配者気取りのおチビちゃん。あなたの権限は絶対じゃない。こちらは浅ましき欲に駆られた世の王侯貴族が私財どころか血税までなげうって探し求めた古き魔術結社『薔薇十字《ローゼンクロイツ》』。どれだけ力があり、正義や物量を支配していようが、それでもわらわは捕まらない」

時計もない密室の時間は長い。

古き権力者は新たな支配者を慈《いつく》しむように目を細めて。

そしてはっきりと断言した。

「別に、わらわは巨大ITに憧れてR&Cオカルティクスを立ち上げた訳ではない。元からあった『捕らわれぬ組織』が、時代に合わせて形を変えていったというだけなのよ？　つまりもう答えは出ている。断言するわ。あなたの権力はあなたを縛り付ける。それではわらわを捕まえる事は、できない。絶対にね」

「オマエ……」

「馬鹿が疑問に思うな。……あらあらうふふ、ごめんなさい。つい言葉が汚くなっちゃって☆でも第二セットはこれでおしまい。今さら蚊帳《かや》の外から引き止めても続きはないわよ？」

くすくすと笑って。

チリチリと不発弾の緊張を孕《はら》ませて。

鉄格子《てつごうし》に体重を預けたまま、気軽な調子でドイツ第一聖堂の主は語る。

まるで、かつて『暗部』を容認してこの街の全てを支配し観察を続けた『人間』のように。

波乱の予感があった。

「だから空いた時間で退屈な街のデータを取らせてもらうわね、新統括理事長さん？」

あとがき

一冊ずつの方はお久しぶり、まとめ買いの方は初めまして。

鎌池《かまち》和馬《かずま》です。

今回はクリスマス当日です！　創約の一巻は街のスケールや治安維持の仕組みを再確認してもらう意味でも割と大勢民間人を巻き込んだので、二巻では実力者達が一般人を遠ざける事で少数精鋭のバトルに専念する形にしてみました。

前の巻でも第三位が参戦していましたが、やはり第五位が顔を出すと政治力というか、周りへの配慮が滲《にじ》み出《で》ますな。制服、ナース、サンタ、蜜蟻《みつあり》スーツ（？）などなど次々と着替える事で、前巻からの続きをまんまストレートにやったら重めの話になりかねない全体の雰囲気に花を添えてみました。明るくなーれ！　唯一の欠点は、食蜂《しょくほう》が大きく出てくると白井《しらい》黒子《くろこ》の出番がなくなってしまう辺りでしょうか。何かしら共存する方法を構築できれば良いのですが。

食蜂《しょくほう》まわりの一番の見せ場はやっぱり上条《かみじょう》が出てきた辺り。頭では台無しにされてキレていても、体の方が喜んじゃっている女王様でございます。『超電磁砲《レールガン》』から小説へホームステイにやってきた感のある食蜂《しょくほう》については自分自身も日々勉強中ではありますが、この人は一見みんなをクレバーに振り回しているようでも、実は自分の方が振り回されている事に全く気づいていない辺りが最大の萌《も》えポイントなのかなと（特に示し合わせて共通ルールを作った訳ではありませんが、思い返してみれば原作小説、複数の漫画、そしてアニメと食蜂《しょくほう》はキホン女王様のくせに大体どの作品でもこてんぱんにされてボロ負けするシーンがあるような？）。見る角度によって一粒でドSとドMのどっちの心も満たせるとかすごい娘を育ててもらったものです。

美琴《みこと》と食蜂《しょくほう》は犬猿の仲ですが原作小説側での最大の違いは『和解抜きで敵の手を借りるか、否か』ではないかなと（説明抜きで味方を操る点については、実は美琴《みこと》も問題が起きると何も言わずに一人で戦うヘキがある、つまり自分で人員配置を決めてしまうのでグレー。本人があれだけ身内のコントロールに対して過敏になるのはもしかしたら自分へのブーメランを無意識に恐れる、近親憎悪《きんしんぞうお》もあるのかも？　と思っております）。そういう点では食蜂《しょくほう》が顔を出すとやはりバトルのルールが変わる。創約の一巻と二巻を読み比べてもらえると、それぞれの戦闘スタイルがはっきりと分かるかも、です。

ちなみに上条《かみじょう》は敵と味方の壁をぶっ壊すために戦う、という変則スタイルなので美琴《みこと》ともてもいい食蜂《しょくほう》とも違います。事件が起きると一人で現場に向かうのは彼も同じですが、ここまで続けても未《いま》だに罪悪感を持っていないのはその辺りに起因しているのかもしれませんね。


舞台となるのは第七学区のあの病院。

本編では何気にここがメインになるのは初かもしれません。学生寮や学校とはまた違う、だけど上条《かみじょう》がのびのびとしているところを描けたらなと思って原稿を書き進めていきました。ここが第二の我が家と化している、上条《かみじょう》のおかしな所を感じていただけましたら。


そして今回はあの人が右手を振り回し、あいつが魔術を使います。必殺『まさか魔術を使っているの⁉』返し。思い返してみればサンジェルマンはほとんど例外的に救いの一つもなく退場していった魔術師だったので、この辺りで情け容赦なく救済です。

全てを削り取った先に、上条当麻《かみじょうとうま》の芯には何が残るのか。

能力の価値が全てを決める街で、誰も彼もが右手の特殊な力に注目する中で、それでもありふれた繋《つな》がる力を提示するのが一番ド胆《ぎも》を抜くだろうなと思って原稿を書いていました。やはり上条当麻《かみじょうとうま》はこうでなければ。……この『やはり』があるのは長くシリーズを続けさせていただいた恩恵なのかなと思っております。

イラストのはいむらさんとそれから伊藤《いとう》タテキさん、担当の三木《みき》さん、阿南《あなん》さん、中島《なかじま》さん、浜村《はまむら》さんには感謝を。一冊では終わらなかったクリスマス、おかげで引き出しのストックが大変な事になったと思われます。毎度の無茶ブリにお付き合いしてもらってありがとうございました。

そして読者の皆様にも感謝を。今回の上条当麻《かみじょうとうま》が成し遂げたのか成し遂げられなかったのかは皆様の胸の中でそっと判断していただけますと。時空を旅する魔術師・サンジェルマンは自分の中で『断片的な資料から、どうやったらそれを強引に説明できるか』相当アクロバティックにアレンジしており、何気にかなりお気に入りです。どうか皆様の心の中にも残っていただけますように。ここまでお読みいただいて本当にありがとうございました！

それではこの辺りで本を閉じていただいて。
次回もお手に取ってくださる事を願いつつ。
今回はこの辺りで筆を置かせていただきます。

『味』も難しいけど、気を抜くと冬の寒さを忘れそうになる……

鎌池《かまち》和馬《かずま》

病院だった。

ただし上条当麻《かみじょうとうま》の話ではない。

「……、」

ずーん、とベッドの上で御坂美琴《みさかみこと》が落ち込んでいた。

学園都市第三位、ついに入院経験組の仲間入りである。激戦を経たツワモノだけが第七学区のこの病院に集まってくる。ここはＲＰＧの宿屋か何かなのか。

ちなみにお嬢様の美琴《みこと》だが、特に個室という訳ではない。

同世代の女の子ばかりを集めた病室では、隣のベッドに知り合いが寝かされていた。

美琴《みこと》が入院したという事はもちろんもう片方の少女も以下略である。

しかも食蜂操祈《しょくほうみさき》はちょっと楽しそうだった。

なんかお泊まり会の準備的な香りを漂わせている。

「ふふふ、うふふ。前から一回やってみたかったのよ、これもまたでっかい意味では一つ屋根の下となるのかしら。これでもう侵入手順を確保したり、面会時間を気にしたりする必要力もないわあ。朝に昼に夜に、いつでも自由力にあの人の病室へ遊びに行ける。最高の冬休みの始まりよお!!」

「アンタやっぱりおかしいわ」

あとこいつは病院なのに何ですけすけベビードールなのだ。もう最初っから女性の医者や看護師以外にはお世話をさせないつもりか。そもそも緊急搬送されてここまで来たというのに、一体どこの誰にこんな変態的な寝間着を持ってこさせた？？？

「御坂《みさか》さぁん、どうしてカエル柄のパジャマなの？　ここは誰もが見ている病院なのよお」

「アンタやっぱりおかしいわ！　分かり合えない!!」

それにしても、だ。

御坂美琴《みさかみこと》はクリスマスの夜にぽつりと呟《つぶや》いた。

「……負けたわね」

「何をもって勝った負けたを決めるかにもよると思うけどお」

食蜂《しょくほう》は減らず口を叩《たた》いた上で、だ。

しかし切り返すように、ただ事実を認めた。

「私達の手であの人を守る、って条件だとしたら、まさに完敗だけどね。助けるつもりが完全に助けられるなんて、面白い話じゃないわあ」

もちろん、ここでひがんでも仕方がない。

所詮は戦うフィールドが違っていて、中学生が足掻《あが》いたって高校生のステージには立てないなどと考えるのはもうやめた。

ただ美琴《みこと》は、事実として認めた上でこう呟《つぶや》いたのだ。

「力が欲しい……」

学園都市が決めたレベル評価ではない。

自分がこれと決めた大切なものを守り抜くに足るだけの力が欲しい。

小さな鍵だった。

正しい敗北が彼女の意識を変え、世界の見方をぐるりと変えていく。

これまでだったら絶対ありえない動きがあった。

ベッドの上で仰向けに寝転がったまま、だ。あくまでも天井を見上げた状態で、しかし美琴《みこと》は確かに手を伸ばしたのだ。

「だから手を貸して。どうせ事件はまだ終わらない、強くなるにはアンタの力がいるわ」

「上等ダゾ☆　ま、御坂《みさか》さんにしては素直力と言ったところかしらねえ？」

隣のベッドに。

差し伸べた手を掴《つか》む感触が、確かに返ってきた。

◉鎌池和馬著作リスト

「とある魔術の禁書目録《インデックス》①〜㉒」（電撃文庫）

「とある魔術の禁書目録《インデックス》SS①②」（同）
「新約　とある魔術の禁書目録《インデックス》①〜㉒　㉒リバース」（同）
「創約　とある魔術の禁書目録《インデックス》①②」（同）
「とある魔術の禁書目録《インデックス》　外典書庫①」（同）
「ヘヴィーオブジェクト」シリーズ計17冊（同）
「インテリビレッジの座敷童①〜⑨」（同）
「簡単なアンケートです」（同）
「簡単なモニターです」（同）
「ヴァルトラウテさんの婚活事情」（同）
「未踏召喚://ブラッドサイン①〜⑩」（同）
「とある魔術のヘヴィーな座敷童が簡単な殺人妃の婚活事情」（同）
「最強をこじらせたレベルカンスト剣聖女ベアトリーチェの弱点①〜⑦
その名は『ぷーぷー』」（同）
「とある魔術の禁書目録×電脳戦機《バーチャロン》　とある魔術の電脳戦機《バーチャロン》」（同）
「アポカリプス・ウィッチ①②　飽食時代の【最強】たちへ」（同）
「マギステルス・バッドトリップ」シリーズ計2冊（単行本　電撃の新文芸）

本書に対するご意見、ご感想をお寄せください。

ファンレターあて先
〒 102-8177　東京都千代田区富士見 2-13-3
電撃文庫編集部
「鎌池和馬先生」係
「はいむらきよたか先生」係

本書は書き下ろしです。

電撃文庫

創約《そうやく》　とある魔術《まじゅつ》の禁書目録《インデックス》②

鎌池和馬《かまちかずま》

2020年7月10日　初版発行
2024年10月10日　7版発行

発行者　山下直久
発行　株式会社KADOKAWA
〒102-8177　東京都千代田区富士見2-13-3
0570-002-301（ナビダイヤル）
装丁者　荻窪裕司（META＋MANIERA）
印刷　株式会社 KADOKAWA
製本　株式会社 KADOKAWA

●お問い合わせ
https://www.kadokawa.co.jp/（「お問い合わせ」へお進みください）
※内容によっては、お答えできない場合があります。
※サポートは日本国内のみとさせていただきます。
※ Japanese text only

※定価はカバーに表示してあります。

ISBN978-4-04-913321-9　C0193　Printed in Japan

電撃文庫　https://dengekibunko.jp/

電撃文庫創刊に際して

文庫は、我が国にとどまらず、世界の書籍の流れのなかで〝小さな巨人〟としての地位を築いてきた。古今東西の名著を、廉価で手に入りやすい形で提供してきたからこそ、人は文庫を自分の師として、また青春の想い出として、語りついできたのである。

その源を、文化的にはドイツのレクラム文庫に求めるにせよ、規模の上でイギリスのペンギンブックスに求めるにせよ、いま文庫は知識人の層の多様化に従って、ますますその意義を大きくしていると言ってよい。

文庫出版の意味するものは、激動の現代のみならず将来にわたって、大きくなることはあっても、小さくなることはないだろう。

「電撃文庫」は、そのように多様化した対象に応え、歴史に耐えうる作品を収録するのはもちろん、新しい世紀を迎えるにあたって、既成の枠をこえる新鮮で強烈なアイ・オープナーたりたい。

その特異さ故に、この存在は、かつて文庫がはじめて出版世界に登場したときと、同じ戸惑いを読書人に与えるかもしれない。

しかし、〈Changing Times,Changing Publishing〉時代は変わって、出版も変わる。時を重ねるなかで、精神の糧として、心の一隅を占めるものとして、次なる文化の担い手の若者たちに確かな評価を得られると信じて、ここに「電撃文庫」を出版する。

1993年6月10日
角川歴彦